DROMENJAGER

BAILEY SPADE: BOEK 2

DIMA ZALES

♠ MOZAIKA PUBLICATIONS ♠

Copyright © 2024 Dima Zales en Anna Zaires
www.dimazales.com/book-series/nederlands/

Gepubliceerd door Mozaika Publications, een imprint van Mozaika LLC.
www.mozaikallc.com

Omslag door Orina Kafe
www.orinakafe.design

Vertaling: Missy Veerhuis

e-ISBN: 978-1-63142-911-8
Gedrukt ISBN: 978-1-63142-912-5

HOOFDSTUK EEN

IK STA OP het oppervlak van een kalme zwarte oceaan, met een vurige, boos uitziende lucht boven mijn hoofd. Zes mensachtige figuren sprinten naar me toe; hun vreemde voeten laten ze eruitzien alsof ze op hun tenen over het water gaan. Hun rechter wijsvingers hebben zwaardachtige klauwen en ze missen neuzen en ogen. Sowieso ontbreekt er van alles aan hun hoofden — geen haar, geen oren, alleen een babyzachte huid en een enorme mond in het midden waar het gezicht zou zijn. En alsof dat nog niet griezelig genoeg was, begint de gruwel die het dichtst bij me staat te krijsen als een kat die krols is.

Tot mijn schrik besef ik dat hij iets zegt.

"Jij!" schreeuwt het schepsel. "Ben je niet dood?"

Ik staar ernaar. "Waarom zou ik dat zijn? Wat ben je? Waar ken je me van?"

Het schepsel haalt met zijn zwaardklauw naar me

uit en ik duik weg om te voorkomen dat ik mijn hoofd verlies.

"Blijf staan!" krijst het monsterlijke schepsel. "Als ik je nu dood, zal de meester blij zijn."

Ja, tuurlijk. Een aanhangselachtig iets strekt zich uit van mijn pols en verandert op tijd in een harig zwaard om de volgende aanval van de zwaardklauw af te weren. "Welke meester?" eis ik terwijl ik uithaal en snij.

Mijn tegenstander is doormidden gespleten voordat hij kan antwoorden.

Een tweede schepsel bereikt me en zwaait met zijn zwaardklauw. "Meester haat je!" krijst het terwijl ik afweer. "Je bestaan is een vloek."

Ik sla terug met mijn harige mes en begraaf het in de borst van mijn tegenstander. "Ik, een vloek?" Ik trek het mes eruit. "De pot verwijt de ketel dat hij zwart ziet."

De tijd om over hun meester te praten moet voorbij zijn. De volgende twee aanvallers komen met nog meer geweld op me af. Hun klauwen hakken en snijden zonder enige strategie, waardoor ze een gemakkelijke prooi zijn voor mijn harige mes.

De volgende twee zijn voorzichtiger. Ze omcirkelen me zwijgend, op zoek naar een opening.

Ik maak een schijnbeweging, en hak dan een hoofd eraf. De volgende tegenstander duikt onder mijn mes door, door op het water te hurken. Terwijl ik eroverheen toren, slaat hij met zijn klauw naar voren en steekt me in mijn dij.

Ik spring schreeuwend van de pijn achteruit. De geraakte spier brandt pijnlijk.

Het monster gaat voor de dood, maar ik weer af. Met een krijsend geschreeuw haalt hij weer uit — en zijn klauw doorboort mijn schouder.

Ik negeer de duizelingwekkende golf van pijn, zwaai met mijn mes en snij zijn hoofd er in één keer af.

———

IK BEN IN een enorme vorstelijke lobby met roodgroene muren en geelblauwe marmeren vloeren, de rijkelijk smakelijke geur van manna vult mijn neusgaten terwijl er onmogelijk gevormde objecten voor mijn ogen zweven.

Mijn droompaleis. Ik heb het gehaald.

Het bloed stroomt nog steeds uit mijn dij en schouder. Pucking puck. Die subdroom was erger dan andere. Als er nog een monster was geweest, dan zou ik iedereen in de wakkere wereld proberen te doden. Het is maar goed dat ik mams dokter heb gevraagd om zich op die mogelijkheid voor te bereiden. Als ik in een moorddadige stemming uit mijn droomwandelende trance was gekomen, dan had hij me met de hulp van de stoere bewakingsagenten die hij mee had genomen kunnen overmeesteren — of me knock-out kunnen slaan met wat er in zijn spuit zit.

Nou, het goede nieuws is dat niets van dat alles nu nodig is, want ik ben veilig in de droomwereld. Ik verlaat mijn lichaam, genees het, geef mezelf een vurige haarmake-over en spring terug in mezelf.

Pom verschijnt naast een van de onmogelijke vormen. Hij is een looft, een symbiotisch wezen dat permanent aan mijn pols vastzit en dat hier in de droomwereld ook mijn metgezel is. Met de grootte van een grote vogel, met gigantische lavendelkleurige ogen, driehoekige puntige oren en donzige vacht die van kleur verandert om bij zijn emoties te passen, hoort hij in het woordenboek meestal thuis naast het woord 'schattig'.

Momenteel is hij echter effen zwart en zijn oren hangen. "Ik heb per ongeluk je gedachten weer gelezen," bekent hij schuldig. "Je bent hier om Lidia wakker te maken, nietwaar?"

Me aan mijn belangrijke missie herinnerend, ga ik de lucht in, op weg naar de toren van slapers. "Dat klopt. Mam zat vast in een niet-REM-slaap — vandaar de subdroom die we net hebben ervaren."

Hij vliegt huiverend om me heen. "Griezelig. "

"Absoluut. Maar hé, dit keer was je een zwaard." Ik demonstreer dat door het wapen na te maken dat ik net heb gebruikt. "Had je enig idee dat het eigenlijk een droom was?"

Hij wordt nog donkerder zwart. "Nee. Ik leefde gewoon in het moment en twijfelde er niet aan dat ik dat zwaard was — hoe raar dat ook klinkt."

"Hetzelfde geldt voor mij. Ik had geen idee dat ik droomde."

Pom cirkelt rond mijn hoofd. "De wezens spraken deze keer."

Dat hadden ze inderdaad gedaan. Wat raar. Ik denk terug aan alle andere subdromen die ik heb meegemaakt en de bizarre, angstaanjagende wezens die ik erin heb ontmoet. "Misschien hebben ze altijd geprobeerd te praten," zeg ik. "Maar deze keer hadden ze een mond waardoor we hen konden begrijpen."

Poms vacht krijgt een lichtoranje tint. "Waar komen subdromen vandaan?"

Ik vertraag mijn vlucht. Hij heeft een vraag gesteld waar ik veel over na heb gedacht, zonder ooit met een bevredigend antwoord te komen. "Ik weet het niet. Ik heb ze subdromen genoemd, omdat ik denk dat ze dieper uit het onderbewustzijn komen dan gewone dromen."

"Wiens onderbewustzijn, dat van jou of dat van de dromer?"

"Goeie vraag." Ik riep de wezens op uit de subdroom die ik ervoer toen ik Bernards niet-REM-slaap binnenviel — degenen die eruit zagen als te grote bacteriën en virussen. "Theoretisch gezien kunnen dit mijn angsten voor besmetting zijn die tot leven zijn gekomen."

Pom kijkt naar hen terwijl ik de wezens herschep die ik in Gertrude's subdroom tegenkwam — gigantische naakte molratten met tentakels die op wrattenzwijn-spinhybriden reden. "Niets aan deze berijders past in dat patroon," zeg ik, terwijl ik ze bestudeer, "dus het kan iets zijn dat Gertrude heeft verzonnen."

Pom zweeft voor mijn gezicht. "Dus je denkt dat het je moeder was die de monsters creëerde die we zojuist hebben verslagen?"

"Zou kunnen. Hoewel ik de implicaties niet leuk vind."

Hij knippert naar me.

"De monsters zeiden dat hun meester me haatte," leg ik uit. "Als mam ze had gemaakt, dan zou zij hun meester zijn, toch?" Ik bereik de glazen toren van slapers en vind het nisje waar mama's gestalte zich bevindt nu ik haar in REM-slaap heb gedwongen. "Ik weet dat we die ruzie hadden voor haar ongeluk," ga ik verder terwijl ik er naartoe vlieg, "maar ik hoop dat ze niet *echt* het gevoel heeft dat mijn bestaan een vloek is — wat dat ook betekent."

Pom vliegt naast me. "Je voelt je slecht over die ruzie, nietwaar?"

"Natuurlijk. Ik liet mam denken dat ik haar dromen zou binnenvallen, iets wat ze me liet beloven nooit te doen. *Daarom* was ze zo overstuur geraakt en was ze naar buiten gestormd. Haar ongeluk zou zonder mijn grote mond niet gebeurd zijn."

Pom wordt grijs, een voor hem zeldzame kleur. "Je wist niet wat er zou gebeuren."

"Waar." Ik haal diep adem om de zware opzwelling van emoties te onderdrukken die altijd worden gegenereerd als ik aan mams ongeluk denk. "Hoe dan ook, het maakt nu niet uit. Ik breek mijn belofte."

"Om haar leven te redden."

"Ja." Buiten, in de wakkere wereld, bevindt mama zich in een vreemde coma-achtige slaap, één waar noch Isis, een krachtige genezer, noch dr. Xipil, een zeldzame kabouterarts, haar uit kon krijgen. Het enige wat overbleef om te proberen was om in haar dromen te gaan en haar van binnenuit wakker te maken.

Hopelijk zal ze het begrijpen en het me vergeven.

Ik ga haar nis binnen en land naast het bed. Tot mijn verbazing is er geen wolk van een traumalus boven haar hoofd te zien — iets waarvan ik altijd had vermoed dat ik die zou vinden als ik in haar droomwandelde. Vóór het ongeluk had ze alle symptomen vertoond die ik bij mijn cliënten met de meeste problemen heb gezien.

"Ik weet zeker dat ze je zal vergeven," zegt Pom wijs, terwijl hij achter me landt. "Het belangrijkste is dat je jezelf vergeeft. Mijn ervaring is dat dat moeilijker is."

Ik draai me om om te zien of hij een grapje maakt, maar hij heeft nog steeds die deprimerende grijze kleur. "Over welke ervaring heb je het? Wat heb je jezelf ooit moeten vergeven?"

Zijn schattige gezichtje verdraait zich in een ellendige uitdrukking en zijn oren gaan hangen. "Ik heb me permanent aan je gehecht zonder je toestemming te vragen."

Dat had hij inderdaad gedaan. Ik had zeker niet verwacht dat ik met een symbiont zou eindigen toen ik een mooft aaide — een koeachtig wezen waar een looft normaal gesproken op leeft — in een dierentuin op Gomorrah. Ik kan me mijn leven zonder hem niet voorstellen.

"Schatje." Ik grijp hem vast en breng hem op ooghoogte. "Ik heb je al gezegd dat ik je niet van me af zou willen halen, zelfs niet als ik dat zou kunnen."

De punten van zijn oren veranderen in een lichte tint paars. "Dat heb je tegen me gezegd toen je dacht dat je geëxecuteerd zou worden. Meen je het nog steeds nu je weet dat je zult blijven leven?"

"We zijn symbionten voor het leven," zeg ik plechtig. "En dat je het niet vergeet."

De rest van Pom wordt paars en hij grijnst. "We zijn een goed paar symbionten, nietwaar?"

"Ik zou niet weten wat ik zonder je zou moeten." Ik kus zijn harige voorhoofd en zet hem neer. "Wat dacht je ervan dat ik ga doen waarvoor ik hier ben gekomen?"

We kijken allebei naar mama. Haar mooie gelaatstrekken lijken zo vredig in haar slaap.

"Wil je wat privacy?" vraagt Pom.

"Alsjeblieft." Mam is vier maanden geleden in coma geraakt. De kans dat ik zal gaan huilen als we elkaar eindelijk spreken, is vrij groot, en als hij dat ziet, dan kan Pom van streek raken.

Hij verdwijnt onderdanig.

Ik leg mijn hand op mams voorhoofd. "Het spijt me," fluister ik. "Als ik je had kunnen redden zonder mijn belofte te breken, dan zou ik dat doen."

Terwijl ik mezelf schrap zet, duik ik in haar droom.

HOOFDSTUK TWEE

MAM STAAT IN een onbekende keuken iets te snijden, terwijl een versie van mij als kind een pakje manna opent.

Mijn jongere zelf lijkt ongeveer vijf te zijn en moet door mams herinneringen zijn gefilterd. Ik betwijfel dat ik *zo* schattig was, en ik ben sceptisch over die onschuld in mijn ogen. Hoewel ik me niets herinner van toen ik jonger was dan zeven, kan ik niet *zoveel* veranderd zijn.

Een deel van me is teleurgesteld. Mijn droomwandelaarkrachten laten me zien of een droom gebaseerd is op een herinnering, en dat is hier niet het geval. Het zou een kans zijn geweest om iets van mijn vroege jaren te ontdekken — een van mams vele taboeonderwerpen.

Mam begint met grotere intensiteit te snijden.

Iets weerhoudt me ervan mijn keel te schrapen om haar over mijn aanwezigheid te informeren. Hoe graag ik ook met haar wil praten, nieuwsgierigheid en een zekere intuïtie leiden me ertoe om voorlopig alleen te observeren. Ik word onzichtbaar — en net op tijd.

Ze grijpt het mes zo hard vast dat haar knokkels wit worden, en mam haalt uit naar de kleine ik.

Wat de puck?

Mams gezicht is een onherkenbaar masker van haat als ze de kleine ik in het hart steekt. Mijn kind-ik schreeuwt van de pijn — dat is het enige dat mijn geschokte zucht bedekt.

Ik schakel mijn geluiden uit en adem diep in om mezelf te kalmeren.

Het is maar een droom. Dromen kunnen chaotisch en gek zijn. Dit betekent niet dat mam me wil vermoorden.

Wat ik net zag, hoeft geen uiting te zijn van mams woede over onze ruzie.

Er begint een nieuwe droom.

We zijn in ons appartement op Gomorrah. Mam kijkt toe terwijl een tienerversie van mij in het midden van de kamer staat met een VR-headset op haar hoofd. Terwijl ik om me heen kijk, merk ik iets merkwaardigs op — een aantal ramen om ons heen zijn zwart.

Ik ben dit concept van een zwart raam voor het eerst in de notities van Leal tegengekomen, de vermoorde droomwandelaar van de Raad van New York. En in de dromen van Nina, de telekineticus, ben ik er meer over te weten gekomen. Ze fungeerden voor de genoemde droomwandelaar als een soort geheugenopslag. Nina zelf had een nare herinnering die ze Leal achter een zwart raam had laten opsluiten.

Is dat het geval voor mama? Zijn deze ramen van gebeurtenissen die zij, of iemand anders, uit het geheugen heeft gewist? Het kan verklaren waarom ze geen traumalus had. Wat haar dwarszit, kan achter de zwarte ramen verstopt zitten.

Voordat ik deze gedachtegang verder kan volgen, verschijnt dezelfde blik van haat op mams gezicht, en ze tackelt het onbewuste tienermeisje als een NFL-linebacker en ze duwt haar met al haar kracht.

Mijn tiener zelf vliegt naar een van de gewone ramen. Met haar armen zwaaiend stort ze door het glas en valt op de stoep ver beneden.

Wat. Voor. De. Duivel?

De droom verandert weer. Deze versie van mij ziet eruit als tien of zo, en ze slaapt. Mam torent met diezelfde angstaanjagende uitdrukking op haar gezicht over haar heen.

"Zeg me alsjeblieft dat je gewoon in haar wilt droomwandelen," fluister ik, maar ze kan me niet horen. Mijn stem is nog steeds uitgeschakeld.

Mam pakt een kussen en legt hem over het gezicht van de slapende mij, haar verstikkend.

Puck.

Ik geef mezelf de mogelijkheid om weer geluiden te maken en zichtbaar te worden.

"Mam," zeg ik gespannen. "Ik denk dat je in een helse nachtmerrie vastzit."

Tenminste ik hoop dat dat is wat er gebeurt. Het is

onmogelijk dat ze het leuk vindt om me steeds weer zo te vermoorden. Ik was als dochter niet *zo* irritant.

Verwarring vervangt haat op mams gezicht.

"Je droomt," zeg ik snel. "Dit —"

"Je droomwandelt in me!" Mam ziet er woedend genoeg uit om deze keer de echte versie van mij te doden.

Instinctief trek ik me terug. "Je begrijpt het niet. Ik had geen keus."

Ze wijst met haar hand naar me en een boog van bliksem schiet vanuit haar vingers in mijn hoofd.

Ik heb het gevoel dat iemand me in een citroen heeft veranderd, me droog heeft geperst en het overgebleven vlees heeft geschild en tot een smoothie heeft gemixt.

Ik doe mijn mond open om te schreeuwen, maar het is te laat.

Ik ben niet meer in de droomwereld.

HOOFDSTUK DRIE

IK BEN TERUG in de ziekenhuiskamer, met dr. Xipil en de stoere bewakingsagenten die me aandachtig in de gaten houden, klaar om me te overmeesteren voor het geval ik een psychotische moordenaar word.

Ik plak een glimlach op mijn gezicht, ook al word ik gek. Het laatste wat ik nodig heb, is dat dr. Xipil me neersteekt met die spuit die hij vasthoudt.

"Wat is er gebeurd?" vraagt hij met een bezorgde uitdrukking.

"Het werkte niet," zeg ik en ik leg mijn hand terug op mams voorhoofd. Die is vreemd klam. "Ik ga het opnieuw proberen."

"Wacht —"

De bezwaren van de kabouterdokter blokkerend, dwing ik mezelf terug naar mama's dromen te gaan.

Er gebeurt niets.

Huh.

Ik raak mijn harige polsbandje aan — Pom — en

probeer om op die manier in de droomwereld te komen.

Niets. Er is geen geur van ozon, geen gevoel van vallen dat gepaard gaat met de overgang naar een droomwandelende trance. Ik kan net zo goed een steen aanraken.

Ik pak mams hand vast en probeer het harder. Nog steeds niets. Uiteindelijk moet ik het accepteren: de gewelddadige uitzetting uit de droomwereld die mam op me heeft uitgevoerd, heeft me voor vandaag van mijn krachten beroofd.

Ongelooflijk.

Ik wist niet dat zoiets mogelijk was — of dat mama dat kon doen. Over het algemeen lijken haar droomwandelende krachten veel sterker dan de mijne.

Wat extra verbazingwekkend is, is dat mam zo sterk is ondanks dat ze hier al zo lang als ik me kan herinneren op Gomorrah heeft gewoond. Wij Cognizanten verliezen langzaam onze krachten, tenzij we regelmatig naar Andere Werelden reizen waar mensen wonen, zoals de aarde.

Dr. Xipil werpt een blik op de bewaker die het dichtst bij me staat. "Weet je zeker dat je in orde bent?"

Puck. Hij is bang dat ik moorddadig ben.

Ik dwing nog een glimlach op mijn lippen. "Het gaat prima. Ik ben gewoon teleurgesteld dat ik gefaald heb."

"Zoals ik je probeerde te vertellen, heb je niet alleen gefaald." De dokter knikt naar de schermen die mama's hartslag en hersenactiviteit in de gaten houden. "Je droomwandeling heeft haar vitale functies door het dak laten gaan."

"Wat?" Ik kijk naar de monitoren en wens dat ik een medische opleiding had. Ik weet veel van slapen, maar niet van veel anders. "Hoe?"

"Ik weet het niet, maar ze had een gevaarlijk snelle hartslag, kortademigheid, overmatig zweten en beven — alle tekenen van een nachtelijke paniekaanval, maar zonder het ontwaken dat meestal volgt."

De moed zakt me in de schoenen als ik naar mama kijk. Haar voorhoofd is bezweet en haar gebronsde huid heeft een grijze tint. "Dus wat moet ik doen?"

Dr. Xipil past zijn ademhalingsmasker aan, een apparaat dat alle kabouters vanwege hun anatomie dragen. "Nou… het is een uniek geval. Je krachten zijn misschien nog steeds de beste manier om haar wakker te maken, maar misschien wil je haar lichaam een dag of twee laten herstellen voordat je iets anders probeert."

Ik haal diep adem. "Eerlijk gezegd weet ik niet of het de moeite waard is om het opnieuw te proberen." Ik leg mijn theorie uit dat mam veel krachtiger kan zijn dan ik.

Hij gebaart dat de bewakers kunnen vertrekken. "Misschien kun je de volgende keer met haar praten?"

"Ik heb het je al verteld, ze wil niet dat ik in haar droomwandel." Ik kijk naar mama, mijn borst knijpt zich samen van het schuldgevoel als ik de asgrauwe kleur op haar gezicht zie. "Misschien had ik moeten luisteren."

Dr. Xipil stelt zijn masker bij. "Ik zal zien wat we aan onze kant kunnen doen. Ondertussen moeten we wat van de levensondersteuning opnieuw bevestigen."

Om mijn pols kleurt Pom zwart en weerspiegelt deze keer mijn emoties. Ik slik tegen de bittere brok in mijn keel. "Ik begrijp het."

"Misschien moet je ook met een slaapexpert praten," zegt de arts. "Of een andere droomwandelaar zoeken."

Ik knipper met mijn ogen naar hem. "Ik ken geen andere droomwandelaar." Er zijn er niet echt veel.

Hij kijkt me speculatief aan. "In dat geval, heb je ooit van dr. Cipactli gehoord?"

Ik schud met mijn hoofd.

"Hij is een slaapexpert met een geweldige reputatie. Hij leidt de ZIZZ-slaapkliniek." Dr. Xipil tilt zijn kin op. "Niet echt verrassend, want hij is een medekabouter."

Ik ben echt onder de indruk. "Nog een kabouter op medisch gebied?"

Dr. Xipil zucht door zijn masker. "Ik was net zo verbaasd als jij. Ik weet dat ik een uitschieter ben. Ik ben arts geworden toen ik mijn ouders aan een zeldzame genetische ziekte verloor. Toch kan ik zelfs niet begrijpen waarom een medekabouter van alle dingen de slaap zou willen bestuderen."

Dat kun je wel zeggen. Kabouters gedijen meestal in technologie-zware velden. Mijn vriendin Itzel is bijvoorbeeld geobsedeerd door ruimteverkenning en allerlei soorten gadgets, en haar beroemde grootvader,

Cadmael, heeft de Vega-reactoren uitgevonden die alles op Gomorrah laten draaien.

"Ik zal met die dr. Cipactli gaan praten," zeg ik.

"Geweldig." Dr. Xipil maakt wat gebaren in de lucht. "Ik heb je net zijn informatie gestuurd."

"Dank je. Kun je het ook mondeling aan me geven? Mijn communicatie is dood en ik heb hem nog niet vervangen." Eerlijk gezegd werd mijn communicatie verpletterd door een vampier op aarde, maar wie houdt het bij.

Dr. Xipil vertelt me waar ik heen moet en voegt eraan toe, "Ik zal onmiddellijk na mijn vertrek met dr. Cipactli praten en hem alle informatie over je moeder sturen."

Ik bedank hem nogmaals en hij verlaat de kamer. Ik grijp mams hand weer vast. "Dag," zeg ik zachtjes tegen haar. "Ik zie je snel, oké?"

Er is geen antwoord. Met een zwaar hart ga ik naar buiten.

———

TERWIJL IK LANGS de verpleegsters in de gang loop, denk ik na over waarom mama me in haar droom bleef vermoorden. Het beste antwoord dat ik kan bedenken is dat hoewel ik onzichtbaar was, ze mijn droomwandelende aanwezigheid had gedetecteerd en dat haar boos had gemaakt. Ik had haar mijn hele leven beloofd dat ik *niet* in haar dromen zou komen.

Maar waarom vermoordde ze me op verschillende

leeftijden? Waarom had ze me er niet uitgeduwd zoals ze deed toen ik mijn aanwezigheid bekend maakte?

Wat nog belangrijker is, moet ik haar wensen respecteren en niet teruggaan?

Ik probeer me voor te stellen om haar voor onbepaalde tijd aan die machines vast te laten zitten, en alles in me komt bij die gedachte in opstand. Zelfs als ik aan het geld kan komen om haar op lange termijn in het betaalde ziekenhuis te houden, dan zal ze uiteindelijk wegkwijnen, of ze nou wel of niet aan de machines ligt. Als ik haar niet wakker maak, dan is ze zo goed als dood.

Dus dat is dat. Tenzij de slaapexpert een andere oplossing kan bedenken, zal ik een manier moeten vinden om meer kracht te krijgen, terug te gaan en weer proberen om haar wakker te maken. Ik heb zelfs een idee als het om het verzamelen van kracht gaat —

De deuren van het ziekenhuis gaan open en ik kijk om me heen.

Dit is het gezondheidsdistrict, zo genoemd vanwege de vele betaalde ziekenhuizen, farmaceutische bedrijven en onderzoekscentra rondom. Het lijkt vaag op Gardens by the Bay in Singapore, omdat de waterverzamelende bomen hier veel op de Supertrees daar lijken.

Mijn bestemming is te lopen, dus ik baan me een weg door de drukte van collega-Cognizanten. Na de aarde is het zien van zoveel niet-menselijke voetgangers een beetje schokkend, vooral als ik een paar weerwolven in hun dierlijke vormen zie.

Het gebouw waar de slaapkliniek staat, is klein en doet me aan de Freedom Tower in New York denken. Ik ga naar binnen en neem de lift naar de verdieping van de slaapkliniek. Een elfensecretaresse vertelt me dat ik pas voor morgenmiddag een afspraak kan maken met dr. Cipactli, hoe dringend mijn probleem ook is.

Binnensmonds vloekend bij de vertraging, verlaat ik het gebouw en zoek de dichtstbijzijnde winkel waar ik een vervangend communicatieapparaat kan kopen; zonder dat voel ik me als een holbewoner.

"Wil je het nieuwste model bekijken?" vraagt de uberverkoopster me met een megawatt-glimlach.

Ik kijk om me heen. "Is er een plek waar ik mijn cc-saldo kan controleren?"

Ze knikt naar een spiegel in de buurt en ik realiseer me dat het een vermomd scherm is.

Ik loop naar het scherm, authenticeer mezelf en kijk naar mijn geld.

Wacht eens even. Het is veel meer dan ik had verwacht.

Het duurt niet lang voor ik weet wat er is gebeurd. Valerian heeft me bijna het dubbele van het bedrag betaald dat we hadden afgesproken. Wauw. Hij heeft me eerder bonussen gegeven voor goed werk, maar nog nooit zoveel.

Zodra ik mijn communicatie heb, moet ik hem bedanken. Met dit bedrag kan ik mams openstaande rekeningen betalen en heb ik nog steeds genoeg over om het nieuwste, duurste model communicatie te overwegen.

"Laat het me maar zien," zeg ik tegen de ubervrouw.

Ze haalt een strak uitziend communicatieapparaat tevoorschijn dat ik nog nooit eerder heb gezien en opent hem als een schelp — nog een nieuwigheid.

In de communicatie zitten bijna onzichtbare oortelefoons, twee contactlenzen en tien clip-on nagels.

Ik bekijk het allemaal met ontzag. "Ik heb gehoord dat deze in ontwikkeling waren, maar ik wist niet dat ze al uit waren."

Mijn laatste set communicatie was aan een speciale bril en handschoenen gekoppeld, dus ik kon ze niet openlijk op aarde gebruiken. Dit is veel onopvallender.

"Doe ze in," zegt ze met een wetende grijns.

Ik pak de contactlenzen en trek dan mijn hand terug. "Zijn ze nieuw?"

Ze houdt haar hoofd schuin. "Kom je uit een Andere Wereld?" Voordat ik haar kan vertellen dat ik lokaal ben, voegt ze eraan toe, "Deze communicaties hebben een ingebouwde hygieia — een reinigingstechnologie."

Ik weet natuurlijk waar ze het over heeft. Hygieia is de reden waarom dingen als salmonella op Gomorrah zijn uitgestorven. Haar antwoord vertelt me ook dat het spul *eerder* in de ogen van andere mensen heeft gezeten — wat een probleem is, ook al weet ik dat mijn bezorgdheid niet rationeel is. Het is alsof je uit een gesteriliseerd toilet op aarde drinkt — vies, althans voor mij.

Ze moet mijn gedachten lezen, want ze lacht wijs en haalt een verzegelde eenheid tevoorschijn.

"Ik beloof niet dat ik het zal kopen," zeg ik met tegenzin.

"Dat is prima." Ze geeft het aan me.

Oké. Ze weet dat de volgende klant mijn twijfels niet zal hebben.

Ik pak het apparaat uit alsof het een kerstcadeau is, doe de contactlenzen in en fluit. Ze zijn extreem comfortabel — als in, ik voel ze helemaal niet.

De verkoopster glimlacht breder. Ze weet dat ze me bijna aan de haak heeft.

De oortelefoons zijn geweldig. Eenmaal in mijn oren, is het onmogelijk om ze te zien, en ik kan nog steeds externe geluiden horen.

Ik houd de nageldingen tegen mijn nagels en ze klampen zich vast alsof ze gemagnetiseerd zijn. Het resultaat is helemaal niet slecht — een beetje alsof ik blauwe gelnagels heb op aarde.

"Zijn de gebaren hetzelfde als bij de handschoenen?" vraag ik.

Ze knikt, dus ik gebaar naar de communicatie om te activeren.

De gebruikelijke bolvormige iconen verschijnen in de lucht voor me. Met een bril leken deze op *Star Wars*-hologrammen, maar de contactlenzen maken alles scherper, bijna echt.

Ik gebaar naar de inlog-app en als ik er eenmaal in

zit, verandert de interface in de manier waarop ik hem eerder had ingesteld, met pictogrammen die eruitzien als onmogelijke vormen, zoals de Penrose-driehoek. Het geeft me het gevoel dat ik in de droomwereld ben.

Ik heb een heleboel berichten die staan te wachten, maar voordat ik ze controleer, breng ik de betaalapp naar voren en zeg, "Ik neem het."

"Het was me een genoegen om zaken met je te doen." De verkoopster grijnst haar breedste glimlach tot nu toe.

Terwijl ik naar buiten loop, controleer ik een aantal van mijn berichten. De meesten komen uit het ziekenhuis en zeggen dat ik de rekeningen moet betalen. Ik doe dat en dan maak ik een bericht voor Valerian. Hij speelt een belangrijke rol in mijn nieuwe idee over hoe ik meer macht kan verzamelen — dat zeg ik tenminste tegen mezelf.

Dit heeft niets te maken met wat er laatst bijna tussen ons gebeurde.

Helemaal niks.

Tot mijn teleurstelling reageert hij niet meteen. Hij antwoordt ook niet tegen de tijd dat ik in een auto stap. Nou, hij brengt de helft van zijn tijd op aarde door en de helft op Gomorrah, dus hopelijk is hij gewoon weg en negeert hij me niet.

De auto zet me af bij ons gebouw, een bescheiden wolkenkrabber met honderdvijftig verdiepingen.

Het appartement binnenstappen is een vreemde ervaring na weg te zijn geweest. Het eerste wat opvalt, zoals gewoonlijk, is hoe weinig persoonlijke details mam hier had aangebracht. De muren zijn kaal en de keuken is onberispelijk schoon. Er zijn showrooms in meubelzaken met meer persoonlijkheid. Als ik mams slaapkamer binnen zou gaan, zou het nog saaier zijn — alleen muren en een bed. Soms vraag ik me af of mam dacht dat ze door te decoreren per ongeluk een geheim uit haar verleden aan me zou onthullen.

Ik ga mijn eigen kamer binnen. Net als in mijn virtual reality-interface — en droomwereld — heb ik veel kunst met visuele paradoxen en surrealistische scenario's. Een diavoorstelling van kunstwerken die aan M. C. Escher en Salvador Dalí van aarde doen denken zijn op schermen te zien die de muren van mijn kamer zijn. Op het oude draagbare scherm dat ik van mama heb geleend, zie ik de omslag van het leerboek over het ontwerpen van videogames dat ik aan het lezen was voordat mijn leven op zijn kop werd gezet. Mijn onopgemaakte bed zweeft dankzij magneten en supergeleiding een paar centimeter van de grond, en het ziet er belachelijk uitnodigend uit.

Ik denk dat die vier maanden zonder slaap nog steeds zwaar op me wegen.

Gapend kijk ik of Valerian heeft geantwoord.

Dat heeft hij niet gedaan.

Ik denk dat ik net zo goed de wachttijd kan gebruiken om wat slaap in te halen.

Ik programmeer mijn communicatie om luid te rinkelen als ik een bericht krijg, en ik zet een wekker zodat ik mijn afspraak met dr. Cipactli niet mis. Ik betwijfel of ik het laatste nodig heb — het zou betekenen dat ik meer dan twintig uur zou slapen. Maar toch, voorkomen is beter dan genezen.

Ik raap een hygieiastaaf op, desinfecteer mezelf goed en plof op het bed. Onmiddellijk ontspannen mijn gespannen spieren zich. De beste traagschuimmatrassen van de aarde zijn een grap in vergelijking met de slimme bedden op Gomorrah. Ik heb het gevoel alsof ik in een wolk gehuld ben, met de zwevende sensatie die die illusie voltooit.

Het is niet verwonderlijk dat ik sneller onder zeil ben dan wanneer ik slaapgas had ingeademd.

———

IK WORD WAKKER met het geluid van een wekker.

Puck. Ik heb de hele dag geslapen, en nu moet ik me haasten om naar de afspraak met dr. Cipactli te gaan.

Ik gebruik met liefde mijn zeer hygiënische, milieuvriendelijke badkamer. Mijn minst favoriete deel van de aarde is al dat smerige water dat als onderdeel van het sanitair wordt verspild. Het enige water dat we op Gomorrah hebben, is het soort om te drinken dat uit de kranen komt, en ik drink het met verrukking. Vervolgens hygieia ik mijn lichaam en tanden, trek een onopvallend zwart shirt en donkere broek aan — een van mijn vele outfits gekalibreerd om zowel bij de mode op aarde en bij die van Gomorrah te passen — en haast me dan het gebouw uit. Eenmaal op straat haal ik wat manna en spring in een zelfrijdende auto.

Op de heerlijkheid kauwend, realiseer ik me dat ik

in meer dan twintig uur slaap geen enkele droom heb gehad. Over het algemeen voel ik me geweldig. Veel beter dan voordat ik had geslapen — wat me vertelt dat ik de volle twintig uur nodig had, zo niet meer.

De auto stopt en ik ga naar het kantoor van dr. Cipactli.

"Ik heb een afspraak," zeg ik tegen de elfensecretaresse.

Met een beleefde glimlach drukt ze op een knop die ze alleen in haar VR kan zien. "Een momentje."

Een paar seconden later, komt de grootste kabouter die ik ooit heb gezien uit het nabijgelegen kantoor. Kabouters worden in de adolescentie groot en krimpen dan naarmate ze ouder worden, dus dit exemplaar moet jong zijn — wat nog steeds tot duizend jaar oud kan betekenen gezien de typische levensduur van kabouters.

Net als de meeste andere kabouters moet hij een speciaal masker dragen vanwege de ademhalingsproblemen die ze ontwikkelen op werelden met lucht die ongeveer twintig procent zuurstofachtig is, zoals de aarde en Gomorrah. Volgens Itzel zijn deze ademhalingsproblemen wat kabouters in eerste instantie dreef om technologie te verkennen.

Dr. Cipactli's masker is ongebruikelijk omdat je onder het glanzende zwarte oppervlak niet echt veel van zijn gezicht kunt zien. Als Felix hier was, zou hij zeggen dat dit masker dr. Cipactli op Darth Vader laat lijken.

"Bailey," zegt hij met een diepe stem die door het

masker vervormd wordt, wat de vergelijking met Darth Vader versterkt. "Aangenaam kennis met je te maken." Hij strekt zijn hand uit in een aardse groet.

Het aangeboden aanhangsel negerend, buig ik — wat er meestal voor zorgt dat ik huid-op-huidcontact kan vermijden.

Het werkt. Dr. Cipactli trekt met zijn hoofd en zegt, "Kom maar naar mijn kantoor."

Ik volg hem naar binnen en kijk eens goed.

Zijn slideshow-muurschermen tonen horrorfilmwaardige beelden die me aan de wezens herinneren die ik in subdromen heb ontmoet.

"Ik bestudeer nachtmerries," legt hij uit, mijn schok opmerkend. "Daarom werd ik zo enthousiast toen dr. Xipil me over je zaak vertelde."

Ik ga in een zwevende stoel zitten en sla mijn benen over elkaar. "Oh?"

Hij bekijkt me alsof ik een beroemdheid ben — of een exotisch insect. "Ik heb nog nooit een droomwandelaar ontmoet."

Ik glimlach ongemakkelijk. "We zijn vrij zeldzaam."

"Buitengewoon." Hij zit achter zijn bureau. "Daarom hoop ik dat je, in plaats van te betalen, je krachten wilt laten zien."

Betaling, juist. Dit is ook geen gratis ziekenhuis. Ik haal mijn benen uit elkaar. "Geen probleem. Het enige probleem is dat je een kabouter bent. Je bent niet de eerste die dit van me vraagt, en ik zal je hetzelfde vertellen als wat ik hun heb verteld: het kan wel of niet werken."

Kabouters staan erom bekend immuun te zijn voor veel Cognizantkrachten. Vampierglamour werkt bij hen niet, bedriegers kunnen hun lot niet rechtstreeks beïnvloeden, illusionisten kunnen ze hun illusies niet laten zien, zieners kunnen ze in hun visioenen van de toekomst niet zien — en de lijst gaat maar door.

Dr. Cipactli knikt gretig. "De weerstand van kabouters tegen droomwandelen is de reden waarom ik dit wil proberen. Mijn grootmoeder vertelde me dat het zou werken als een kabouter toestemming gaf — maar ze heeft het niet verder uitgelegd. Toen ik eenmaal volwassen was, realiseerde ik me dat wat ze zei niet logisch was. Als ik slaap — en dus niet bij bewustzijn ben — hoe kan ik dan mijn toestemming geven?"

Hmm. Interessant. "Misschien moet je toestemming geven dat ik in je mag droomwandelen terwijl je wakker bent?"

"Misschien." Hij wrijft over het kingedeelte van zijn masker. "Maar zou dat je niet voor altijd en eeuwig onbeperkte toegang tot mijn dromen geven? Of kan ik mijn toestemming intrekken nadat ik wakker ben geworden? Of misschien zelfs tijdens de droomwandeling zelf?"

Ik glimlach. "Nu ben ik nieuwsgierig om dit te doen."

"Uitstekend." Hij springt overeind. "Zullen we het nu meteen proberen?"

"Een momentje." Ik draai me van hem af en gebruik Pom om de droomwereld in en uit te gaan.

Mooi. Mijn krachten zijn hersteld.

Ik keer me naar hem terug. "Nu is prima. Heb je een plek om te slapen?"

"Dit is een slaapkliniek," zegt hij en loopt naar de deur.

Ik volg hem door een gang en een grote hal in, boordevol zwevende bedden. Op elk bed ligt een slaper. Aan sommige zit een infuus bevestigd, aan sommige niet. Vele zijn ook, als gevaarlijke gekken, aan hun bed vastgebonden.

Wat de puck?

Dan herken ik een van hen, en dan worden de dingen duidelijker.

Het is Gertrude, het raadslid van New York die me haat. Ze lijdt aan een aandoening die als een REM-slaapgedragsstoornis klinkt die slecht combineert met haar vermogen om koudvuur te geven aan iedereen die ze aanraakt. Dat moet ook met de andere vastgebonden patiënten aan de hand zijn: ze hebben een aantal gevaarlijke slaapstoornissen.

In ieder geval ben ik blij dat Gertrude deze kliniek heeft gevonden. Ik heb pas geleden ontdekt dat ze iemand om wie ze gaf in haar slaap had vermoord, dus het zou goed zijn als ze de hulp kreeg die ze nodig heeft. Ik hoop alleen dat ze niet wakker wordt en me ziet; ze haat me niet alleen omdat ik haar probleem met mijn droomwandeling niet kan oplossen, maar ik heb haar pas geleden bewusteloos geslagen en ze kan een wrok koesteren.

"Wat dacht je van hier?" Dr. Cipactli wijst naar een leeg bed.

Ik werp een behoedzame blik op Gertrude. "Ik zou het liever ergens doen waar het meer privé is."

Begripvol knikkend leidt de kabouter me naar een lege kamer met een bed en medische apparatuur die me aan mams kamer doet denken.

"Zou dit werken?" vraagt hij.

"Zeker. Kun je op commando slapen, of heb je slaapgas bij de hand?"

"Iets nog beters." Hij pakt een kleine gizmo. "Een medicijn dat ontwikkeld is voor mijn onderzoek. Laat een persoon meteen in de REM-slaap gaan."

Huh. Klinkt als het medicijn die Leal, de droomwandelaar van de Raad van New York, aan het ontwikkelen was. Natuurlijk had het medicijn van Leal een bijwerking: wie het innam, werd nooit meer wakker. Ik neem aan dat dr. Cipactli's medicijn niet zo werkt; anders sta ik op het punt deel te nemen aan de vreemdste vorm van hulp bij zelfdoding in de geschiedenis.

"Ik moet mijn masker afdoen om dit te gebruiken," zegt hij ernstig. Er is een vreemde blik in zijn ogen — schaamte, misschien? "Wil je hem alsjeblieft weer op mijn gezicht plaatsen?"

Ik knik krachtig.

De kabouter gaat liggen en zet zijn masker af.

Arme jongen. Ik begrijp nu waarom hij een masker draagt dat zoveel bedekt. Hij moet een ongeluk hebben gehad of zoiets: de rechterkant van zijn gezicht is vervormd door littekens die op een chemische brandwond lijken.

Hij richt de gizmo op zijn gezicht en activeert hem.

Er is een duidelijk gesis.

Het medicijn is geurloos en lijkt onmiddellijk in werking te treden. Zijn ogen beginnen achter hun oogleden snel te bewegen.

Ik hygieia zijn masker aan beide zijden en plaats het terug. Dan maak ik zijn blootgestelde onderarm schoon en plaats mijn vingers erop.

Daar gaan we. Ik sta op het punt om in een kabouter te droomwandelen.

HOOFDSTUK VIER

ER GEBEURT ALLEEN niets als ik mezelf dwing om naar binnen te gaan.

Wacht, nee. Er gebeurt *wel* iets. Iets vreemds.

Hoe meer ik mijn krachten belast, hoe meer ik het gevoel krijg dat ik een kleine stem in mijn hoofd heb. Het doet me denken aan hoe Pom met me communiceert als hij wakker is, alleen klinkt het niet als mijn harige vriend.

De stem lijkt te zeggen, *Wie ben je en wat wil je?*

Ik voel me stom, en doe wat ik zou doen als het Pom was. Mentaal antwoord ik, *ik ben Bailey. Je hebt me gevraagd om je dromen te bezoeken.*

Er komt geen mentaal antwoord; in plaats daarvan geeft iets toe en met een vleugje ozon stort ik in de droomwereld van de kabouter.

ZODRA IK IN mijn droompaleis kom, teleporteer ik naar de toren van slapers.

"Hoe ging het met Lidia?" vraagt Poms stem. Dan verschijnt hij beetje bij beetje, in een Cheshire-katmodus.

"Niet geweldig," zeg ik en breng hem op de hoogte van wat er is gebeurd.

Hij kijkt naar een nis in de buurt. "En dat is de kabouterdokter?"

"Dat is hem." Ik vlieg naar mijn doel, met Pom naast me.

Zodra hij het litteken op dr. Cipactli's gezicht opmerkt, worden zijn oren zwart. "Ik blijf buiten."

"Oké dan." Ik raak de onderarm van de kabouter aan en dwing mezelf om naar binnen te gaan.

Deze keer is er geen stem in mijn hoofd. Ik val gewoon in de droom van de kabouter.

———

EVEN DENK IK dat ik per ongeluk wakker ben geworden.

We zijn terug in dezelfde kamer waar dr. Cipactli ging slapen.

Natuurlijk, als het de wakkere wereld was, dan zouden er hier niet twee van mij zijn. De tweede ik heeft een wrede uitdrukking en heeft dr. Cipactli's nek in een doodsgreep.

"Je laat me geen keus," zegt de kabouter hees en hij vormt een bal van bliksem met zijn handen.

Boem.

Met haar borst een verkoolde puinhoop, knalt de tweede ik tegen een muur en glijdt dood naar beneden.

Hé daar. Waarom droomt iedereen ervan om me te vermoorden?

De droom verandert weer.

Zonder masker en zonder zijn litteken staat een jongere dr. Cipactli naast een gigantische machine die uit stoommachines, hendels en zuigers bestaat die op technologie wijzen die nog primitiever is dan die van de aarde.

Een oudere kabouter schiet met een bliksembol op een deel van het apparaat — kabouters gebruiken hun kracht meestal om apparaten aan te drijven.

"De getalswaarden worden weergegeven door tandwielen," zegt de oudste terwijl de bal op zijn doel af vliegt. "Elk cijfer van een getal heeft zijn eigen — "

Als de bal landt, ontploft er iets.

"Oh, nee!" schreeuwt de oudere kabouter.

Een sissende vloeistof spettert dr. Cipactli in het gezicht.

Terwijl hij schreeuwt, realiseer ik me dat deze nachtmerrie een herinnering is. Dit is hoe hij gewond is geraakt.

De droom verandert weer.

Deze keer is dr. Cipactli zijn huidige leeftijd, maar nog steeds zonder het masker en litteken. Nachtmerrieachtige wezens die op de beelden in zijn kantoor lijken, verschijnen overal om ons heen. Dit is helemaal geen herinnering.

"Dit is genoeg." Ik verander de nachtmerriewezens in donzige kittens. "Je wilde een demonstratie van mijn kracht, dus hier is hij."

Dr. Cipactli kijkt me met open mond aan.

"Dit is een droom." Ik verander de kittens in tijgerwelpen om mijn punt te illustreren.

Hij wrijft in zijn ogen. "Ik kan het niet geloven."

"Weet je nog dat je me toestemming gaf om in je dromen te gaan? Ik heb je horen vragen wie ik was en wat ik wilde."

"Ik vroeg wat?" Hij schudt zijn hoofd. "Dit is zoveel vreemder dan ik dacht."

"Ja." Ik neem ons mee naar mijn kantoor in de wolken en gebaar dat hij moet gaan zitten waar mijn klanten gewoonlijk zouden zitten. "Nu, over mijn moeder."

"Juist." Hij gaat zitten en neemt zijn gebruikelijke professionele houding aan. "Ik heb alle dossiers bekeken en ben het ermee eens dat ze uit haar dromen moet worden gewekt."

Ik plof in mijn stoel. "Als in, door mij?"

"Niet per se." Waarschijnlijk zonder het te beseffen, laat hij zijn litteken op zijn gezicht verschijnen, gevolgd door het masker. "We kunnen hetzelfde medicijn op haar gebruiken als ik op mezelf heb gebruikt."

Ik ga rechter zitten. "Degene die je in REM-slaap brengt?"

"Juist. Wat ik vergat te zeggen is dat het meer doet dan dat." Hij wacht even. "Zoals je ziet, had ik nachtmerries. Dat is geen toeval. Het medicijn — Koshmar — is zeer consistent in het uitlokken van die reactie."

"Je medicijn geeft zijn gebruikers nachtmerries?" Ik maak mijn haar vurig.

Zijn ogen worden groter, maar hij herpakt zichzelf snel en knikt. "Koshmar is speciaal voor dat doel geformuleerd, dus het is veel krachtiger dan een medicijn dat alleen dat als bijwerking heeft. Het is van onschatbare waarde voor mijn onderzoek."

Ik frons. "Wil je mijn moeder een krachtige nachtmerrie geven?"

"Ja," zegt hij gretig. "Koshmar-nachtmerries worden steeds erger totdat de slaper wakker wordt, en dat is wat we in dit geval willen. Bovendien is een interessant aspect van deze specifieke nachtmerries dat de eerste altijd alles bevat wat de slaper als laatste heeft meegemaakt — in het geval van je moeder, een naar auto-ongeluk. Ik durf te wedden dat ze alleen daarvan al zou ontwaken."

Ik bekijk hem bedachtzaam aan. "Dus dit is waarom je eerste nachtmerrie zich afspeelde in de kamer waar je in slaap viel. Het was je laatste ervaring — en het startpunt van een nachtmerrie waarin de droomversie van mij je verstikte."

"Precies. Ik wist niet eens dat ik sliep. Het was alsof mijn hersenen door het medicijn de herinnering aan mezelf hadden gewist, en toen nam mijn omgeving een donkere wending. Zo werkt het elke keer."

"En je suggereert dat ik dit vreselijke medicijn aan mijn moeder moet geven?"

Hij haalt zijn schouders op. "Als ze bang genoeg *kan* worden gemaakt om wakker te worden, dan zou dit het doen."

"Maar wat als ze niet wakker kan worden? Met de nachtmerries die escaleren, zal ze in de ergste hel denkbaar eindigen, zonder een uitweg te hebben."

"Dan moet je haar toch wakker maken met je kracht." Hij doet geen moeite om de teleurstelling in zijn stem te verbergen. Hij moet een andere proefpersoon hebben gewild om het medicijn op te testen. "Over je kracht gesproken," vervolgt hij, "vind je het erg om nog een experiment te doen?"

Ik staar hem behoedzaam aan. "Zoals wat?"

Hij staat op. "Ik zou graag zien wat er gebeurt als ik mijn toestemming intrek."

"Oh, dat is goed."

Hij knikt en betrekt zijn gezicht, spant —

IK BEN WEER terug in de wakkere wereld, in de lege kamer waar dr. Cipactli op het bed ligt.

Het lijkt erop dat kabouters hun toestemming voor droomwandelen inderdaad in kunnen trekken — indrukwekkend.

Dr. Cipactli opent zijn ogen en gaat rechtop zitten. "Dat was fascinerend."

"Ja," zeg ik met veel minder enthousiasme.

"Kunnen we nog een experiment doen?"

Ik gebaar om mijn communicatie te activeren en kijk naar mijn berichten.

Valerian heeft net geantwoord en ik ben benieuwd wat hij heeft gezegd.

"Het spijt me, misschien een andere keer," zeg ik tegen dr. Cipactli. "Ik hoop dat wat we tot nu toe hebben gedaan, voldoende is voor je tijd." *Vooral als je bedenkt hoe onbehulpzaam je was*, voeg ik er niet aan toe.

"Eerlijk is eerlijk," zegt hij. "Als je ooit een baan nodig hebt, houd ons dan in gedachten. Iemand met jouw krachten kan van onschatbare waarde zijn wanneer — "

"Bedankt. Ik waardeer het aanbod. Maar eerst moet mijn moeder veilig en gezond zijn."

"Natuurlijk. Als ik iets kan bedenken dat haar kan helpen, laat ik het je weten."

We wisselen contactgegevens uit en hij leidt me naar buiten.

Als ik het gebouw uitloop, lees ik eindelijk Valerians bondige reactie:

Laten we praten. Kun je me om vier uur bij Erato's ontmoeten?

Ik reageer bevestigend en spring in een auto en laat hem me bij het hyperloopstation afzetten. Erato's zit aan de andere kant van de stad, dus ik heb een snellere manier van vervoer nodig.

Het hyperloopstation in het gezondheidsdistrict is

typisch voor Gomorrah, omdat het de mooiste luchthaven op aarde te schande zou maken, zowel in termen van de strakheid van het ontwerp als het comfort voor de wachtende passagiers.

Niet dat we lang hoeven te wachten. De trein komt om de paar seconden.

Als ik instap, is het vrij leeg. Zoals gewoonlijk kan ik nauwelijks iets voelen als hij naar voren zoomt en me de afstand van tien Manhattans in een oogwenk vervoert.

Nog een autorit later stap ik het gebouw van Erato binnen en ga ik met de glazen lift naar de top.

Erato is een krachtige dryad die haar liefde voor planten in verticale landbouw heeft gekanaliseerd, waardoor het een soort kunstvorm is. De glazen wanden van de lift stellen me in staat om naar planten van elke kleur en vorm te kijken die elk oppervlak van het gebouw bedekken. Ze zijn niet alleen visueel aangenaam; de geuren zijn ook nog eens goddelijk. En door de prachtige noten, fruit en groenten die tussen het gebladerte vandaan gluren, loopt het water me in de mond.

Ik moet het Valerian nageven. Hij heeft voor onze ontmoeting een geweldige plek uitgekozen — en een romantische.

Misschien ben ik niet de enige die door die gekke chemie wordt beïnvloed die ik heb gevoeld.

Als ik de lift uitstap en het restaurant inga, heb ik het gevoel dat ik in een magisch bos ben. Een groene dryad gekleed in een bikini van bladeren begroet me met een glimlach die haar tanden die op boomwortels lijken onthult. "Bailey?" vraagt ze met een stem die als vallende herfstbladeren klinkt.

Ik knik en kijk in haar bladgroene ogen.

"Deze kant op." Ze leidt me door het dichte groen; haar krachten bevelen de takken moeiteloos om uit onze weg te gaan.

De zithoek waar ze me naartoe leidt, ziet eruit als een miniatuur bosweide met een grote boomstronk die als tafel dient en kleinere als stoelen.

Valerian is er al, zittend op een stronk en nippend aan een kopje thee. Als hij me ziet, staat hij op en glimlacht.

Opeens heb ik het te warm. Die sensuele lippen zouden illegaal moeten zijn, samen met dat kuiltje in zijn kin en de rest van dat perfect geproportioneerde gezicht. Om nog maar te zwijgen van dat lange, gespierde lichaam... Ik herinner me de illusie die hij me de laatste keer gaf dat we elkaar ontmoetten — die van hem naakt en bedekt met een glinsterende vloeistof — en het kost me alles wat ik in me heb om te zorgen dat ik niet ga kwijlen. Gelukkig is hij nu niet naakt, hoewel het groene tuniek dat hij draagt net zo goed geschilderd had kunnen zijn. Niet dat hij er niet knetterheet uitzag in het maatpak dat hij op aarde droeg. Hij ziet er in alles heet uit — maar vooral in niets.

Dat is eigenlijk een fout in het idee dat eerder bij me opkwam.

Hij zal een enorme afleiding zijn.

Hij merkt mijn gestaar op en zijn oceaanblauwe ogen glanzen helderder, zijn grijns wordt boosaardig. "Ik ben blij dat je contact met me hebt opgenomen," mompelt hij terwijl ik gracieus op de dichtstbijzijnde stronk plof. Zelfs zijn stem bruist van het sexappeal. "Ik was bang dat ik na de clusterpuck die de laatste klus was, nooit meer iets van je zou horen."

Ik slik om mijn droge keel te bevochtigen. "Nou... Ik waardeer de dubbele betaling." Ik staar nog steeds naar hem, ik weet het, maar ik kan er niets aan doen. Iets aan hem komt me bekend voor, dat is altijd al zo geweest. Ik heb geen idee waar ik hem ontmoet zou kunnen hebben. Aanvankelijk dacht ik dat hij als illusionist zichzelf op een mix van beroemdheden liet lijken, maar toen ontdekte ik dat dat niet het geval is.

Dit is de ware Valerian in al zijn mond — en andere lichaamsdelen — bevochtigende glorie.

Eindelijk trek ik mijn blik van hem af, activeer ik mijn communicatie, zodat ik het augmented reality-menu kan zien via mijn nieuwe contacten. Na een paar seconden van overwegen, selecteer ik een mix van verschillende theeën en een voorgerecht met monsters van fruit — alle soorten zijn uniek voor deze plek.

"Gevarengeld," zegt hij afwijzend als ik klaar ben. "Heb je het al uitgegeven en heb je meer nodig?"

"Niet echt." Ik schakel de communicatie uit, zodat niets mijn zicht op hem blokkeert. Onmiddellijk begint mijn gekwijl weer, dus ik verberg het onder een stevige, zakelijke toon. "Ik wil graag een theorie met je doornemen."

Zijn donkere wenkbrauwen komen omhoog.

"In Bernards droom zag ik je met je VR-bedrijf praten en had ik een openbaring. Je bent van plan om VR aan mensen te geven om je illusionistische krachten te laten groeien, toch?"

Zijn wenkbrauwen gaan nog verder omhoog. "Een indrukwekkende conclusie. Geen wonder dat je de zaak van de vermoorde raadsleden hebt opgelost."

Ik denk dat ik die zaak heb opgelost omdat ik geluk had, maar dat ga ik hem niet vertellen — hoe hoger zijn mening over mij, hoe beter. "Dus je ontkent het niet?"

Er komt een dryad met een dienblad, ze zet een kopje thee naast me neer, en dan twee identieke fruitschalen.

Valerian grijnst. "We hebben hetzelfde. Knappe koppen denken hetzelfde."

Ik wacht tot de dryad weggaat en tot mijn hart van de hormoon-geïnduceerde piek is hersteld. Over een dodelijke grijns gesproken — als ik oud en zwak was, dan was ik misschien al omgevallen. "Dus heb ik gelijk over je plannen?" vraag ik wanneer mijn stem stabiel genoeg is.

"Min of meer." Hij neemt een ronde vrucht die op de guave van de aarde lijkt en bijt er met verve in.

Ik vecht tegen een ongebruikelijke drang om de vruchtensappen rondom zijn mond weg te likken. "In dat geval wil ik meedoen," zeg ik en ik pak mijn eigen versie van hetzelfde fruit voordat ik iets totaal onprofessioneels kan doen, om nog maar te zwijgen van onhygiënisch.

Ik bijt in de vrucht, proef zijn zoete, maar op de een of andere manier hartige, goedheid, en mijn hart begint weer als een gek te slaan als ik merk dat hij met een hongerige uitdrukking naar de sappen rond *mijn* mond kijkt.

Mijn idee om dingen te likken moet besmettelijk zijn.

"Wat bedoel je?" mompelt hij, zijn aandacht nog steeds op mijn lippen.

Ik pak mijn theekopje met onstabiele handen op. "Ik wil met de hulp van je VR-bedrijf mijn krachten laten groeien." Ik haal diep adem terwijl zijn ogen naar de mijne schieten en zijn blik verscherpt. "Je plan is om geassocieerd te worden met de illusoire werelden van VR, zodat je in zekere zin een heer van illusies in de menselijke geest wordt. Ik wil dat je mij hetzelfde laat doen. Virtual reality kan droomachtig zijn, dus met het juiste spel of de juiste app kan ik als een dame van dromen worden gezien — en daardoor zouden mijn krachten moeten groeien. Theoretisch gezien."

Ik verwacht half dat hij me in mijn gezicht uit zal lachen en weg zal lopen, maar hij ziet er in plaats daarvan bedachtzaam uit. "Een van de games die we ontwikkelen, bevat een illusionistische held," zegt hij langzaam. "Gezien hoe vergelijkbaar onze krachten zijn, betekent dit dat de moeren en bouten voor een droomwandelaarpersonage al bestaan. Als we een aantal droomgerelateerde levels en je gelijkenis als een alternatief personage zouden toevoegen..."

Oh, puck. Ik spring bijna op van opwinding. "Ga je het doen?"

Zijn ogen glanzen als blauwe diamanten. "Ik zou het kunnen doen — maar je vraagt veel. Hoe mooi je ook bent, ik wil er iets voor terug hebben."

HOOFDSTUK VIJF

IK KNIPPER GESCHOKT met mijn ogen naar hem. Hij, dit prachtige schepsel, denkt dat ik mooi ben? Ik?

De gloed van het compliment verduistert bijna het andere deel van zijn verklaring: dat ik voor mijn verzoek zou moeten betalen. Nu ik erover nadenk, is het echter verkeerd dat ik hoop dat hij om iets ongepasts vraagt als betaling — zeg, mijn lichaam?

"De Senaat heeft me gevraagd om een bepaalde geheime zaak voor hen te onderzoeken," vervolgt hij, "en ik zou iemand met jouw onderzoeksvaardigheden kunnen gebruiken om me te helpen."

Mijn geile bubbel barst. De Senaat is het belangrijkste regeringsorgaan op Gomorrah — dat, in tegenstelling tot de Raden elders, door een democratisch proces wordt gekozen. Afgaande op wat ik in de media heb gehoord, kan een geheim onderzoek voor de Senaat een uiterst gevaarlijke onderneming zijn.

Ik neem een slok van mijn thee om mezelf te kalmeren. "Ik heb amper één onderzoek overleefd. Wat willen ze dat je uitzoekt? Ik kan mijn moeder niet helpen als ik dood ben."

Hij fronst. "Wat is er mis met je moeder?"

Ik zet mijn beker neer. "Het is een lang verhaal."

"Vertel het me." Hij pakt een stuk blauw fruit dat op een sinaasappel lijkt en schilt het.

Ik aarzel even en vertel hem dan alles: hoe mam bij het ongeval betrokken raakte en hoe de medische rekeningen me ertoe hebben gebracht om banen met dubieuze legaliteit te accepteren, inclusief de zijne. Ik leg ook uit dat de genezing die Isis uitvoerde onvolledig was en dat ik nu meer kracht moet krijgen, zodat ik mam uit haar dromen kan wekken.

Terwijl ik spreek, worden de gebeeldhouwde gelaatstrekken van Valerian zachter en terwijl ik mijn uitleg afrond, bedekt hij mijn hand met zijn grote, warme hand. "Het spijt me," mompelt hij. "Ik ben blij dat de klussen die ik je heb gegeven, hebben geholpen."

Ik weersta de drang om mijn hand weg te trekken — deels omdat ik zijn aanraking fijn vind en deels omdat hij aardig is en ik hem niet wil beledigen door te impliceren dat hij beestjes heeft. Hoewel hij dat absoluut heeft. In zijn geval vind ik het echter vreemd genoeg niet zo erg.

Ik durf te wedden dat zelfs zijn beestjes heet zijn.

Ik schraap mijn keel. "Dit onderzoek, hoelang denk je dat het zal duren?"

Voordat hij kan antwoorden, komt de dryad terug

met twee borden en wat het tweede deel van zijn bestelling moet zijn — een selectie van groenten in sauzen op basis van noten.

Valerian verdeelt het eten behendig tussen onze twee borden en proeft een champignonachtig hapje. "Heerlijk," zegt hij en zijn ogen sluiten zich in extase.

De dryad straalt naar hem. "Erato zal blij zijn met je lof."

Ik voel een plotselinge drang om zonder enige reden een onschuldige bediende te verstikken. Ik bedoel, het enige wat ze deed was naar Valerian glimlachen. Zou ik liever hebben dat vrouwen bij hem in de buurt depressief zijn?

Hmm. Misschien.

De dryad gaat weg, en ik probeer mijn eigen versie van de champignon.

Het ding is zo voedselgastisch dat er een kreun van mijn lippen ontsnapt.

Terwijl ik met mijn ogen knipper — ik realiseerde me niet dat ik ze had gesloten — kijkt Valerian me aan met een honger die niets met het eten te maken heeft.

Mijn gezicht wordt heet, mijn hartslag stijgt. "Je hebt mijn vraag nooit beantwoord," mompel ik met een mondvol. "Hoelang duurt het onderzoek?"

Hij kijkt overal om ons heen naar het groen, alsof hij andere klanten en serveersters door het gebladerte ziet. Dan richt hij zich weer op mij. "Ik heb ons net met mijn krachten privacy gegeven," legt hij uit. "Als de serveerster terugkomt, ziet ze ons eten en trivialiteiten uitwisselen over het weer. Ondertussen kunnen we alles doen wat we willen en niemand zal er iets van merken."

Bijna verstikkend bij de gedachte om met Valerian "alles te doen wat ik wil", vind ik een sappige, broccoli-achtige stengel en stop hem in mijn mond.

Hij ziet me met duidelijke fascinatie kauwen voordat hij eindelijk mijn eerdere vraag beantwoordt. "Ik heb geen idee hoelang het onderzoek zal duren."

Hij negeert mijn teleurgestelde grimas en vindt zijn eigen versie van de plant die ik net heb gegeten en valt hem aan.

Als ik zijn kaken zie bewegen, realiseer ik me dat dit proces fascinerend kan zijn — ik heb het bijzonder moeilijk om mijn ogen weg te houden van zijn mond. Met moeite duw ik mijn eigenzinnige gedachten weg. "Wat zeg je ervan als je me vertelt wat we precies gaan onderzoeken?"

Hij slikt zijn eten met duidelijk genot door. "Dat is geheim. Zonder het eerst met de Senaat te bespreken, kan ik je niet veel vertellen."

"Maar goed dat we privacy hebben." Ik spies een gigantische boon met mijn vork. "Ik zou niet willen dat iemand het niets hoort dat je me net hebt verteld." Ik stop de met saus doordrenkte boon in mijn mond. Net als al het andere tot nu toe, is het goddelijk.

Terwijl hij zijn ogen van mijn mond wegtrekt, zegt Valerian, "Het simpele feit dat ik iets onderzoek, is need-to-know-informatie. Ik heb het je alleen verteld omdat ik je vertrouw."

Ik vernauw mijn ogen tot spleetjes. "Ik wou dat het wederzijds was."

"Vertrouw je me niet?" Hij maakt jongensachtige puppyogen — en het is onduidelijk of hij zijn krachten gebruikt om me bij het zien ervan te laten smelten, of dat zijn controle over zijn gezicht zo goed is.

Er speelt zich een korte fantasie in mijn hoofd af. Eentje waarin hij en ik ons reproduceren en een jongetje hebben gemaakt dat die exacte ogen naar me trekt om een pony van chocoladeglazuur te krijgen.

Wacht, wat? Wat denk ik in vredesnaam?

Ik pak de beker en slurp luid van de thee om de krankzinnige gedachte te verbannen. "Hoe zit het met de ontwikkeling van het spel?" vraag ik. "Hoelang denk je dat dat zou duren?"

Hij glimlacht. "Ik zou met mijn team moeten praten om het zeker te weten. Ik weet dit: de Illusion Scope — de hardware voor onze games — gaat over een paar dagen live, samen met een paar games, dus mijn team heeft het al druk. Het spel in kwestie is fase twee, dus lagere prioriteit." Hij maakt korte metten met zijn eigen gigantische boon — als in, de peulvrucht, niet het deel van zijn lichaam waar mijn geest naar blijft afdrijven.

Mijn weerbarstige libido kalmerend, vraag ik, "Zou het mogelijk zijn om het een hogere prioriteit te geven? Misschien kan je team tegelijkertijd met je onderzoek aan de veranderingen in het spel beginnen?"

Hij trekt een wenkbrauw op. "Als in, je wilt je

betaling krijgen voordat de klus zelfs maar is geklaard?"

"Waarom niet? Je zei net dat je me vertrouwt. Hoe dan ook, je hoeft het spel niet vrij te geven totdat ik het onderzoek heb afgerond. Ik wil mijn moeder gewoon zo snel mogelijk helpen."

Hij geeft me een oogverblindende grijns. "Je hebt lef, dat moet ik je nageven." Hij doet iets dat eruitziet als een feloranje asperge in zijn mond, en eet hem op met dat kenmerkende genot van hem.

Ik sla mijn armen over elkaar. "Is dat een nee?"

"Als je al het geld neemt dat ik je ooit heb betaald en er aan het eind een paar nullen aan toe zou voegen, dan is dat ongeveer hoeveel het zou kosten om te doen wat je vraagt." Hij verslindt nog een hapje.

Ik buig naar voren op mijn stronkstoel. "Wat als ik met de ontwikkeling van het spel zou helpen?"

Terwijl zijn mond bezig is met de grootste groente op zijn bord, geeft hij me een ongelovige blik.

"Ik heb cursussen in videogameontwerp gevolgd," zeg ik defensief. "Bovendien lijken droomwandelen en game-ontwerp behoorlijk op elkaar — en ik heb veel ervaring met dat eerste."

Hij kauwt bedachtzaam, duidelijk niet overtuigd.

"Een goede vriend van me heeft dezelfde cursussen gevolgd. Wat als ik hem zou overtuigen om ook te helpen?"

Valerian slikt zijn eten door, zijn uitdrukking onleesbaar.

Bezeten door een innerlijke demon, flap ik uit, "Hij en ik hebben *niets* romantisch met elkaar."

Nu ziet hij er geamuseerd uit. "Daar had je mee moeten beginnen. Plotseling lijkt hij perfect voor de klus."

Ik tik met mijn vingers op het tafelblad. "Felix is een tovenaar met computers. Letterlijk dus — hij heeft macht over silicium boven op zijn enorme kennis van computerwetenschappen.

Valerians blik wordt scherper. "Is hij die technomancer die iedereen inhuurt om hun cyberbeveiliging te doen?"

"Ik geloof het wel. Hij noemt zichzelf in ieder geval een technomancer." Ik kijk hem recht aan. "Hij is me een gunst verschuldigd en ik denk dat ik hem kan laten helpen."

Dat is een leugen. Het is eerder zo dat ik Felix een gunst verschuldigd ben — of meerdere. Toch denk ik dat ik hem kan overtuigen om een handje te helpen. In het ergste geval zou ik zijn gebruikelijke tarieven kunnen betalen — ervan uitgaande dat hij betaling in Gomorraanse cc zou accepteren in plaats van Amerikaanse dollars.

"Goed dan." Valerian steekt zijn hand uit. "Je hebt een deal."

Zonder enige aarzeling pak ik zijn hand vast. Beestjes of niet, zijn handdruk is sterk en stevig, zijn huid aangenaam warm en droog als zijn hand mijn vingers omhelst. Een deel van me wil nooit meer loslaten, ook al maakt de wetenschap van de ziektekiemen die we delen me doodsbang.

Een paar luide hartslagen later realiseer ik me dat we nog steeds elkaars hand vasthouden — en dat hij zachtjes mijn handpalm masseert. Wauw. Zijn duim wrijft precies op de plek waar mijn hand gespannen aanvoelt, en het voelt zowel rustgevend als —

Er rinkelt iets in Valerians zak.

Fronsend laat hij me los en maakt een gebaar dat op een VR-commando lijkt. "Dat was mijn alarm," zegt hij verontschuldigend. "Ik heb een belangrijke vergadering waar ik naartoe moet."

Verbijsterd door het handje vasthouden, knik ik alleen maar.

Hij gaat staan. "Krijg Felix aan boord en ontmoet me later vandaag op mijn hoofdkwartier op aarde. Ik zal je de tijd en het adres sturen."

Ik knik weer, nog steeds stil.

Hij maakt een paar gebaren die eruitzien alsof hij de betaling regelt, leunt dan naar voren en streelt met zijn lippen over mijn wang.

Mijn hartslag wordt supersonisch. Met open mond staar ik hem na terwijl hij mijn persoonlijke ruimte verlaat en het restaurant uitloopt alsof hij geen zorg in de wereld heeft.

Wanneer hij uit het zicht verdwijnt, hygieia ik mijn handen en gezicht en drink ik de rest van mijn thee op voordat ik gedachteloos de rest van mijn eten verslind. Hoewel alles net zo heerlijk is als voorheen, voorkomt de overactieve toestand van mijn parasympathische zenuwstelsel dat ik ervan geniet. Ik eet de maaltijd op en open de app om te betalen en ontdek dat Valerian mijn deel al heeft betaald.

Dat is aardig van hem. Het is alsof we een date hadden. Wacht eens even — hadden we dat?

Ik schuif de verontrustende gedachte opzij, verlaat het restaurant en volg mijn stappen terug, neem de hyperloop en vervolgens een auto naar het hubgebouw.

Als ik in de lift stap, controleer ik mijn berichten.

Zoals beloofd, heeft Valerian me de details voor onze vergadering gestuurd.

Ik onthoud de locatie voor het geval mijn communicatie stopt met werken als ik op aarde ben — hoewel ik betwijfel of dat zal gebeuren. Strikt genomen zou ik alle technologie van Gomorrah hier moeten laten, maar ik voel me vandaag gedurfd. De Raad van New York is me wat verschuldigd, dus zelfs als ik gepakt word, zal ik waarschijnlijk vrijuit gaan.

Hopelijk.

Ik verlaat de lift, geniet van het uitzicht vanaf de top van de wolkenkrabber en neem afscheid van de beschaving. Met een paar doeltreffende stappen betreed ik de pulserende energie van de poort van de aarde en kom ik in het verborgen deel van de luchthaven van JFK aan. Een paar labyrintische gangen later, voeg ik me bij de menselijke reizigers die geen idee hebben dat deze luchthaven je naar een andere wereld kan brengen.

Om te beginnen: een plek vinden die desinfectiemiddel verkoopt en een paar flessen halen.

Zonder toegang tot hygieia is dit het beste wat ik kan doen.

Klaar om deze door kiemen geteisterde wereld onder ogen te zien, ga ik naar de taxistandplaats en app Felix op mijn telefoon van de aarde: *Ik moet je persoonlijk spreken.*

Zijn antwoord komt meteen: *Kom naar mijn appartement.*

Ik antwoord bevestigend en gebruik een app op mijn telefoon om een taxirit op te roepen. Kort daarna komen we in het verkeer vast te zitten, mijn minst favoriete aspect van deze plek — dat wil zeggen, naast het gebrek aan goede sanitaire voorzieningen. Op Gomorrah delen we de auto's, die in combinatie met hyperloop en vliegende voertuigen files tot het verleden hebben gemaakt.

Uiteindelijk komen we in Manhattan aan.

Battery Park, de buurt waar Felix woont, is leuk — althans voor de aarde. Er is veel groen te zien, en het uitzicht op de giftige wateren van de haven zijn aangenaam voor het oog. Als ik op de verdieping van Felix kom, is het kogel- en misschien zelfs raketbestendig, iets dat niet het geval is met andere appartementen in het gebouw.

Ik druk op de deurbel.

HOOFDSTUK ZES

DE DEUR GAAT open en onthult Ariëls grijnzende gezicht.

Ariël is een uber, een extreem knap en supersterk type Cognizant. Zij en Felix zijn huisgenoten, dus het is geen schok om haar hier te zien.

"Bailey!" Voordat ik kan knipperen, trekt ze me in een knuffel die zo stevig is dat een beer er trots op zou zijn.

Omdat ze geen naakte huid aanraakt, kan ik mezelf na het contact met gemak kalmeren — vooral als ik op adem kom en vaststel dat mijn ribben niet gebroken zijn.

"Wat doe je hier?" vraagt ze opgewonden en wuift me naar binnen. "Ik had niet gedacht dat je zo snel na het laatste avontuur naar de aarde terug zou komen."

"Ik verbaas mezelf, geloof me." Ik doe de deur achter me dicht.

Er komen drie harige wezens uit de keuken en ze kijken me met verschillende niveaus van nieuwsgierigheid aan.

De ene is een chinchilla, een schattig knaagdier dat niet is wat hij lijkt. Van onze laatste ontmoeting weet ik dat dit een domovoj is, een zeldzaam type Cognizant dat in hun beperkte domein extreem krachtig is. Zijn naam is Fluffster, waarschijnlijk vanwege al dat dons.

Hoi, Bailey, zegt hij als een stem in mijn hoofd. *Fijn je weer te zien.*

Glimlachend groet ik terug en bekijk het tweede wezen, een kat van de Perzische variëteit. Hoewel ze geen Cognizant van welke aard dan ook is, heeft ze een koninklijke uitstraling, en het soort kwaadaardige intelligentie in haar ogen waardoor ik wil voorkomen dat ik aan haar slechte kant kom te staan.

Het derde dier is een andere chinchilla, waardoor ik vraag, "Hebben jullie een nieuw huisdier?"

Ariël rolt met haar ogen. "Dat hebben we niet. Dat is Kit."

"Oh, hoi, Kit." Kit is een gedaanteverwisselaar en een krachtige — zozeer zelfs dat ze in de Raad van New York zit. Ze kan duidelijk elk wezen zijn dat die gekke mensen als huisdier houden, of het nu een chinchilla, een hond of een nijlpaard is.

Ik ben geen huisdier, zegt Fluffster in mijn hoofd, waarbij hij erin slaagt om chagrijnig te 'klinken'.

"Sorry." Ik doe mijn best om mijn gezicht strak te houden. "Ik bedoelde 'nog een huisdier naast de kat'."

De kat werpt me een blik toe die lijkt te zeggen, "In werkelijkheid zijn het allemaal *mijn* huisdieren."

De extra chinchilla glinstert en transformeert in Kits kleine, anime-achtige blonde gestalte. "Ik ben hier om Fluffster gezelschap te houden," zegt ze met een knipoog.

"Vraag het niet," fluistert Ariël. "Ze zijn vrienden met verontrustende voordelen."

Ik zie eigenlijk geen probleem met zo'n regeling — afgezien van het feit dat dit potentieel slecht is voor de seksverslaving van Kit. Ariël is een product van een wereld waar iedereen die van intimiteit geniet er altijd menselijk uitziet, dus ik kan haar het vooroordeel niet kwalijk nemen. We zijn op Gomorrah ruimdenkender. Naast gedaantewisselaars — die zeldzaam zijn — hebben we een overvloed aan weerwolven, en andere Cognizanten die regelmatig in verschillende vormen intiem contact met elkaar hebben.

"Wat brengt jou hier?" vraagt Kit en ze verandert zichzelf in Felix. "Als het is om de technomancer te zien, dan is hij op dit moment met iemand anders bezig."

"Zijn vriendin," verduidelijkt Ariël samenzweerderig. "Ik moet nog steeds aan het idee wennen dat hij er een heeft."

Ik vind de blik die Kit me geeft niet prettig, dus ik zeg, "Felix en ik zijn gewoon vrienden." Haar uitdrukking verandert niet, dus voeg ik eraan toe, "Niet het soort vrienden dat jij en Fluffster zijn."

"Dat is goed om te weten," zegt een onbekende vrouwenstem.

Een knalrode Felix en een kleine jonge vrouw stappen de woonkamer binnen. Ze ziet er bekend uit — dit is het meisje dat ik hem in zijn droom tegen pucks heb zien verdedigen, realiseer ik me.

"Maya, dit is Bailey," zegt Felix. "We kennen elkaar al heel lang."

Maya steekt haar hand naar me uit en ik heb geen andere keuze dan hem te schudden en een mentale notitie te maken om me snel te ontsmetten.

Ze kijkt me door haar bril aan. "Felix zei dat jullie samen videogamescursussen hebben gevolgd, maar hij heeft nooit gezegd hoe mooi je bent."

Ik grijns naar haar. "Bedankt. De ontwikkeling van videogames is eigenlijk de reden waarom ik hier ben. Felix, kun je me helpen om levels en functies toe te voegen aan een VR-game?"

"Waarom?" vraagt hij.

"Wat ben je van plan?" vraagt Kit.

Meer vragen volgen van iedereen behalve van de kat, en beetje bij beetje breng ik ze op de hoogte van mijn moeder, Valerian, en de deal die we hebben gemaakt. Om te voorkomen dat ik over mijn plan praat om kracht te verwerven, vertel ik ze gewoon dat Valerian me zal helpen in ruil voor een aantal diensten die het spel bevatten.

"Valerian is ambitieus," zegt Kit als ik klaar ben. "Zijn VR-headset vrijgeven en tegelijkertijd een aanvraag indienen om in de Raad te komen? Ik heb geen idee hoe hij dat allemaal wil doen."

Ik frons. "Heeft hij zich aangemeld om in de Raad te zitten?"

"Hij wil Hekima vervangen," zegt Kit, terwijl haar gezicht in het grootvaderlijke gezicht van de overleden illusionist verandert. "Zal waarschijnlijk ook lukken. Zijn voorganger heeft bewezen hoe machtig hun soort kan zijn — dat is een zegen voor de Raad."

"Ik kan nog steeds niet geloven dat ik lessen heb gevolgd bij iemand die tot al die moorden in staat was," moppert Maya. "Hij leek zo aardig."

Heeft ze les gehad van Hekima?

Oh ja, natuurlijk. Hij gaf les in iets dat Oriëntatie heet hier op aarde — een soort school voor de jonge Cognizant.

Deze Maya moet er niet alleen uitzien als een tiener — ze *is* er een. Ik hoop dat Felix weet wat hij doet.

Felix werpt een schuldige blik op Ariël. "Een kans om aan VR te werken. Misschien kan ik —"

"Nee," zegt ze streng. "We hebben je nodig."

Ik trek een wenkbrauw op.

"Felix kan je niet helpen," zegt Maya met een beetje te veel gretigheid. "Zijn andere vriendin uit Gomorrah heeft voorrang."

Is ze jaloers op me? Als dat zo is, waarom dan? Haar vriendje is huisgenoten met Ariël en prinses Peach — die beide aantrekkelijker zijn dan ik.

Ik besluit haar te negeren en kijk Felix sceptisch aan. "Heb je nog *andere* vriendinnen op Gomorrah?"

"Itzel," legt Kit uit en ze verandert in de persoon in kwestie: een jonge kabouter met ronde wangen en een gekke glimlach. In de echte wereld zou die glimlach worden verborgen door een masker, omdat Itzel, net als al haar soort, last heeft van ademhalingsproblemen.

"Wat is er met Itzel aan de hand?" vraag ik bezorgd. Ze is ook een vriendin van mij.

"Het gaat om haar beroemde grootvader," zegt Ariël.

Beroemd is een understatement. Cadmael heeft in zijn eentje de kwaliteit van leven op Gomorrah verhoogd tot het niveau waar we momenteel van genieten. In zijn jeugd had hij een reactor uitgevonden die energie levert die bijna gratis is en daarom elk aspect van ons dagelijks leven aandrijft.

"Wat heeft hij deze keer gedaan?" vraag ik geërgerd.

Al sinds ik Itzel ken, is haar grootvader een lastpak. Hij had pas geleden bijvoorbeeld een gokschuld opgelopen die zo groot was dat Itzel een riskante baan moest nemen om Felix en zijn vrienden te helpen. Ze was door hun avontuur zo getraumatiseerd dat ze me had gevraagd om haar met droomtherapie te behandelen — wat ik van plan ben om op een gegeven moment in de nabije toekomst te doen, omdat ik nu weet hoe ik kabouterdromen moet binnengaan.

"Hij is van Gomorrah verdwenen," zegt Felix. "Itzel heeft ons gevraagd om te helpen, en we zijn het haar verschuldigd."

"Natuurlijk," zeg ik. "En ik wil ook graag helpen."

Iedereen behalve Maya kijkt blij bij het nieuws —

hoewel het moeilijk is om te weten wat Fluffster denkt onder al die vacht, en het platte gezicht van de kat moet er altijd een beetje chagrijnig uitzien.

Hoe zit het met je moeder? vraagt Fluffster mentaal.

Even vergeet ik de beestjes en reik ik naar beneden en pak hem op.

Wauw. Het risico op ziektes is het waard. De vacht van een chinchilla is bijna net zo hemels als dat van Pom.

"Mijn moeder heeft natuurlijk voorrang," antwoord ik, terwijl ik in zijn knaagdierogen kijk. "Maar ik hoop dat het videogame-gedoe en mijn werk met Valerian niet al mijn wakkere tijd in beslag nemen."

Ik voeg er niet aan toe dat ik vampierbloed begin te missen. Nu er zoveel gebeurt, is slapen een luxe. Maar ik kan deze gedachten beter weerstaan; het kan een verslaving zijn die zijn lelijke kop opsteekt. Als mijn wakkere tijd niet genoeg is voor mensen, dan kunnen ze m'n rug op. Vooral Valerian — op die manier zou ik er zelfs van kunnen genieten.

Felix grijnst. "Fantastisch. We willen graag je hulp — en misschien kan ik je nog steeds met het spel helpen als ik vrije tijd heb."

Ik zet Fluffster weer op de grond. "Dat zou geweldig zijn. Misschien kun je het doen in plaats van een aantal van je betaalde klussen. Ik zal je gebruikelijke tarief betalen."

Bij de vermelding van geld, blaast Fluffster zich op. *Felix zal je graag helpen. De gunst aan Itzel zal niet de huur betalen of boodschappen in de koelkast laten verschijnen.*

"Maar hij kan het niet *nu* doen," zegt Maya. "We gaan naar Cadmaels appartement, zodat ik mijn krachten kan gebruiken om hem te lokaliseren." Ze zet haar kleine handen op haar heupen. "Ik heb maar een kort tijdsbestek als ik vrij ben, dus we moeten gaan. Nu meteen."

"Juist," zegt Felix schaapachtig. "We kunnen beter gaan."

Grappig hoe deze haast zich leek te materialiseren toen ik verscheen. Ik besluit echter niets te zeggen; Maya zal er dan nog zekerder van zijn dat ik haar vriendje wil, wat niet zo is.

Al mijn amoureuze gedachten zijn de laatste tijd op Valerian gericht.

Ik kijk Felix met een strak gezicht aan, zodat Maya niet denkt dat ik hem met mijn ogen uitkleed. "Voordat je gaat, kun je me een update geven over de communicatie van Leal?" Ik kijk Maya verontschuldigend aan. "Leal was een droomwandelaar en de Raad van New York had me toen gevraagd om zijn moord op te lossen. Zijn communicatie bevat zijn aantekeningen en kan nuttige informatie over mijn krachten bieden."

Felix kijkt op. "Oh ja, dan ben ik je vergeten te vertellen. Die heb ik kunnen hacken. Ik heb zijn hele dagboek. Ik heb Soma nagetrokken, zoals je had gevraagd — het wordt nergens vermeld. Hij leek geobsedeerd te zijn door een geheim genootschap dat op de Illuminati lijkt, maar dan op steroïden.

Tenminste, zo ver ben ik gekomen voordat ik me begon te vervelen."

Het kost me alles wat ik in me heb om mijn teleurstelling te verbergen. Ik had echt gehoopt dat er iets over Soma in Leals notities zou staan. Hekima had gesuggereerd dat het een plek is waar droomwandelaars wonen, maar het is onduidelijk of hij een stad of een hele Andere Wereld bedoelde.

Dankzij de geheimzinnigheid van mijn moeder weet ik zo weinig over mijn soort — of over mijn familie. Ze heeft het nog nooit over mijn vroege kinderjaren gehad — wat klote is, omdat ik me niets herinner van voordat ik zeven was.

Ariël houdt haar hoofd schuin. "Een geheim genootschap?"

"Ja," zegt Felix. "Een groep genaamd Icelus."

Kit verandert in Leal en rolt met zijn/haar ogen. "Dat weer? Hij heeft dat een paar keer voor de Raad naar voren gebracht. Een belachelijke gedachte." Ze verandert weer in haar gebruikelijke zelf. "Volgens hem is Icelus een cultus van Cognizanten die een of andere vreemde god aanbidt."

Ariël kijkt geïntrigeerd. "Zoals de Broederschap?"

"De monniken doen niet geheimzinnig over hun geloof." Kit verandert zichzelf in een van de figuren met mantels.

"Klopt," zegt Felix. "In tegenstelling tot de Broederschap verbergt Icelus hun verwantschap — en hun godheid is niet erg aardig. Leal zegt dat Icelus achter een aantal vreselijke dingen op aarde zit."

Kit gnuift. "De waanideeën van een oude man. Hij beweerde dat ze oorlogen begonnen en terroristische daden hebben uitgevonden. Zijn lijst ging maar door en door. Het is onmogelijk dat een groep Cognizanten met dat alles onder de neus van de Raden weg had kunnen komen."

"Tenzij ze de Raden hadden geïnfiltreerd," zegt Felix. "Dat is wat Leal beweerde. Hij zei zelfs —"

"Kan ik de notities krijgen zodat ik ze zelf kan lezen?" Ik werp een blik op de deur. "Je hebt haast, weet je nog?"

"Juist." Felix verdwijnt in zijn kamer en komt terug met de verouderde communicatie van de droomwandelaar.

Ik haal mijn eigen glimmende nieuwe model en mijn lokale telefoon tevoorschijn. "Stuur ze naar een van deze, alsjeblieft."

Felix pakt mijn nieuwe apparaat uit mijn handen en onderzoekt hem met de opwinding die mannen meestal bewaren voor de vrouwelijke vorm.

Maya fronst naar me.

"Waar is de bril voor dit ding?" vraagt Felix. "En de handschoenen?"

Ik vertel over de onzichtbare hoofdtelefoon, de contactlenzen en de nagels. Felix ziet er zo betoverd uit dat ik half verwacht dat hij een orgasme krijgt, terwijl Maya's frons tot een dodelijke blik uitgroeit.

"Ik denk dat ik deze ga halen als we Itzels grootvader hebben gevonden," fluistert Felix eerbiedig.

Ik blaas een geërgerde adem uit. "Doe wat je wilt. Maar stuur me nu de dossiers, oké?"

"Oh, juist." Hij schiet met een boog van zijn technomancer-energie op beide apparaten. "Gedaan."

Ik zet mijn VR aan en zie een nieuw bericht met een bijlage. Ik open hem en vind heel veel pagina's met tekst.

Goed dan. Ik zal dit lezen als ik meer tijd heb.

Maya grijpt bezitterig naar Felix zijn elleboog. "We kunnen beter gaan."

"Goed idee," zeg ik. "Ik zal via Itzel contact met je opnemen zodra ik terug ben op Gomorrah en een vrij moment heb."

Terwijl Ariël en de anderen hun schoenen aantrekken, controleer ik nogmaals wanneer ik Valerian moet ontmoeten en bereken ik hoelang het duurt om bij de kantoren van zijn bedrijf te komen.

Ik heb ongeveer een uur om te doden.

"Mag ik hier bij Fluffster blijven?" vraag ik aan Felix en Ariël.

"Natuurlijk," zegt Ariël en ze knuffelt me zonder waarschuwing.

Voordat ik van haar knuffel kan herstellen, doet Kit het ook.

Maya zwaait koeltjes gedag en Felix schudt voorzichtig mijn hand.

Ik wacht tot ze vertrekken en ren dan naar de badkamer om mezelf met zeep en desinfectiemiddel te steriliseren. Ik voel me zo schoon mogelijk zonder hygieia en keer terug naar de woonkamer en praat met Fluffster totdat het tijd is om te vertrekken.

Op een dag zou je moeten komen als ik slaap, vertelt de domovoj me terwijl ik naar de deur ga. *Ik ben benieuwd naar je krachten.*

"Afgesproken." Niet in staat om het te weerstaan, aai ik zijn hemelse vacht. "Tot later."

HOOFDSTUK ZEVEN

IN DE TAXI ontsmet ik de hand die Fluffsters vacht heeft aangeraakt en open ik Leals dagboek.

Oh jeetje. Er staan hier veel saaie dingen — experimenten op zijn arme vogels en pagina na pagina van zijn gedachten over alledaagse kwesties, inclusief smerige delen zoals verslagen van zijn stoelgang.

Ik zoek naar Soma als trefwoord en vind niets, net zoals Felix me had verteld.

Teleurgesteld ga ik zitten en lees ik gewoon. Uiteindelijk kom ik tegen wat Felix had benoemd — paranoïde klinkend gezwets over een geheim genootschap.

Ze aanbidden Phobetor, de heer van nachtmerries. Ze denken dat hij een god is. Bestaat hij? Zo ja, wat is hij? Zou hij een schepsel kunnen zijn dat voor Cognizanten is wat wij voor mensen zijn?

Ik probeer die paragraaf te ontleden:

Er zijn werelden waar wij, de Cognizanten, als goden

worden aanbeden. In feite gebeurde dit ook in het verre verleden van de aarde. Loki, de god van het onheil, was bijvoorbeeld een beroemde kansmanipulator. Maar wat zou het voor sommigen betekenen om een god voor ons Cognizanten te zijn?

De taxi stopt naast een glanzend gebouw en onderbreekt mijn overpeinzingen.

Ik ga naar de bovenste verdieping, waar een grote "Bale Inc"-plaquette met trots de naam van het bedrijf aankondigt en ga naar de receptie.

"Meneer Bale, uw gast is er," kondigt de receptioniste via haar telefoon aan.

Valerian komt naar buiten in een maatpak. Puck, het staat hem goed. Zoals de cover van een modetijdschrift soort van goed.

Oh, en hij moet de meneer Bale zijn waar ze naar verwees. Daarom heet het bedrijf Bale Inc.

Huh. Dus als ik met Valerian zou trouwen en de ouderwetse heimelijke gewoonte zou volgen om de achternaam van de man aan te nemen, dan zou ik Bailey Bale zijn.

Ik weet niet zeker wat ik daarvan vind.

"Waar is de technomancer?" Valerian kijkt om zich heen alsof Felix zich ergens in een hoek zou kunnen verstoppen.

"Het blijkt dat hij iets anders te doen had." Ik leg mijn handen in een biddende positie. "Alsjeblieft, kom niet op de deal terug."

Hij zucht. "Wat dacht je ervan om je bij ons te voegen in de vergaderzaal?"

Ik volg hem naar een grote, met glas omhulde ruimte waar twee andere mannen aan een glazen vergadertafel wachten. Eén ken ik al, realiseer ik me — een man met een snor die op het videogamepersonage Mario lijkt, maar met een litteken op zijn voorhoofd.

Het is Bernard, de man voor wie Valerian me de opdracht gaf om hem in zijn dromen te 'inspireren'. Het is de klus waarvoor Valerian me die mooie bonus had betaald — zoals hij had moeten doen, nu ik erover nadenk. Niet alleen werd ik door de Raad van New York betrapt terwijl ik het deed, maar de klus zelf was behoorlijk complex vanwege Bernards eindeloze traumalussen. De arme man was een kind verloren aan een monster en werd zelf monsterlijk in zijn wraak.

Als je nu naar hem kijkt, zou je nooit weten wat er is gebeurd. Hij is het beeld van een zachtaardige software-ingenieur. Ik vraag me af of hij tot op zekere hoogte een psychopaat is, of dat wat hij deed in elke ouder zit, klaar om getriggerd te worden door een stimulus die vreselijk genoeg is.

De andere man heb ik nog nooit ontmoet, en het is een schande.

Ondanks dat hij dun is, is hij bijna net zo aantrekkelijk als Valerian, met vergelijkbare symmetrische mannelijke kenmerken en sterke donkere wenkbrauwen. Zijn haar is puur zwart en zijn huidskleur is vergelijkbaar met de mijne.

"Bailey Spade, maak kennis met Bernard Anderson en Ratridevi Bhairava," zegt Valerian en hij gaat zitten.

"Leuk je te ontmoeten, meneer Anderson," zeg ik

tegen Bernard. "En jou ook, meneer Bhairava."

"Noem me alsjeblieft Bernie." Bernard glimlacht. "Vanwege de *Matrix*-films ga ik nooit voor meneer Anderson."

Weer een fan van deze franchise. Hij en Felix zouden het goed met elkaar kunnen vinden — vooral als ik Felix nooit over het gruwelijke verleden van Bernie vertel.

"Ik gebruik ook niet mijn achternaam," zegt meneer Bhairava met een licht Indiaas accent. "Noem me alsjeblieft Rattie."

Ik knipper met mijn ogen naar hem.

"Het is een verkleining van Ratri, de korte versie van mijn voornaam," legt hij uit. "Mensen hier vinden het gemakkelijker om het op die manier te zeggen."

Nou, oké dan. Als hij die bijnaam niet erg vindt, dan zij het zo. Voor wat het waard is, hij lijkt helemaal niet ratachtig. Als ik hem met een knaagdier moest vergelijken, dan zou ik zeggen dat hij meer op een knappe bever lijkt. Of een otter, hoewel dat geen knaagdier meer is. Of zelfs een *cheburashka* — een koala-achtig wezen dat in de bewaard gebleven tropische jungle op Gomorrah leeft.

"Moet ik ook een bijnaam verzinnen?" vraag ik, terwijl ik in een strakke bureaustoel plof.

Moet ik voor Bails gaan? Of het drankje Bailey's?

Valerian gaat zitten. "Dat hoeft niet. We hebben niet *allemaal* bijnamen."

Ik salueer. "Goed dan, *meneer Bale, meneer*."

Een sensuele glimlach trekt aan de hoek van zijn

lippen. "Ik laat degenen die dicht bij me staan me Valerian noemen." Zijn stem verdiept zich op een manier die een zweem van opwinding naar mijn onderste delen stuurt — een ongemakkelijke situatie, vooral waar Bernie en Rattie bij zijn.

Ik haal diep adem om mijn versnelde hartslag te kalmeren, en trek mijn mouwen naar beneden om Poms vacht te bedekken — het is een gênant koraalroze geworden.

Valerian is ondertussen weer helemaal zakelijk. "Willen jullie dat je teams inbellen?" vraagt hij Bernie en Rattie op een vlotte toon.

"Nog niet," zegt Rattie en Bernie is het daarmee eens.

"Goed dan." Valerian kijkt me aan. "Ik heb het idee al aan hen uitgelegd. Jij wordt het model voor een project dat we *Heldere dromer* noemen."

Rattie grijnst naar me. "Ik heb ze ervan overtuigd dat in plaats van dit een nieuw personage in een bestaande game te maken, een nieuwe standalone VR-game-ervaring veel logischer is."

"Eentje die het fundamentele werk van de andere projecten gebruikt," zegt Bernie. "Om diep te bezuinigen op noodzakelijke middelen."

Ik trommel met mijn vingers op de tafel. "Een nieuw spel? Betekent dit dat het langer zal duren?"

"In zekere zin wel," zegt Valerian. "Maar er is ook goed nieuws. Rattie denkt dat zijn team binnen een paar dagen een werkniveau kan hebben — tussen hun *Beven in het donker*-project en al het andere, hebben ze bijna alles wat ze nodig hebben. Het is gewoon een kwestie van stukjes aan elkaar naaien."

Beven in het donker? Ik heb er via Felix van gehoord. Hij zei, en ik citeer, "Het is de engste horror-videogame aller tijden."

"Dus *Heldere dromer* zal eng zijn?" vraag ik aan Rattie.

Hij haalt zijn schouders op. "Als het spel over de dame van dromen gaat, bedacht ik: waarom laten we haar niet tegen nachtmerries vechten? Vooral omdat mijn team zo goed is in dat soort dingen."

"Valerian heeft pas geleden Rattie's hele studio opgekocht," legt Bernie uit. "Ze hebben overal mee geholpen, maar ze willen hun tanden in een eigen spel zetten."

"Wat betekent dat meer dan duizend mensen hieraan zullen werken," zegt Valerian betekenisvol.

Oh, puck. Geen wonder dat hij zei dat dit een grote vraag is; het budget moet in de miljoenen lopen.

Bernie opent zijn mond om iets te zeggen, maar zijn telefoon gaat. Hij kijkt stiekem naar het scherm en er verschijnt een tedere glimlach op zijn gezicht terwijl hij het telefoontje aanneemt.

"Hoi, schat, heel erg bedankt dat je me hebt teruggebeld." Hij dempt zijn telefoon en kijkt ons verontschuldigend aan. "Het is mijn dochter. We hebben elkaar al jaren niet gesproken. Ik ben zo terug."

Valerian knikt en Bernie gaat met de telefoon de kamer uit.

Dus ze hebben weer contact met elkaar? In zijn

dromen was het iets dat Bernard kwelde — ik bedoel Bernie. Misschien heeft hij zijn traumalussen onder mijn toezicht doorlopen, voelt hij zich beter en heeft hij contact opgenomen met zijn familie?

"Laat me dit voor Bernie beantwoorden," zegt Rattie. "We zullen natuurlijk meer van het verhaal moeten uitzoeken dan alleen nachtmerries bestrijden, maar gezien de expertise van mijn team en dat Valerian wil dat het spel in fase één wordt gezet, is dit de slimme manier om het te doen."

"Oké," zeg ik, terwijl ik me een beetje overweldigd voel. "Wat dit ook kan versnellen, het klinkt voor mij goed."

Bernie komt terug met een verontschuldiging.

Valerian negeert hem en geeft me een wetende glimlach. "Ik ben nooit klaar met uitleggen waarom het hebben van een werkniveau goed nieuws is. We hebben testers met de Illusion Scope-prototypes uitgerust die wachten om iets te spelen. Er zijn er twintigduizend van en ze groeien." Hij kijkt me scherp aan.

Ik staar hem niet-begrijpend aan; behalve dat ik nog meer onder de indruk ben van het budget dat hij naar dit ding gooit, zie ik niet wat het speciale goede nieuws is.

Er verschijnen plotseling immateriële letters in de lucht voor me. Ze zien eruit als LEGO-stukken en vormen een alinea met tekst — duidelijk het werk van Valerians illusie krachten:

Wanneer duizenden mensen die demo spelen, zullen je krachten een boost krijgen — ik weet dit uit persoonlijke ervaring. Niet zo'n grote boost als wanneer het spel live gaat, natuurlijk, maar een merkbare. Als je geluk hebt, is die boost misschien wat je nodig hebt om je moeder te overtreffen.

Wauw. Ik had genoegen genomen met een wachttijd die maanden zou duren, maar het blijkt dat ik mama misschien binnen een paar dagen kan redden.

Ik kijk hem stralend aan. "Dit is inderdaad geweldig nieuws. Wat kan ik doen om dit te versnellen?"

"Ik regel dat deel," zegt Valerian tegen Rattie en Bernie. "Neem contact op met jullie teams voordat Bailey en ik vertrekken."

Gaan we weg? Oké dan.

Rattie drukt op een knop aan de zijkant van het bureau en een heleboel gigantische schermen glijden uit het plafond en bedekken de muren. Er klinkt het geluid van een videoconferentie-app, en al snel toont elk scherm de enthousiaste gezichten van honderden mensen — hoogstwaarschijnlijk ontwikkelaars, ontwerpers, animators, audio-ingenieurs, enzovoort.

Stel jezelf voor en dan gaan we, vertelt Valerian me via de LEGO-tekst.

"Hallo allemaal," zeg ik terwijl ik in de camera's kijk. "Mijn naam is Bailey en ik zal het model zijn voor het *Heldere dromer*-project. Ik weet toevallig ook iets over game-ontwerp, dus ik help je graag op welke manier dan ook — laat me gewoon weten wat je nodig hebt en wanneer je het nodig hebt." Ik blijf in die richting gaan en begin uiteindelijk als een legergeneraal te klinken die zijn troepen voor een aanval oppept.

"Bedankt," zegt Valerian als ik klaar ben met mijn toespraak. "Waarom gaan we niet naar het motion capture-lab, zodat we aan de slag kunnen?"

Iedereen applaudisseert en zwaait naar me als we vertrekken.

Ik voel me aangenaam vreemd, alsof ik voor het eerst een klein slokje verdund vampierbloed heb genomen.

Ben ik high van het betrokken zijn bij de ontwikkeling van een spel, of is het de nabijheid van Valerian?

Als we de lift ingaan, merk ik dat hij me aandachtig in de gaten houdt.

"Ik voel me raar," flap ik eruit. "Op een goede manier."

Valerian drukt op de knop voor de vijftiende verdieping. "Er is een kans dat je krachten werden versterkt door simpelweg zoveel mensen in je te laten geloven als het model voor een droomwandelgerelateerd spel," zegt hij met een lage stem. "Toen mijn eigen kracht werd geboost, voelde ik me heel eigenaardig." Hij sluit zijn ogen, als in gelukzaligheid, en ik bewaar die uitdrukking in mijn geheugen voor gebruik in de droomwereld.

Ik kan me voorstellen dat dat is hoe zijn O-gezicht eruitziet.

De lift gaat open en we gaan een kamer met groene schermen binnen en voldoende computerapparatuur om toezicht te houden op een ruimtelancering.

Valerian pakt een klein stukje doek van een stoel en geeft het aan me. "Doe dit aan."

Het is een onesie-achtige outfit gemaakt van een blauw materiaal met grote grijze stippen. Ik kijk ernaar en dan naar hem.

Nee, hij maakt geen grapje. Hij verwacht echt dat ik het aantrek.

Ik slaak een zucht. "Waar is de paskamer?"

Er verschijnt een geamuseerde glans in zijn oceaanblauwe ogen. "Waarom?"

Dat rechtvaardig ik niet met een antwoord.

"Ik zal gewoon wegkijken." Daden bij woorden voegend, draait hij zijn brede rug naar me toe.

Ik denk tenminste dat zijn rug naar mij gedraaid is. Hij kan zijn krachten gebruiken om me te laten *denken* dat hij wegkijkt, terwijl hij daar in werkelijkheid met een vergrootglas op mijn privédelen gericht staat.

Waar trek ik de grens als het om paranoia gaat? Hij kan net zo gemakkelijk zijn kracht gebruiken om zichzelf onzichtbaar te maken en in elke paskamer te staan, zoals hij onlangs in de badkamer deed terwijl ik douchte.

Het is een herinnering die me woedend zou moeten maken, maar het geeft me in plaats daarvan een warm en tintelend gevoel.

Zonder verder oponthoud trek ik mijn kleren uit en trek ik de onesie aan. Hij is rekbaar, dus hij past.

Ik kijk naar Valerians rug.

Er is een spanning in zijn schouders die ik verkies te interpreteren als hem die lijdt met de inspanning om zich niet om te draaien en naar mijn ontzagwekkendheid te staren.

"Klaar," kondig ik aan.

Hij draait zich om en grijnst naar me voordat hij naar een nabijgelegen tafel gaat om een stel objecten op te pakken die eruitzien als de stippen die aan mijn outfit zijn bevestigd.

"Ik moet deze op je gezicht plakken," zegt hij terwijl hij me nadert.

"Je moet wat?"

"Ze zijn steriel, ik zweer het," zegt hij, en voordat ik bezwaar kan maken, bevestigt hij de eerste aan mijn voorhoofd, waarbij de toppen van zijn vingers over de huid rond de stip strelen.

Heilige digitalisering. Ik had geen idee dat mijn voorhoofd een erogene zone was.

Hij bevestigt nog een stip op mijn voorhoofd, en dan nog een.

Mijn ademhaling wordt oppervlakkig.

Valerian grijnst, zijn ogen glinsteren kwaadaardig en hij begint stippen op mijn neus, wangen en in de buurt van mijn lippen te plakken. Tegen de tijd dat hij eindelijk een punt op mijn kin plakt, heb ik het gevoel dat ik een schoon slipje nodig heb.

Hij laat me volledig in de war achter en gaat de primitieve aardse apparatuur opzetten.

"Kun je de instructies volgen?" vraagt hij met een grijns.

Ik schraap mijn droge keel. "Wat wil je dat ik doe?"

Hij vraagt me om verschillende emoties met mijn

gezicht te maken, en ik doe mijn best — soms doe ik zo goed m'n best dat Pom om mijn pols van kleur verandert om bij de uitdrukking te passen. Hij vraagt me dan om voor hem op bepaalde manieren te bewegen. Het vreemde is dat ik al dit bazige gedoe nogal heet vind — en niet alleen de delen waar hij me vraagt om met mijn heupen te zwaaien en dat soort dingen.

Uren van bewegingsregistratie later, zegt Valerian, "Dat is genoeg. We zouden genoeg moeten hebben voor de demo, maar misschien hebben we je daarna nog een keer nodig."

Ik houd mijn adem in terwijl hij voorzichtig de stippen van mijn gezicht verwijdert en zijn rug weer naar me toekeert.

Ik schud mijn hormoongeïnduceerde waas van me af en glijd uit mijn onesie. Voordat ik mijn originele outfit aantrek, gebruik ik al mijn resterende desinfectiemiddel op mijn gezicht en lichaam — omdat dat het rationele is om te doen.

Hoe erg het me ook opwindt, ik kan niet vergeten dat Valerians aanraking vol met ziektekiemen van de aarde zit.

"Ik heb wat zaken op Gomorrah te doen," zegt hij als hij zich omdraait. "Maar jij moet hier blijven en zo lang mogelijk met Rattie en het team werken. Over vijftien uur heb ik je echter nodig voor het eerste deel van het onderzoek voor de Senaat, dus ontmoet me dan bij Erato."

Erato? "Gaan we daar weer eten?"

Hij schudt zijn hoofd. "Over vijftien uur op aarde zal het op Gomorrah middernacht zijn. In plaats van te dineren, zullen we Erato's dromen binnenvallen."

"We?" Gaat hij zich ook bezighouden met dit droomwandelavontuur?

"We zullen de details bespreken nadat je een droomkoppeling hebt gemaakt en uit Erato's woning bent. Ik neem aan dat je in een dryad kunt dromenwandelen?"

"Ik zie niet in waarom niet, maar —"

"Goed. Laten we gaan."

Hij leidt me terug naar de lift en terwijl hij op de knop voor de bovenste verdieping drukt, herinner ik me iets dat ik hem wilde vragen. "Zegt het woord 'Soma' je iets?"

Hij verstijft even, dan verdwijnt zijn gezichtsuitdrukking. "Kun je me wat context geven?"

"Het is iets dat Hekima in zijn laatste momenten heeft genoemd," zeg ik, verbaasd over zijn reactie. "Hij liet het klinken als een plek waar droomwandelaars wonen. Het klonk ook alsof er minstens één illusionistische familie woonde — die van Hekima."

Valerians kaak verstrakt. "Je kunt niets vertrouwen wat die moordenaar heeft gezegd."

"Dus je weet het niet?" vraag ik — hoewel het voor mij duidelijk is dat hij het wel weet.

"Het spijt me. Ik kan je hier niet mee helpen."

"Maar —"

"Als je wilt dat ik je blijf helpen, hou er dan over op," gromt hij net als de liftdeuren opengaan.

Goed dan. Als hij het me zo vriendelijk vraagt, dan zal ik geloof ik niet meer nieuwsgierig zijn.

Hij loopt terug naar de vergaderruimte en ik volg. Bernie en Rattie zijn er, maar in plaats van de teleconferentie zijn er op de schermen tekeningen te zien van bloedstollende monsters en geestverruimende omgevingen. Het is duidelijk dat het werk aan de demo in razend tempo verloopt.

"Mijn team is erg enthousiast," zegt Rattie tegen Valerian. "Ik heb al wat dingen die ik je voor wil leggen."

Valerian steekt zijn hand op. "Ik heb een andere afspraak, maar Bailey kan mijn plaats nemen." Hij kijkt me even aan. "Ik vertrouw haar volkomen als het om de *Heldere dromer* gaat."

Terwijl Valerian ons daar achterlaat, kijkt Bernie me vertwijfeld aan, maar Rattie knippert niet eens. "Dus, Bailey," zegt hij, "naar jouw mening, wanneer je in iemands droom bent, zou het droomwandelaar-personage echt moeten kunnen lopen? Een aantal mensen stelden voor dat ze zou vliegen of teleporteren."

"Laat haar lopen," zeg ik. "Als droomwandelen echt was, stel ik me voor dat al het bovenstaande mogelijk zou zijn, maar ze zou nog steeds gewoon kunnen lopen, want dat is wat vertrouwd is en geen extra inspanning en concentratie vereist."

"Logisch," zegt Rattie. "En geen vliegende bezuinigingen op ontwikkeltijd."

"We hebben nog nooit in VR gevlogen," voegt

Bernie eraan toe.

"Vliegen heeft ook een hogere kans om de gamer VR-ziekte te geven," zeg ik, zonder te delen waarom ik dat denk. Er zijn vliegspellen op Gomorrah waar ik dat van had gekregen — en ik ben een ervaren vlieger, althans in mijn dromen.

Rattie bestookt me met meer vragen, en ik antwoord zo goed als ik kan, op basis van mijn game-designkennis wanneer dat nodig is, evenals op mijn ervaring met droomwandelen.

Na een tijdje gaapt Rattie op de meest besmettelijke manier. "Ik denk dat het tijd is voor een paar uur in de pod," zegt hij verontschuldigend. "Ik zit nog steeds op Bangalore-tijd."

Bernie verstikt zelf een gaap. "Het ligt niet aan je jetlag. Ik zou zelf wel wat tijd in de pod kunnen gebruiken."

Ik kan niet anders dan ook gapen. "Wat is dit voor pod-gedoe?" Ik strek me uit om de slaperigheid te verbannen.

Rattie staat op. "Gameontwikkeling is een gekke business. We werken vaak zo veel dat er geen tijd is om naar huis te gaan en te slapen."

"Daarom hebben we hier in de kantoren in New York slaapcabines geïnstalleerd," zegt Bernie, die ook gaat staan.

Ik kijk elke man om de beurt aan. "Slaap je tijdens het werk?"

Rattie haalt zijn schouders op. "Wanneer het nodig is. Meestal in tijden van tijdnood."

Ik knik en gaap weer.

"We hebben een pod die aan niemand is toegewezen," zegt Bernie. "Hij is van jou als je een powernap wilt." Hij ziet me ineenkrimpen van walging en voegt eraan toe, "Hij is gloednieuw. Je zou de eerste persoon zijn die hem gebruikt."

Nieuwsgierigheid krijgt de overhand, en ik stem ermee in.

Rattie leidt de weg totdat we een kamer bereiken die gevuld is met de eerder genoemde pods — die eruitzien als een hybride tussen een raket en een kist.

Rattie opent het doorzichtige kunststof deksel van een van hen. Met een zwaai gaat hij liggen, sluit het deksel en sluit zijn ogen.

"Dit is de pod waar ik het over had." Bernie wijst naar eentje die er inderdaad gloednieuw uitziet.

"Bedankt," zeg ik. "Misschien gebruik ik hem wel."

Bernie glimlacht en gaat naar een pod met een foto van een kind die aan de binnenkant is vastgelijmd. Ik herken de foto als dat van zijn dochter — ik heb haar in zijn dromen gezien. Hij klimt erin, mompelt iets als 'slaap lekker' en sluit het deksel.

Huh. Ik heb me nooit gerealiseerd dat gameontwikkeling zo'n hectisch baan was dat je niet eens naar huis kunt gaan om te slapen. Ik denk dat ik als mijn primaire carrière toch misschien blijf dromenwandelen — tenminste, als ik mam heb gered.

Ik zet mijn wekker op 'vibreren' zodat ik de anderen niet wakker maak, klim in mijn eigen pod en sluit mijn ogen.

HOOFDSTUK ACHT

DE VIBRATIE VAN de wekker maakt me wakker.

Ik voel me suf, alsof ik nog vele uren kan slapen. Ach ja. Misschien kan ik slapen nadat ik Valerian met de Erato-zaak heb geholpen.

Terwijl ik uit mijn capsule klim, zie ik dat Bernie en Rattie nog steeds in die van hen liggen te slapen. Ik kijk naar Rattie en controleer zijn oogleden. Yep. Hij droomt nu. Dat betekent dat ik een droomverbinding met hem kan leggen als ik dat wil.

Daar hoef ik niet lang over na te denken. Dat *wil* ik. Ik zou hem dan om te beginnen kunnen inspireren als het om levels van mijn spel gaat.

Ik til stiekem het deksel op en raak Rattie's voorhoofd aan.

IK VERSCHIJN IN mijn droompaleis en kom oog in oog te staan met Pom.

"Bailey," roept hij uit, terwijl hij diep paars wordt. "Ik heb je gezicht gemist."

Ik ga door zijn vacht. "Kun je niet gewoon een droomversie van mijn gezicht maken en er een tijdje naar staren?"

Om dat te demonstreren, maak ik een onbelichaamde replica van mijn grijnzende gezicht en laat die naast me in de lucht zweven.

Hij huivert een beetje. "Dat ziet er nogal verontrustend uit."

Ik rol met mijn ogen. "Goed om te weten. Ik wist niet dat mijn gezicht dat effect op je had."

"Als het niet aan de rest van je vastzit, wordt het griezelig," zegt hij serieus. "Ik denk dat je armen en benen ervoor zorgen dat je gezicht niet daar op lijkt."

Ik schud mijn hoofd en teleporteer naar de toren van slapers en zoek naar Rattie.

Hij ligt inderdaad in een nisje, niet ver van Bernie, die ook in zijn bed is verschenen.

"Traumalus," zegt Pom, terwijl de punten van zijn oren donkerder worden terwijl hij naar de wolken boven Rattie's hoofd kijkt.

Hij heeft gelijk. En niet zomaar wolken, maar turbulente wolken. Ik wrijf over het puntje van mijn neus. "Ik snap het niet. Zoekt Valerian software-ingenieurs met diepe psychologische trauma's, of is het gewoon pech van ieders kant?"

Poms vacht wordt nog donkerder. "Ik ga niet met je mee naar binnen."

"Ik denk ook niet dat ik naar binnenga. Ik heb met Valerian afgesproken om in de wakkere wereld een klus voor hem te doen. Ik heb een link met deze man opgezet zodat ik hem in de toekomst kan inspireren, niet om dat af te handelen." Ik zwaai naar de wolken.

"Hem inspireren?" Pom wordt lichtoranje. "Heb je het over de privédingen die je met Valerian doet waarvan je me hebt gevraagd er geen getuige van te zijn?"

Ik zet mijn handen op mijn heupen. "Ten eerste ben ik met droom-Valerian nooit verder gekomen dan het eerste honk. Ten tweede —"

"Wat is het eerste honk?"

"*Ten tweede* is dat niet het soort inspiratie waar ik het over heb. Trouwens, Rattie is misschien leuk om naar te kijken, maar zulke dingen met hem doen zou voelen als Valerian bedriegen, zelfs in dromen."

Wacht, wat zeg ik allemaal? Hoe kun je iemand bedriegen als je geen relatie hebt?

Pom neemt de kleuren van wortelgroenten aan — eerst die van een wortel en dan die van een biet. "Heb ik je van streek gemaakt?"

"Het geeft niet." Ik zucht. "De privédingen die je noemt zijn een gevoelig onderwerp, dat is alles."

Hij wiebelt met zijn oren. "Zoals het P-woord voor mij?"

Het P-woord staat voor 'parasiet' — wat Pom beweert dat hij dat niet is, in plaats daarvan geeft hij de voorkeur aan 'symbiont'. Natuurlijk, gezien het feit dat hij me als zijn voedselbron gebruikt, mijn emoties voelt, mogelijk zijn metabolische bijproducten in mijn bloedstroom uitscheidt en aan het einde van onze dagen aan mijn pols is bevestigd, is de jury er op parasiet-versus-symbiont nog steeds niet uit.

Hij wordt boos. "Ik kan niet geloven dat je dat net dacht."

"Ik was gewoon aan het testen of je mijn gedachten leest. Je zei dat je het niet zou doen, maar je deed het toch."

Hij wordt een diepere tint biet. "Sorry. Ik zal in de toekomst uit je gedachten blijven."

"Bedankt." Ik ga door zijn vacht. "En we zijn absoluut symbionten."

Zijn oren komen omhoog. "Zoals een bij en een bloem?"

"Zeker *niet* als een bij en een bloem," zeg ik en ik schud mezelf uit de droomwereld.

———

WORSTELEND OM NIET TE GIECHELEN, open ik mijn ogen naast Rattie's pod. Hoewel het onduidelijk is wie van ons Pom als de bloem ziet, weet ik dit: als iemand me gaat bestuiven, dan kan het maar beter Valerian zijn.

Nu we het toch over hem hebben, ik moet opschieten, anders ben ik niet op tijd op Gomorrah. Ik verlaat het gebouw en koop meer desinfectiemiddel voordat ik een taxi naar JFK neem. Zodra we in het onvermijdelijke verkeer terecht komen, open ik Leals dagboek in mijn VR-weergave om nog een keer te kijken.

Terwijl ik langs veel details ga, vind ik iets dat mijn interesse wekt:

Een nieuwe dag, een nieuwe mislukking. Ik begin te denken dat droomwandelen zonder aanraking onmogelijk is — of als het mogelijk is, kan het iets zijn dat alleen degenen onder ons met meer kracht kunnen beheersen.

Droomwandelen zonder aanraking? Hoe werkt dat?

Ik zoek in het dagboek naar meer vermeldingen van deze term en kom er uiteindelijk achter dat het in feite een manier is om iemands droom van een korte afstand binnen te gaan in plaats van ze echt aan te raken.

Puck, dat zou geweldig zijn. Mijn minst favoriete ding over mijn krachten is al deze blootstelling aan beestjes. De volgende keer dat ik een slaper ontmoet, zal ik kijken of ik dit kan doen.

Aangekomen bij JFK, ga ik naar de geheime hub en ga de poort binnen die naar Gomorrah leidt. Eenmaal daar stop ik bij mijn huis om de wc te gebruiken, me om te kleden, van top tot teen hygieia op mezelf te gebruiken, als een kameel te drinken en wat manna te eten. Dan ga ik naar mijn bestemming — het restaurant van Erato.

Valerian staat al bij het gebouw te wachten.

Hij heeft zich in een outfit gekleed die zeker niet op zijn plaats zou zijn op de delen van de aarde die ik ken.

Het is een zwarte, sportieve bodysuit, een skintight apparaat dat zo grondig met elke spier op zijn lichaam pronkt alsof hij naakt en bedekt met teer is.

Een andere blos verwarmt mijn huid. Deze outfit, wat het ook is, zal het zeker moeilijk maken om je op het werk te concentreren.

Valerian is duidelijk niet in de stemming om te flirten. "Je bent te laat." Hij zet een ademhalingsmasker op dat zijn gelaatstrekken blokkeert en hem op een kabouter doet lijken, en geeft me dan hetzelfde. "Doe dit op."

Voordat ik relevante vragen kan stellen — zoals: "Wat zijn we in pucksnaam aan het doen?" — loopt hij het gebouw binnen en roept de lift op.

Ik haast me achter hem aan en zet onderweg het masker op. "Wa —"

Hij legt een vinger op de plek waar de lippen onder het masker zouden zijn, en de LEGO-letters verschijnen in de lucht: *Mijn krachten kunnen geen afluisterapparaten voor de gek houden als ze er zijn.*

Ik knik vol begrip en we gaan in stilte met de lift. Als we op de honderdvijfde verdieping aankomen, stapt Valerian naar buiten en ik volg, vol ontzag naar onze omgeving starend.

De muren zijn van vloer tot plafond bedekt met verticaal groeiende planten, elk met een speciale lamp en een nevelmachine die deze voedt.

"Het voelt alsof we in een kas zitten," fluister ik.

Niet praten en blijf in het midden van de gang, vertelt hij me via LEGO-letters.

Hij laat zien wat hij bedoelt en blijft uit de buurt van de muren terwijl hij naar voren kruipt.

Ik doe zijn acties zo goed als ik kan na, hoewel ik betwijfel of mijn bewegingen in de buurt van zijn roofzuchtige gratie komen.

Hij stopt naast een met mos bedekte deur en zwaait met een onbekend apparaat over een slot. Er klinkt een klik en de deur schuift uit de weg. Hij haalt nog een gizmo tevoorschijn en gooit hem naar binnen.

Dat zal alle elektronica een tijdje uitschakelen, vertelt hij me via LEGO-letters.

Ik knik.

Hij zwaait naar me om me te volgen en beweegt nog stiekemer, wat logisch is omdat we nu officieel in iemands huis hebben ingebroken.

Ik haal mijn VR tevoorschijn en schrijf hem een bericht: *Als we gepakt worden, zal de Senaat ons dan vergeven?*

Er verschijnen onmiddellijk streng uitziende LEGO-letters in de lucht: *Verwijs nooit meer naar deze klus in elektronische berichten. En om je vraag te beantwoorden: het zou voor hen gemakkelijker zijn om ons te laten verdwijnen, dus laten we ervoor zorgen om niet gepakt te worden.*

Geweldig. Echt top. Dat vertelt hij me nu.

Zuchtend volg ik hem dieper het appartement in, wat me aan het restaurant doet denken — een echte jungle van verschillende planten van alle soorten en maten. Alleen in tegenstelling tot het restaurant, zit er aan sommige van de vegetatie een sinistere kwaliteit —

zoals de zure zaadokra, een bloeiende plant die zijn peulen kan openen en zaden tot zestig meter verder kan uitspugen. Deze zaden, zoals de naam al aangeeft, zijn bedekt met een krachtig zuur. En dat is een ongewijzigde plant. Anderen lijken van hun vervelende natuurlijke broeders te zijn gemaakt, zoals degene die eruitziet als giftige berenklauw — een plant bedekt met dodelijk gif, alleen met doornen. Er is ook een neef van de beroemde wurgstok, alleen groter. De winnaar van de griezelshow zit echter in een gigantische pot in het midden van de kamer. Het is een verre broer van de insectenvalbloem, hij is alleen groot genoeg om een persoon te eten in plaats van een insect.

Druk hier, zegt Valerians LEGO-tekst me als hij een knop op de rechterwang van zijn masker aanraakt.

Ik doe hetzelfde en de geur van de lucht die in het masker komt, verandert en wordt sterieler. Hij moet gefilterd worden.

Valerian haalt een slaapgranaat tevoorschijn.

Interessant.

Hij glijdt als een jaguar door de planten, stopt naast een deur en opent deze rustig voordat hij de granaat naar binnen gooit.

Raak haar aan om een verbinding te maken, zegt hij een paar seconden later. *Als ze niet sliep, zou ze nu moeten slapen.*

Ik doe mijn best om geen geluid te maken, sluip de kamer in en onderzoek de slapende dryad die er ligt.

Op basis van haar reputatie dacht ik dat Erato ouder moest zijn, maar ik wist niet dat ze ronduit oud was. Haar groene haar is bijna volledig grijs en de groene huid van haar gezicht ziet eruit als verweerde boomschors.

Ik kijk naar haar oogleden en frons.

Waar wacht je nog op? vraagt Valerian.

Ik wijs naar haar oogleden en vervolgens naar de ooggaten van mijn masker terwijl ik snel mijn ogen beweeg om uit te leggen wat ik nodig heb.

Dus we gaan hier gewoon staan wachten tot ze begint te dromen?

Omdat ik niet weet hoe ik "Ik wil niet het risico lopen om moorddadig gek te worden" moet pantomimen, haal ik nadrukkelijk mijn schouders op.

Met een nauwelijks hoorbare zucht slaat hij zijn armen over zijn brede borst en sluit zijn ogen.

Ik negeer zijn gepruil en richt mijn aandacht op Erato's oogleden.

Niets.

Ik breng mijn VR-scherm naar voren en stel een timer in voor de tijd die het duurt voordat het gas het systeem van een groot persoon verlaat. Als deze kleine vrouw niet in REM-slaap gaat tegen de tijd dat het alarm afgaat, dan moet ik het risico lopen om met de subdroom af te rekenen. Hopelijk hoef ik dat niet te doen. De laatste keer, met mijn moeder, was genadeloos.

Ik voel me de ergste inbreker in de geschiedenis van diefstal en open Leals dagboek in mijn VR-weergave en zoek naar iets interessants om te lezen. Ik heb nog steeds niets gevonden tegen de tijd dat het VR-alarm afgaat, dus ik sluit het dagboek.

En dan realiseer ik me dat er iets vreemds gebeurt in de kamer.

Alle planten om ons heen lijken tot leven te komen en met een griezelig doel te bewegen.

Ze is in REM-slaap, vertelt Valerian me.

Ik kijk naar haar oogleden. Dat is ze inderdaad, en ze moet dromen over iets dat ervoor zorgt dat de planten irriteren.

Ik nader voorzichtig haar bed en strek mijn hand uit. Voordat mijn vingers haar leerachtige huid aanraken, herinner ik me de kracht waar ik onlangs over gelezen heb — zonder aanraken dromenwandelen — en ik besluit het te proberen.

Terwijl ik mijn hand uitgestrekt houd, dwing ik mezelf om in Erato's droom te gaan.

Er gebeurt niets.

Ik doe zo hard mijn best dat er een ader in mijn voorhoofd knalt.

Maar niks.

De manier waarop de planten bewegen, wordt spookachtiger.

Waar wacht je op? vraagt Valerian. *Maak de verbinding en laten we weggaan. Je zult de echte droomwandeling doen als we eenmaal veilig weg zijn.*

Goed dan. Misschien is het nu geen goed moment om te experimenteren.

Ik raak het groene voorhoofd van de dryad aan en

ga op de normale manier het droompaleis in en uit voordat Pom de kans krijgt om hallo te zeggen.

Taak volbracht, knik ik naar Valerian en trek mijn hand weg. "Laten we gaan," zeg ik met mijn lippen — dat is wanneer de ogen van de dryad opengaan en de planten om ons heen zich oprollen voor een aanval als een leger van slangen.

HOOFDSTUK NEGEN

PUCK. Ik werp een verwoede blik op Valerian. Waarom roept hij geen illusies op om ons te redden?

Ik heb ons onzichtbaar gemaakt voor haar zintuigen, zegt hij, terwijl hij de paniek op mijn gezicht leest. *Maar haar planten zijn op de een of andere manier van ons op de hoogte, en ik weet niet hoe ik ze voor de gek moet houden.*

Planten met zintuigen? Dat klinkt wel logisch. Hoe kunnen ze anders naar het licht leunen of wortels naar beneden in de grond laten groeien in plaats van in een willekeurige richting?

"Is hier iemand?" De dryad gaat rechtop zitten en de planten bewegen met een groter doel, tentakels en takken strekken zich als armen uit.

Valerian pakt mijn hand en begint op zijn tenen de kamer uit te lopen.

De dryad springt naakt uit het bed, pakt een mes en begint naar de lucht te snijden.

Valerian sleept me de slaapkamer uit.

Halverwege de woonkamer komt er een wurgliaan van het plafond en hij wikkelt zich om mijn nek. Naar adem snakkend zwaai ik met mijn ledematen terwijl hij me omhoogtrekt. Valerian rukt aan de liaan, maar dat maakt alleen zijn greep iets losser, zodat ik langzamer stik.

"Wie je ook bent, je gaat hier niet levend weg!" schreeuwt Erato en ze komt de slaapkamer uitgerend. Haar blik gaat nog steeds nietsziend door de kamer en ze merkt ons dankzij de krachten van Valerian niet op.

Plotseling kijkt ze me recht aan.

Puck.

Met het mes paraat, valt ze me aan. Het mes snijdt een centimeter boven mijn hoofd en breekt de liaan die me vasthoudt.

Terwijl ik in Valerians armen val, begrijp ik wat er gebeurd is. Hij heeft Erato laten zien wat ze moest zien om haar te laten snijden waar ze het deed — en om me per ongeluk van de liaan te bevrijden.

Hij moet haar nog steeds wat het ook is laten zien, want ze gromt van woede en springt naar het midden van de kamer terwijl Valerian me neerzet.

We rennen naar de deur.

De giftige berenklauw haalt naar me uit, zijn doornen missen mijn gezicht op een haar.

Pucking puck. Herinner me eraan om nooit meer in het huis van een dryad in te breken.

Ik kijk achter me en zie Erato in de dodelijke omhelzing van de insectenvalbloem struikelen. De gigantische val van de bloem sluit zich en dempt de verwarde kreet van de dryad. Voordat ik onze nipte ontsnapping kan vieren, draaien de peulen van de zure zaadokra zich naar me toe, alsof ze in slow motion bewegen.

Ik krijg niet eens de kans om aan het woord 'bukken' te denken voordat een zuur zaadje als een kogel naar mijn borst vliegt.

HOOFDSTUK TIEN

ALLEEN RAAKT HET me niet aan. Met de snelheid waarop een agent van de geheime dienst trots zou zijn, trekt Valerian me achter zich en vangt in mijn plaats het projectiel in zijn borst op.

Het materiaal van zijn outfit begint te sissen en ik word door angst verscheurt. Pucking idioot! Hoe haalt hij het in zijn hoofd? Wie heeft van hem mijn bodyguard gemaakt? Ik wil tegen hem schreeuwen, maar er is geen tijd. Met trillende handen pak ik mijn desinfectiemiddel en spuit de reinigingsvloeistof op de plek waar het zuur het pak van Valerian aanvalt.

Het sissen lijkt af te nemen.

Valerian trekt aan de voorkant van zijn pak en scheurt er een stuk af.

Er is een vervelende brandwond op zijn borst te zien, die ik met meer desinfectiemiddel in spuit.

Ik zal leven, informeert hij me via LEGO-letters. *We moeten gaan.*

Met een gezicht dat betrekt van de pijn pakt hij mijn hand en trekt me naar de deur terwijl Erato's mes de zijkant van de insectenval opent.

We sprinten naar de lift. Erato zit ons op de hielen en de planten in de gang proberen ons tegen te houden — het is alleen dat dit gewone, niet-dodelijke planten zijn, dus ze falen.

Terwijl hij de lift oproept, moet Valerian even de tijd hebben genomen om Erato iets te laten zien dat er niet is, omdat ze haar mes in de tegenovergestelde richting van ons gooit.

We springen in de lift en hij drukt op de knop voor het dak.

De deuren sluiten, waardoor de dryad wordt buitengesloten, maar ik adem niet uit totdat we helemaal boven zijn, waar een vliegende auto op ons wacht. Zodra we naar binnen springen, vliegt hij van het dak af.

Ik ruk het stomme masker van mijn gezicht en spuit meer ontsmettingsmiddel op de brandwond op Valerians borst. Hij zal niet sterven, dat weet ik nu, maar ik ben nog steeds woedend dat hij dat soort risico's heeft genomen.

"Wat bezielde je?" zeg ik tussen opeengeklemde tanden. "Je had —"

"Het geeft niet." Hij doet zijn eigen masker af en bedekt mijn hand met de zijne. "Het doet geen pijn meer."

"Maar waarom heb je überhaupt —" Ik stop omdat hij een klein flesje tevoorschijn haalt en een slok neemt.

Zijn ogen sluiten zich in die gelukzalige O-gezichtsuitdrukking en de wond geneest onmiddellijk.

Ik vernauw mijn ogen naar het flesje. "Vampierbloed?"

Hij stopt het weg. "Ik gebruik het alleen in noodgevallen."

Ik haal diep adem, een deel van mijn woede neemt af. Als hij dat bij zich had, dan was hij niet in zoveel gevaar door het zure zaad als ik dacht. Toch, het idee dat hij dat dodelijke projectiel voor me op had gevangen...

"Doe dat nooit meer. Nooit meer," zeg ik grimmig. "Je leven voor me riskeren, bedoel ik. En wees voorzichtig met dat bloed."

Hij trekt zijn wenkbrauwen op. "Ik ben altijd voorzichtig. Heb je er een probleem mee?"

"Dat had ik bijna." Ik vertel hem over mijn recente problemen met die zeer verslavende stof, en als ik klaar ben, haalt hij het flesje tevoorschijn en giet het demonstratief uit het raam van de auto.

"Het is niet nodig om dat soort verleiding om je heen te hebben," legt hij uit. "Ik heb het niet zo erg nodig."

Voordat ik dat kan verwerken, daalt de auto op een landingsbaan op een dak. Afgeleid kijk ik ernaar. Het lijkt op een privédak, in welk geval Valerian nog rijker is dan ik dacht.

We landen, en als we uitstappen, vertelt hij de auto dat hij ons een tijdje niet hoeft te verwachten.

Ik kijk hem met knipperende ogen aan. "Is dat je eigen auto?"

De meeste burgers van Gomorrah delen ritten — zowel degene die rijden als die vliegen — waardoor we geen file hebben zoals in New York en andere steden op aarde. Slechts één procent van de rijkste één procent doet moeite voor persoonlijke auto's.

Hij klopt liefdevol op het glanzende oppervlak van het voertuig. "Soms bestel je een rit en kost hij tijd om aan te komen."

"Tuurlijk. Het is logisch om een fortuin uit te geven om te voorkomen dat je die waardevolle milliseconden verspilt."

Hij grijnst en leidt me naar de lift.

Verrassing, verrassing. We gaan slechts één verdieping naar beneden, naar het penthouse van deze wolkenkrabber — de duurste woning die je je kunt voorstellen. Hij zwaait met zijn hand en de glanzende zwarte deur schuift stilletjes open en onthult een uitgestrekte loftachtige ruimte met zes meter hoge plafonds die bijna volledig van glas zijn gemaakt.

Over dakramen gesproken.

Maar dat is niet wat me de adem beneemt.

Iemand heeft hier midden in het penthouse een vijver van negen meter breed geplaatst.

Is dit echt? Ik heb nog nooit zoiets gezien. Aan de andere kant, ik denk dat als je een zwembad kunt hebben, je een vijver kunt hebben — dat wil zeggen, als je geld weg wil gooien. Tenzij dit ding een illusie is, moet Valerian de verdieping hieronder bezitten om ruimte te maken voor de bodem van deze watermassa.

Als ik dichterbij kom, zie ik een paar moerasbloemen met veelkleurige legu erop zitten — kikkerachtige amfibieën die piepen in plaats van kwaken.

Het is een heel ecosysteem, en ook nog eens een mooie. De geur van de bloemen, hun kleuren, de geluiden van het water dat spettert en de kleine pieptonen lijken allemaal zorgvuldig te zijn berekend om de zintuigen aangenaam te stimuleren.

"Dit is geen illusie," zegt Valerian voordat ik het kan vragen. "Er woont ook ri in het water."

En inderdaad zie ik daar de kleine visachtige wezens. Ze zien eruit als robijnen met vinnen en staarten.

Valerian trekt zijn schoenen uit, gaat aan de rand van de vijver zitten en dompelt met een tevreden zucht zijn blote voeten in het water. Hij kijkt me aan, grijnst en klopt op de plek naast hem.

Ik hurk behoedzaam neer.

"Je kunt je voeten erin doen." Hij kromt en strekt zijn tenen, duidelijk van het gevoel van het water genietend. "Het is lekker."

Ik trek een gezicht. "Nee, bedankt. Ik zou mijn hele leven kunnen leven zonder mijn voeten op dezelfde plek te weken waar die legu en ri hun behoefte doen."

"Je mist wat." Zijn uitdrukking wordt serieuzer. "Ben je klaar om in de droom van Erato te gaan?"

Ik maak het me comfortabeler door met mijn benen

in een lotushouding te gaan zitten die ik bij een yogales op aarde heb geleerd. "Zeker. Waar ben ik naar op zoek als ik daar ben?"

"Juist." Zijn blik is op mijn gezicht gericht. "Ik moet je vertellen wat de Senaat me heeft gevraagd om te doen."

Eindelijk. "Ga je gang."

"Hoeveel weet je over Icelus?" Zijn stem raakt gespannen bij het laatste woord.

Icelus? Heeft hij het over de sekte van het geheime genootschap uit Leals aantekeningen? Degene die Kit had afgedaan als een droomwandelaar die waanvoorstellingen heeft? "Nou," zeg ik langzaam, "naar verluid hebben ze op aarde slechte dingen gedaan en —"

"Wat bedoel je in hemelsnaam met 'naar verluid'?"

Ik schuif naar achteren, geschrokken van zijn heftige reactie. "Ik weet het niet. Tijdens mijn onderzoek voor de Raad heb ik Leals dagboek in handen gekregen — je weet wel, de dode droomwandelaar? — en hij had beweringen over Icelus gedaan die als complottheorieën hadden geklonken. Niemand in de Raad had hem serieus genomen, dus..."

Valerians onderarmspieren spannen zich aan, alsof hij moeite heeft om zijn vuisten niet te ballen. "Van welke gruwelijke misdaden Leal hen ook beschuldigde, Icelus is schuldig aan dingen die veel erger zijn."

Ik staar hem ongelovig aan. "Erger dan oorlogen en terreurdaden?"

Hij knikt grimmig. "Hun doel is om het aantal en de

frequentie van nachtmerries overal te maximaliseren om hun godheid te dienen."

Huh, oké. Misschien had Leal toch geen waanvoorstellingen. "Die godheid is Phobetor, de god van nachtmerries?"

"Zeg die naam *niet*," snauwt Valerian. "Net als de nachtmerries, geeft het hem kracht."

Wacht, wat? Is Phobetor zoals Voldemort, Hij-Die-Niet-Genoemd-Mag-Worden? Eerlijk gezegd denk ik niet dat Harry Potters aartsvijand meer macht kreeg toen zijn naam hardop werd gezegd. Hoe dan ook, waarom klinkt Valerian alsof hij dezelfde mumbo-jumbo als Icelus gelooft?

Er bestaat niet zoiets als Phobetor.

"Ik zal het niet meer doen," zeg ik geruststellend, voor het geval dat. "Wat dacht je ervan als ik hem iets veiligs noem, zoals Collywobbles? In het Engels betekent dat buikpijn of misselijkheid."

"Ik ken goed Engels," zegt Valerian, terwijl zijn blik iets zachter wordt. "Ik ben vaker op aarde geweest dan jij."

"Oh?"

"Ik ben daar een tijdje geleden heen geëmigreerd."

Ik schuif gedreven door nieuwsgierigheid terug naar hem toe. "Hoe zit het met je ouders? Zijn ze ook geëmigreerd?"

"Nee." Zijn gelaatstrekken worden donkerder. "Icelus heeft ze me voor die tijd al afgenomen."

De kwelling in zijn ogen doet pijn op mijn borst en om mijn pols wordt Pom donkerder dan een zwart gat.

Ongevraagd steek ik mijn hand uit en leg hem geruststellend op Valerians stijve schouder.

"Het spijt me," mompel ik.

Zijn schouder ontspant zich een beetje. "Het is al lang geleden." Met ogen die glinsteren, voegt hij eraan toe, "De moordenaar heeft duur betaald voor wat hij heeft gedaan."

Ongetwijfeld. Ik wil me niet eens voorstellen wat voor verschrikkelijke dingen Valerian met zijn krachten kan doen met iemand die hij haat.

Hij legt zijn hand over de mijne, zijn blik wordt zwaar.

Wauw. Zijn aanraking is als de hitte van een exploderende quasar. Hij verspreidt zich door mijn lichaam en vestigt zich ergens laag in mijn kern.

Ik trek mijn hand weg voordat ik iets geks doe, zoals voorover leunen en een kus op die sensuele lippen planten. "Terug naar de klus voor de Senaat."

"Juist." Zijn gelaatstrekken worden weer gespannen. "Aangezien de regering hier op de hoogte is van hun bestaan, is Icelus zeer voorzichtig geweest als het om hun operaties op Gomorrah gaat — dat wil zeggen, tot voor kort. De Senaat heeft reden om aan te nemen dat Icelus hier iets beraamt en ze hebben veel mensen, waaronder ikzelf, gevraagd om ernaar te kijken."

"En die dryad —"

"Dat is de reden waarom de Senaat *mij* nodig had voor dat deel van het onderzoek. Vanwege een aantal van de gruwelijke genetisch gemodificeerde planten die ze onlangs heeft gepatenteerd, denken ze dat ze een agent is of op zijn minst een aanwijzing naar een, maar ze willen haar niet afschrikken. Ze willen dat ik mijn krachten gebruik om de informatie uit haar te halen zonder dat ze zich realiseert dat ze haar doorhebben, maar ik denk dat jouw krachten nog beter zullen werken."

Ik masseer de brug van mijn neus. "Denk je niet dat ons kleine bezoekje haar af heeft geschrikt?"

"Hopelijk niet. Toen we vlogen, heb ik de Senaat de bewakingsbeelden in haar huis en de rest van dat gebouw laten vervangen. Als ze het controleert, dan zal ze zichzelf als een halvegare zien rondrennen."

Ik fluit. "Is dat niet illegaal?"

Hij haalt zijn schouders op. "De Senaat beslist wat legaal is."

"Juist. Tot zover de regels van de wet."

Hij spettert met zijn voet in het water. "Heb je iets nodig om te droomwandelen?"

"Nee. Ik kan wel een anker gebruiken."

Hij trekt een wenkbrauw op.

"Iets dat me zou helpen om de juiste droom te beginnen," leg ik uit. "Het bespaart een hoop tijd."

"Gebruik haar octrooiaanvragen." Hij gebaart om zich heen en activeert duidelijk zijn communicatie.

Ik kijk in mijn inbox. Yep. Er staat daar een bericht van hem te wachten, die vol bijlagen zit.

Terwijl ik de ontwerpen van de plant bekijk, gaat er een rilling over mijn rug.

Dit laat de mensetende planten uit haar appartement op snoezige kittens lijken.

De tamste is een boom met bloemen die me doet denken aan reuzenaronskelken afkomstig van de aarde, maar dan lelijker. Het stuifmeel dat deze bomen produceren zou giftig genoeg zijn om zelfs een vampier omver te krijgen. Met de juiste wind kan een enkele boom hele buurten wegvagen.

"Ze is gek," mompel ik terwijl ik meer van de dodelijke flora bekijk.

"Icelus probeert wanneer ze kunnen om nachtmerrie brandstof te creëren," zegt Valerian. "Zelfs iemand die een artikel over deze planten schrijft, kan nuttig voor hen zijn."

"Je meent het." Ik zet de VR uit. "Ik zou zelf wel eens een nachtmerrie kunnen hebben over een tuin met deze gruwelen. Denk je dat Icelus van plan is om deze planten op ons los te laten?"

"Dat is wat ik wil dat je uitzoekt," zegt hij. "Zullen die dossiers als een anker werken?"

"Er is maar één manier om daar achter te komen." Ik sta op. "Stoor me alsjeblieft niet als ik in mijn trance ga."

Ik weet niet waarom, maar ik draai me van hem af voordat ik Pom aanraak. Ik denk dat ik hem nog steeds niet met deze informatie vertrouw.

Met mijn hand op de rustgevende vacht van mijn looft rustend, duik ik in de droomwereld.

HOOFDSTUK ELF

IK VIND POM in de lobby van mijn droompaleis met een lasergeweer op doelen aan het schieten die me aan de poorten van de Andere Wereld doen denken, alleen met een glinsterend doelwit in het midden.

Ik voel een steek van schuld. Voordat al mijn problemen begonnen, speelde ik regelmatig competitieve spellen met Pom, van tennis tot schermen. Het had mijn kleine vriend onberekenbare vreugde gebracht en het was voor mij ook leuk. Nu ik hem zo lang heb genegeerd, is hij gedwongen om met zichzelf te spelen.

Maar niet op een vieze manier.

Waarschijnlijk.

Hopelijk.

"Bailey!" Pom laat zijn speeluitrustingen verdwijnen en vliegt met het enthousiasme van een puppy met te veel cafeïne op om mijn hoofd. "Wat is er aan de hand?"

Ik neem een langzame route naar de toren van slapers zodat ik hem op de hoogte kan brengen.

"En is zij dat? De dryad?" Hij kijkt naar de groene nieuwkomer in een van de nisjes.

"Yep." Ik vlieg naar haar bed. "Het lijkt erop dat ze weer in slaap is gevallen."

Hij landt op mijn schouder. "Mag ik met je mee in haar dromen? Het ziet er niet naar uit dat het heel eng zal zijn."

"Laat alleen niet merken dat we daar zijn," zeg ik en maak ons allebei onzichtbaar terwijl ik me uitstrek om Erato's voorhoofd aan te raken.

———

ERATO LIGT NAAKT op haar bed. Een nabijgelegen struik strekt een komkommerachtige vrucht uit naar haar kruis.

Voordat Pom en ik getuige zijn van iets dat we nooit meer niet zullen kunnen zien, verander ik de plant in een gigantisch VR-scherm.

Ondanks de verandering wordt de dryad niet wakker. Mooi. Ik zet de plantenontwerpen van haar patenten op het scherm en ze concentreert zich erop, zoals ik had gehoopt.

Nu haar aandacht ergens anders op gericht is, verander ik de kamer om ons heen om algemener te zijn, kleed haar dan aan en zorg ervoor dat ze rechtop staat.

Zo is het goed. Als dit dicht genoeg bij een

herinnering ligt — en mijn intuïtie zegt me dat het dat is — dan zal zij voor de rest zorgen. En dat doet ze. De kamer begint op haar woonkamer te lijken, alleen de voordeur is anders.

Plotseling breekt de deur in kwestie in kleine stukjes en springt er door wat er overblijft een gigantische wolf naar binnen. Met een flits verandert hij in een naakte man met Elvis-achtige bakkebaarden en een Mohawk-kapsel dat populair is bij gremlins.

Woede verdraait Erato's gelaatstrekken. Ze herkent hem.

"Stomme trut," gromt hij. "Welk deel van 'discreet te werk gaan' was onduidelijk voor je?"

Drie wurglianen slingeren van het plafond. Eén wikkelt zich om de keel van de man en twee grijpen zijn polsen. "En," zegt Erato dreigend, "wat zei je ook alweer?"

De man grijnst. "Als er iets met mij gebeurt, dan zullen de mensen voor wie ik werk je milt opeten."

Erato zwaait met een hand en een berenklauw spoelt binnen tot het een haartje bij zijn voeten vandaan is. "Gezien je gebrek aan intellect betwijfel ik of je zo onmisbaar bent als je denkt."

"Test het en ontdek het," snauwt hij.

Ze zwaait weer met haar hand en een zure zaadokracapsule richt zich op de romp van de man. "Ik hoef je niet te doden, weet je. Iets zegt me dat als ik je er nog lelijker uit zal laten zien, de mensen voor wie je werkt me zullen bedanken."

Interessant. Het klinkt niet alsof ze deel uitmaken

van dezelfde groep. Betekent dat dat ze niet bij Icelus zit?

"De patenten," zegt hij. "Hoe kon —?"

"Ik patenteer al mijn creaties," zegt Erato kalm. "Ik heb je exclusieve rechten aangeboden, maar het viel buiten je budget."

Hij laat zijn tanden zien. "Ik wist niet dat we het daar over hadden."

"Dat wist ik niet. Ik dacht niet na." Ze tikt op haar slaap. "Begin je hier een patroon te zien?"

In een flits verandert de weerwolf weer in zijn wolvenvorm.

Er rijst een muur van groen op tussen hem en Erato.

"Als mij iets overkomt, dan gaat er een brief naar de Senaat," zegt ze. "Als je werkt voor wie ik denk dat je werkt, dan is dat het laatste wat je wilt."

Hij gromt en gaat terug door de deur en verdwijnt uit het zicht.

De droom is op dit moment geen herinnering meer, omdat een aantal planten in groene wezens veranderen die niet bestaan, althans niet op Gomorrah.

Wetende dat ik genoeg informatie heb om met Valerian te delen, verlaat ik de droomwereld.

HIJ STAAT VLAK naast me als ik uit de trance kom, dichtbij genoeg dat zijn bacteriën gemakkelijk op me kunnen springen als ze dat willen. En hij staart naar mijn gezicht als een dermatoloog die op zoek is naar een enge moedervlek.

Ik doe instinctief een stap achteruit en bloos over mijn hele lichaam.

Hij houdt zijn hoofd schuin.

Ik maak mijn lippen vochtig. "Heb je de hele tijd naar me staan staren?"

"Niet staan staren," mompelt hij; zijn blik gaat even naar mijn mond. "Aan het bewonderen."

Mijn blos wordt dieper. Ik schraap mijn droge keel en zeg, "Ben je klaar om over Erato's droom te horen?"

Zijn uitdrukking wordt serieus en ik vertel hem wat ik net heb gezien.

"Dat klinkt logisch," zegt hij.

Ik knipper met mijn ogen naar hem. "Is dat zo?"

"De Senaat had twee theorieën waarom Erato die patenten zou indienen. Eén daarvan was dat ze bij Icelus zat en het indienen was bedoeld om nachtmerries aan de klerken bij het octrooibureau en aan anderen die op de hoogte zijn te geven."

Ik krab aan mijn wenkbrauw. "Klinkt als te veel moeite voor relatief weinig nachtmerries."

Hij knikt. "Daarom denk ik dat hun tweede theorie de juiste moet zijn. Ze had die klus van Icelus aangenomen, maar had de patenten ingediend om de schade te beperken die haar werk daadwerkelijk zou veroorzaken."

"Oh?"

"Als iemand die planten voor een terroristische aanval zou gebruiken, dan zou de Senaat al tegenmaatregelen hebben genomen," zegt Valerian. "En ik wed dat Erato wist dat dat het geval zou zijn — daarom heeft ze ze in de eerste plaats ingediend. Geen wonder dat haar werkgever zo pissig was."

Dat klinkt logisch. "Dus, wat nu?"

"Geef me een momentje." Hij maakt gebaren en vraagt iets in zijn communicatie. "Ik kan in de database van ordebewakers geen weerwolf vinden die met jouw beschrijving overeenkomt," zegt hij na een moment. "Hij was waarschijnlijk vermomd."

Ik denk terug aan de bakkebaarden en de Mohawk. "Dat zou kunnen verklaren waarom hij er zo vreemd uitzag."

Valerian maakt nog een paar gebaren in VR. "Als je het niet erg vindt, dan ga ik zo meteen mijn krachten op je gebruiken."

Voordat ik echter kan zeggen of ik het wel of niet erg vind, verdwijnt de woonkamer en wordt hij door een gigantisch stadion vervangen. Overal om me heen staan mensen met verschillende gezichten, maar met dezelfde Elvis-bakkebaarden en Mohawks als de weerwolf in de droom. Elk van hen draagt een naamplaatje, alsof dit een congres voor orthodontisten is.

"Ik laat je elke weerwolf op Gomorrah zien die een dossier heeft." Valerians stem lijkt uit alle richtingen te komen. "Ik heb het haar toegevoegd om het gemakkelijker voor je te maken om degene uit de droom te identificeren."

Ik knik en de weerwolven beginnen voor me te

paraderen, waarbij elk me een goede kans geeft om naar zijn gezicht te kijken.

Na ongeveer een uur begin ik te gapen.

"Het spijt me," zegt Valerian van overal vandaan. "Ik wou dat ik een snellere manier wist om dit te doen."

"Ik kan hem je in een droom laten zien," zeg ik terwijl ik naar de lucht kijk.

"Nog maar een paar verdachten," zegt hij. "Dan kun je naar huis gaan en rusten."

De parade van weerwolven gaat in dezelfde geest door totdat ik een man zie die misschien de juiste is.

"Hij," zeg ik als hij dichterbij komt, en ik weet het zeker. "Hans Stubbe."

"Weet je het zeker?" vraagt Valerian.

"Zijn bakkebaarden waren langer, maar hij is het. Ik weet het zeker."

Het stadion en alle weerwolven behalve Hans verdwijnen en ik ben weer terug in Valerians woonkamer.

Valerian gaat met zijn blik van iets in zijn VR-display naar mij. "Op basis van zijn profiel is hij waarschijnlijk een ingehuurd wapen in plaats van een echte ingewijde van Icelus."

Ik gaap. "Weet je waar we hem kunnen vinden? Zo niet, dan ken ik iemand."

"Ja, laat het maar aan mij over." Valerian laat Hans verdwijnen. "Morgenavond zal ik de locatie hebben."

"In dat geval kan ik maar beter mijn schoonheidsslaapje gaan doen," zeg ik, terwijl ik nog een geeuw onderdruk. "Ik ben mezelf nog uren en uren slaap verschuldigd."

"Weet je," mompelt Valerian, terwijl zijn ogen donkerder worden, "je kunt hier slapen."

Mijn keel wordt droog. "Ik weet niet zeker of dat een goed idee is."

Wacht. Waarom heb ik dat gezegd? Het *is* een goed idee. Waarom zit ik überhaupt nog niet op hem? Hoelang kan ik maagd blijven voordat het griezelig wordt? Het zou zelfs al zover kunnen zijn. En als ik erbij in de buurt zou zitten, dan kan ik geen beter persoon bedenken om —

Hij stapt naar me toe. "Ik weet dat je het wilt."

"Is dat zo?" Ik kijk stiekem naar mijn koraalroze Pom-armband.

Is dat wat me heeft verraden? Of heeft het iets te maken met hoe ik ruik of eruitzie?

In plaats van te antwoorden, komt hij met zijn hoofd naar voren en drukt hij zijn lippen op de mijne.

Wauw. Wauw. Wauw.

In het begin ben ik te geschokt om iets anders te doen dan de sensaties te verwerken. Zijn lippen zijn zacht en warm, hun zachte, niet veeleisende druk doet me naar meer hunkeren. Maar dan overspoelen onwelkome statistieken mijn hersenen, die over de miljoenen bacteriën gaan die we al uitwisselen, zelfs met onze mond dicht.

Als de kus intiemer wordt, zullen onze microbiomen samensmelten en voor altijd en eeuwig zo blijven. En bacteriën zijn slechts het topje van de beangstigende ijsberg. Virussen zoals herpes simplex of papilloma zijn ook echte mogelijkheden — afhankelijk van wie Valerian voor mij nog meer heeft gekust.

Ik weet niet of het door het idee komt dat hij anderen heeft gekust of door mijn angst voor ziektekiemen, maar ik trek me terug van de kus.

Er is een gekwetste uitdrukking op zijn prachtige gezicht te zien.

Puck. Heb ik me te scherp teruggetrokken? En, afgezien van ziektekiemen, was dat ik wegtrok wat ik echt wilde?

Ik voel me een idioot en doe een stap achteruit — en mijn voet duikt in het koude vijverwater. Ik gil en zwaai met mijn armen om mijn evenwicht te herstellen, maar mijn andere voet glijdt van de rand af.

Valerian springt naar voren, vangt me, en trekt me in veiligheid.

Zodra ik stevig op mijn voeten sta, laat hij me los, zijn gezicht onleesbaar.

Een zwak bedankje mompelend, loop ik naar de deur en laat natte voetafdrukken achter.

MET MIJN EMOTIES die alle kanten opgaan, stap ik in een auto. Dank de goden dat hij zelfrijdend is. Het laatste wat ik wil is in mijn huidige staat een bewust wezen onder ogen zien.

Zodra we vertrekken, adem ik gefrustreerd uit. Waar ging dat in vredesnaam over? Ik wilde Valerian al zoenen sinds ik hem voor het eerst zag, maar toen hij eindelijk de zet deed, heb ik alles verpuckt.

Nu weet hij dat ik een freak ben, de enige vrouw van mijn leeftijd die nog nooit iemand heeft gekust. Ik kan alleen in mijn dromen intimiteit hebben — en zelfs daar niet met een echt persoon, maar met een verzinsel van mijn eigen verbeelding.

Dit is waarom ik niet gedate heb. Ik zou liever de tandartsen van de aarde onder ogen zien dan dit alles aan een man uit te leggen die ik leuk vind.

Om mijn gedachten af te leiden van de clusterpuck die mijn liefdesleven is, open ik Leals dagboek. Nu ik reden heb om te geloven dat hij niet alleen een paranoïde zuurpruim was, lees ik zijn gedachten over Icelus met veel meer interesse.

Volgens hem had iemand op aarde Icelus-agenten vermoord — een mysterieus persoon voor wie Leal veel dankbaarheid voelde.

Ik verstijf even en herinner me wat Valerian me net over zijn ouders had verteld. Zou hij dat geweest kunnen zijn? Is hij in staat om zo meedogenloos te zijn? Ik stel me zijn uitdrukking voor toen hij het over Icelus had en realiseer me dat het antwoord ja is.

Ik kan me voorstellen dat hij op allerlei gruwelijke manieren Icelus-agenten uitschakelt.

Mijn borst spant zich weer aan van medelijden terwijl ik eraan denk dat hij met het verlies van zijn beide ouders moet dealen. Ik kan me niet voorstellen dat ik mijn moeder verlies. Zelfs nu dat ze in een hopelijk omkeerbare coma ligt, voel ik me een wees.

Hoeveel erger zou het op die leeftijd voor Valerian zijn geweest?

Ugh, ik ben een verschrikkelijk mens. Hij had zich voor me opengesteld en me over deze tragedie in zijn verleden verteld, en ik behandelde hem als een melaatse vanwege mijn stomme issues met ziektekiemen.

Somber keer ik terug naar de notities en blader ik door een heleboel saaie dingen. Maar dan kom ik iets interessants tegen.

Leal beweert dat Icelus een medicijn heeft dat mensen in REM-slaap brengt. Hij zegt dat het een ernstige bijwerking heeft, maar hij zegt niet wat het is voordat hij verder gaat over hoe van onschatbare waarde voor hem zo'n medicijn zou zijn.

Verder skimmend, verbaast het me niet dat hij over het inhuren van iemand praat om het medicijn te repliceren. Ik weet dat hij daarin geslaagd is. Natuurlijk had zijn versie ook een bijwerking, de slechtst mogelijke soort. Degene die zijn medicijn innam, werd nooit meer wakker. Dat is wat er met Eduardo gebeurde, de weerwolf van de Raad van New York.

Ik blijf skimmen totdat een gaap de overhand krijgt. Nu de adrenaline van de kus vervaagt, is mijn slaperigheid op volle kracht terug, en Leals saaie notities helpen niet.

Ik sluit het dagboek, open mijn berichten en zoek Itzel in mijn contacten.

Ik kan jullie morgen naar je opa helpen zoeken, zeg ik tegen haar. *Laat me weten waar ik iedereen kan ontmoeten.*

Ik stuur het bericht net op het moment dat de auto naast mijn gebouw stopt. De rit in de lift gebeurt in een slaperig waas, net als uitkleden en mezelf trakteren op hygieia over mijn hele lichaam.

Als ik eindelijk in bed lig, slaap ik voordat mijn hoofd het kussen raakt.

HOOFDSTUK TWAALF

TERWIJL IK ONTBIJT, activeer ik de VR en controleer ik mijn berichten. Er is een antwoord van Itzel dat me vertelt waar ik haar en de rest op Gomorrah kan ontmoeten, dus zodra ik klaar ben met mijn maaltijd, ga ik naar Nebulabucks.

Nebulabucks is een theewinkel en de locatie die Itzel had gekozen moet nieuw zijn — de rij van dorstige Cognizanten is tien minuten lang. Felix, Ariël, Itzel en Kit zitten aan de grootste tafel in de hoek. Ze hebben allemaal een warm drankje in hun hand.

Felix houdt me een kopje voor. "Nevelbloem, zoals jij het lekker vindt."

Ik bedank hem, pak de beker en snuif eraan terwijl ik naast Ariël ga zitten. De fruitige tonen van de thee zijn goddelijk.

"Hoe ging je spelontwikkelingsding met Valerian?" vraagt Ariël met een wenkbrauw die op en neer beweegt.

Ik bloos bij de herinnering aan het kusfiasco. "Lang verhaal." Ik kijk naar Itzels gemaskerde gezicht. "Heb je je grootvader gevonden?"

"Nee," zegt de kabouter, haar nasale stem is vermomd door het ademhalingsapparaat. "Maar we hebben enige vooruitgang geboekt."

"Of Maya heeft dat gedaan," zegt Felix trots.

Ik kijk weer rond de tafel en gluur er dan onderdoor. "Waar is je vriendinnetje?"

"Ze is achttien," zegt Felix verdedigend — en geen wonder. Ik ben er vrij zeker van dat hij minstens midden in de twintig is.

Ariël grijnst. "Wettelijk vanaf zeer recent."

"Maar vertel Bailey waar ze is." Kit verandert zichzelf in de kleine vriendin in kwestie en geeft Felix een kwaadaardige grijns. "Ik weet zeker dat het glashelder zal maken hoe volwassen ze is."

Felix kijkt Ariël en Maya/Kit boos aan. "Ze heeft een trigonometrie-examen."

Kit verandert in Felix. "*Geavanceerde* trigonometrie," zegt ze in zijn stem. "Dat mag je niet vergeten."

Ariëls grijns wordt breder. "Nog steeds een vak van de middelbare school. En nee, het helpt niet als je Bailey over de geavanceerde plaatsingslessen vertelt die Maya volgt."

"Kom op," zeg ik, mijn gezicht overdreven serieus. "Maya klinkt als een hele slimme jonge dame."

Felix slurpt zijn thee heel hard en zegt dan, "Hoe dan ook, deze middelbare scholier was de enige die ons kon helpen om iets zinnigs te zeggen over de verdwijning van Cadmael."

"Inderdaad," zegt Itzel streng. "En als we terug zouden kunnen gaan naar de verdwijning, dan zou dat geweldig zijn."

Ik richt mijn aandacht op haar chagrijnige gezicht. "Wat hebben jullie ontdekt?"

"We hebben een vapepen in opa's appartement gevonden," zegt Itzel. "Het leek niet van hem te zijn, dus hadden we aan Maya gevraagd om hem aan te raken."

"Haar kracht is psychometrie," zegt Felix. "Ze kan zien van wie een object is als ze —"

"We weten allemaal wat psychometrie is," zegt Ariël met een oogrol.

Itzel zet haar beker neer. "Wil je zien hoe het ging?"

"Alsjeblieft." Ik neem een flinke slok van mijn thee.

Itzel zet een VR-bril op en doet handschoenen aan en maakt een paar gebaren.

Ik verberg mijn verbazing als ik zie dat ze een ouder communicatiemodel heeft. Omdat ze een kabouter is, had ik verwacht dat ze de nieuwste gadgets zou hebben. Aan de andere kant kan ze dat stereotype verachten, vergelijkbaar met hoe vreedzame orks er een hekel aan hebben als ze als gewelddadige bruten worden gezien.

Ik open mijn eigen VR-interface en klik op de video die ze me zojuist heeft gestuurd.

<hr>

DE VR PLAATST me in een rommelige kamer, vermoedelijk in Cadmaels appartement. Maya zit op de grond naast vuile sokken en ze houdt de vape-gizmo in haar kleine handen.

Er sijpelt een gloeiende, paars getinte energie van haar huid in het object en Maya's uitdrukking wordt tranceachtig. "Hij slaat een elf in het gezicht," zegt ze binnensmonds. "Nu slaat hij een dwerg, en dan een —" Haar ogen rollen terug. Dan ademt ze uit en haar ogen worden weer normaal.

"Zijn naam is Vas Lube," zegt ze vermoeid klinkend. "Hij is een extreem agressieve ork."

Tot zover geen stereotypering. Niemand om me heen lijkt verbaasd te zijn over de betrokkenheid van een ork.

Itzels stem klinkt vanaf de plek waar de VR-camera moet hebben gestaan. "Waar kunnen we deze ork vinden?"

Maya haalt haar schouders op. "Ik kan je alleen vertellen wie hij is, niet zijn locatie."

De VR-opname wordt beëindigd.

IK ZET MIJN VR uit en ben weer terug aan de tafel in het theehuis.

"Dus het is veilig om aan te nemen dat hij Cadmael heeft meegenomen," zeg ik terwijl ik naar mijn vrienden kijk. "Een ork genaamd Vas Lube."

Kit grijnst. "Ik hoop dat Vas geen afkorting is voor Vaseline."

"Laat het aan Kit over om de naam van een ork in iets seksueels te veranderen," mompelt Felix binnensmonds.

Ik pak mijn thee. "Wat hebben jullie gedaan toen jullie de naam hadden?"

"Niets," gromt Itzel. "Ik ken niemand die ooit van die naam heeft gehoord. Zij ook niet." Ze gaat met haar blik rond de tafel.

"Het is maar goed dat je mij dan hebt," zeg ik, "want ik ken een mannetje."

"Wie?" vraagt Ariël, haar wenkbrauwen fronsen.

"Ik denk niet dat jullie hem kennen. Ik heb hem ooit geholpen en nu helpt hij mij als ik iets nodig heb uit de onderwereld van Gomorrah." *Zoals vampierbloed* is wat ik er niet aan toevoeg, omdat het misschien nog steeds een gevoelig onderwerp voor Ariël is.

Itzel springt overeind. "Laten we hem nu gaan opzoeken."

———

TERWIJL WE NAAR de bar rijden waar mijn mannetje — Napoleon — altijd rondhangt, denk ik na of het niet verstandiger zou zijn om in plaats daarvan Valerian om hulp te vragen. Als hij de weerwolf uit Erato's dromen kan lokaliseren, dan kan hij misschien ook deze ork vinden.

Het probleem is dat ik niet zeker weet of ik Valerian

na het debacle van gisteravond onder ogen kan komen, laat staan hem om een gunst kan vragen. Sterker nog, het zou me niet verbazen als hij iemand anders zou zoeken om hem met de weerwolf te helpen en hij voorgoed uit mijn leven zou verdwijnen. Hij annuleert waarschijnlijk op dit moment het *Heldere dromer*-project, dus zelfs mijn moeder zal lijden door mijn onvermogen om een man te kussen die ik leuk vind.

"Bailey." Ariël raakt mijn schouder aan. "We zijn er."

En dat zijn we inderdaad. Dit is precies de louche bar die we nodig hebben.

Ik haal een paar keer rustig adem, stap uit de auto en leid iedereen naar onze bestemming.

———

"DEZE PLEK DOET me aan de Mos Eisley Cantina uit *Star Wars* denken," fluistert Felix als we binnenkomen.

"Alle bars en clubs op Gomorrah herinneren je daaraan," zegt Ariël. "Je moet vaker uit gaan."

Napoleon zit op een extra hoge barkruk aan de zijkant en ziet er zoals gewoonlijk rood, gehoornd en klein uit.

Ik knik naar hem. "Dat is mijn mannetje."

"Wacht eens even," zegt Felix. "Ik ken hem. Hij heeft me ooit een wapen verkocht."

Ik staar hem aan. Wapens zijn hier op Gomorrah extreem illegaal, tot het punt dat zelfs de ordebewakers — onze wetshandhavers — ze niet mogen dragen. Alleen de Senaatswacht, een soort geheime dienst voor de regering, en het Gomorrah-equivalent van SWAT dragen wapens.

Aan de andere kant, gezien wat ik over Napoleon weet, verbaast het me niet dat hij wapens en andere items die taboe zijn, verkoopt.

"Wat voor soort Cognizant is hij?" fluistert Ariël luid. "Hij ziet eruit als een kleine rode duivel."

Ik werp een bezorgde blik op Napoleon. Ik hoop dat zijn gehoor niet oppikt wat we zeggen. "Hij noemt zichzelf een nain rouge."

"Dat is gewoon 'rode dwerg' in het Frans," fluistert Itzel.

Natuurlijk spreekt ze Frans. Kabouters zijn erg goed in talen.

"Ik geloof dat zijn soort vaker de lutin wordt genoemd," zegt Kit op een gedempte toon en ze verandert zichzelf in een mooie en vrouwelijke kleine rode duivel. "Ze worden op aarde gedwongen om eruit te zien als mensen." Ze verandert in een klein mens met dezelfde kenmerken als de kleine duivel. "De lutin zijn geweldige minnaars."

"Iemand moet echt eens seks hebben," mompelt Felix binnensmonds.

"Bied je je aan?" Kit glinstert in Maya en likt haar lippen op een verontrustend seksuele manier.

Felix wordt net zo rood als Napoleon, terwijl Ariël stikt van het lachen. Aan de bar trilt het puntige oor van Napoleon.

"Hé, Napoleon!" roep ik luid en ik loop naar hem toe.

De nain rouge zet zijn troebele, robijnkleurige drankje neer en draait zich om om de bar te scannen. Als hij me ziet, ontbloot hij zijn scherpe, roofzuchtige tanden met een brede glimlach.

"Bailey." Hij spreekt mijn naam met een Frans accent uit. "Leuk om je voor de verandering eens buiten mijn dromen te zien."

Ik glimlach en begroet hem in het Frans voordat ik ten behoeve van mijn Amerikaanse vrienden overschakel naar het Engels. "Dit zijn Kit, Itzel en Ariël, en je kent Felix al."

Napoleon bekijkt Felix van top tot teen. "*Oui*, het pistool. Ik hoop dat je het alleen op die uithoek van een wereld hebt gebruikt, zoals je me verzekerde dat je dat zou doen."

Felix knikt met zijn hoofd. "Ik zou er nooit op Gomorrah mee rondzwaaien."

"Goed. Goed." Napoleon pakt zijn drankje en neemt een slok. "Ik reken het dubbele van de prijs die ik je gaf als het voor lokaal gebruik is."

Itzel gnuift. "Ben je bang dat als iemand gepakt wordt, het bij je terug kan komen om je te bijten?"

"Kabouters en hun botheid." Napoleon drinkt de rest van zijn drankje op. "Zelfs orks hebben meer finesse."

"Over orks gesproken," zeg ik terloops, in de hoop de kosten van de informatie die we nodig hebben zo laag mogelijk te houden. "We zijn op zoek naar iemand met de naam Vas Lube. Waar kunnen we hem vinden?"

Door met zijn rode vingers te klikken, roept

Napoleon de elfenbarkeeper en bestelt hij nog een drankje — Chimera's Fire.

Ik huiver vanbinnen. Hij staat op het punt een brouwsel te nemen dat zo heet en pittig is, dat sommigen zeggen dat het is gemaakt door maïspepers te fermenteren — gruwelijkheden van in de miljoen op de schaal van Scoville.

De barman zet het drankje voor Napoleon neer, en als een druppel ervan op de onderzetter morst, dan sist het.

De nain rouge neemt een grote slok en grijnst even tevreden als een kind dat een chocoladekoekje met warme melk neemt.

"Dus, over Vas," zeg ik met overdreven geduld. "We hebben informatie nodig."

Napoleon laat zijn drankje zakken om me te bestuderen. "Ik mag je," zegt hij, terwijl zijn adem naar peperspray ruikt. "Ik wil niet dat je gedood wordt."

Mijn vrienden en ik wisselen een blik uit.

"Is hij gevaarlijk?" vraagt Felix.

"Zo gevaarlijk als ze er zijn." Napoleon kijkt om zich heen. "Hij gaat met de Vuile Klootzakken om."

Ik kijk naar Itzel om te zien of zij weet waar hij het over heeft.

Ze ziet er net zo niet-begrijpend uit als ik, en onze metgezellen van de andere wereld lijken nog minder te weten.

Napoleon zucht diep. "Ik heb het over een bende die ervoor heeft gekozen om zichzelf Vuile

Klootzakken te noemen. Moet ik dit echt verder uitleggen?"

Itzels wenkbrauwen komen samen. "Het maakt me niet uit of ze zichzelf Afschuwelijke Schurken of Weerzinwekkende Verdoemden noemen," gromt ze, in Napoleons persoonlijke ruimte leunend. "Deze Vaspersoon weet iets over de verdwijning van mijn grootvader en ik ben van plan om met hem te praten."

"Herinner me eraan om Itzel nooit een bende een naam te laten geven," fluistert Felix. "Schurken?"

Als Napoleon het erg vindt om oog in oog te staan met Itzels ademhalingsmasker, dan laat hij het niet zien. "Wie is je grootvader?" vraagt hij, schijnbaar nonchalant.

"Je zou hem niet kennen," zeg ik snel. Als Itzel vermeldt dat haar opa een beroemde uitvinder is, dan zal de prijs van de informatie die we zoeken een aantal nullen krijgen, als dat nog niet is gebeurd.

"Door je te vertellen wat ik weet, breng ik mezelf in gevaar," zegt Napoleon recht in Itzels gezicht. "Ik hoop dat je klaar bent om me dienovereenkomstig te compenseren."

Itzels ogen beginnen te tranen — waarschijnlijk van Napoleons pittige adem. Ze veegt haar gezicht af met haar mouw en doet een stap achteruit.

"Hoeveel?" vraag ik.

Napoleon noemt een krankzinnig bedrag.

"Gooi er voor elk van ons wapens bij en je hebt een deal," zegt Itzel voordat ik zelfs maar kan onderhandelen.

Hij pakt zijn helse drankje op. "Ik heb nog maar één wapen over. En je moet het buiten deze wereld gebruiken."

"We zijn van plan het pistool te gebruiken als we Vas onder ogen komen," zeg ik gelijkmatig. "Graag of niet."

Dit is echt niet het laatste wapen dat hij bezit, maar als ik hem uitdaag, zal het meer kwaad dan goed doen.

Napoleon grijnst en laat zijn hoektanden zien. "Ik zal het aannemen... *als* je mijn dromen nog een keer bezoekt."

Itzel kan dit maar beter waarderen. "Op een moment van mijn keuze," zeg ik met tegenzin. "En niet snel."

"*Oui*. Houd er rekening mee dat er tijd tussen zal moeten zitten voordat je mijn hulp weer nodig hebt." Hij drinkt de rest van zijn drankje op; waarschijnlijk krijgt hij hier en nu een maagzweer.

We leggen allemaal bij om voor de diensten van Napoleon te betalen, waarbij Itzel erop staat het leeuwendeel bij te dragen. Wanneer we hem vertellen om zijn rekening te controleren, gebaart Napoleon als een operadirigent in zijn VR. Bij het zien van het geld op zijn rekening, geeft hij ons een roofzuchtige grijns en gebaart nog een paar keer voordat hij zegt, "Controleer je berichten."

Hij heeft ons de locatie van de ontmoetingsplaats van de bende gestuurd.

"Leuk om zaken met je te doen," zegt hij als ik bevestig dat ik de routebeschrijving heb gekregen.

"Hoe zit het met het pistool?" vraagt Itzel.

Grommend reikt hij onder de stang voor hem en haalt een slank, kort musketachtig apparaat tevoorschijn. Voordat iemand het zeer illegale wapen kan zien en ons kan aangeven, pak ik het aan en verberg het in mijn broek.

We haasten ons snel de bar uit en roepen een auto op. Itzel instrueert de auto om naar haar huis te gaan. "Het pak van Felix ligt daar," legt ze uit. "Als we op zoek gaan naar een bendelid in hun eigen schuilplaats, dan hebben we alle hulp nodig die we kunnen krijgen."

———

ITZELS APPARTEMENT LIJKT op het hol van een gestoorde professor. Er zijn talloze schermen met raketontwerpen erop, half gebouwde drones, bollen van draden en potten met exotische brandstoffen.

In de inloopkast bij de woonkamer staat het pak in kwestie — wat eruitziet als een scifi-robot uit een B-film.

"Felix beweert dat hij door de allereerste roestbak van een pak gebouwd in Iron Man werd geïnspireerd," zegt Ariël. "Terwijl ik denk dat hij het Mech Batsuit heeft nagemaakt."

Felix blaast zijn borst op. "Dit is een originele Neo Golem." Hij begint met een uitleg over de naam, die hierop neerkomt: als Felix een superheld was, dan zou dat zijn codenaam zijn.

"Dus we hebben een pistool" — ik klop op de

achterkant van mijn broek — "en het Neo Golem-pak. Heeft iemand anders het gevoel dat het niet genoeg is?"

"Hangt ervan af hoeveel van de zogenaamde Vuile Klootzakken er zullen zijn," zegt Itzel. "Het kan me echter niet schelen. Het is de enige aanwijzing die we hebben."

Ik streel Poms vacht. Ze begint me een beetje bang te maken. "Zullen we langs mijn appartement gaan?" stel ik voor. "Ik heb daar slaapgranaten, die ons kunnen helpen om geweld helemaal te voorkomen."

Felix stapt in zijn pak en klikt de robotachtige gezichtsplaat op zijn plaats. "Klinkt goed." Zijn stem komt gedempt naar buiten.

Als we de straat opgaan, krijgt Felix een paar nieuwsgierige blikken, maar niet zoveel als hij op aarde zou krijgen als we ons buiten een pretpark zouden bevinden.

We nemen een auto naar mijn appartement, waar we een paar slaapgranaten pakken en een hapje eten. Terwijl we bezig zijn, vraag ik Felix om me te leren hoe ik het pistool moet gebruiken, omdat hij er ervaring mee lijkt te hebben.

"Oké." Hij pakt het pistool van me af en drukt op een knop aan de zijkant. Er verschijnt een ouderwets uitziend scherm boven het pistool — dit is duidelijk geen nieuw model. Hij wijst naar een zelfverklarend label op het scherm. "Dit bepaalt of de straal van het pistool wel of niet dodelijk is." Hij zet het pistool in de verdovingsmodus en richt het op Ariël.

"Ha-ha," zegt ze humorloos. "Pak of niet, ik kan je nog steeds in tweeën breken."

Met een zucht richt Felix het pistool op mijn raam. "Het is echt zo simpel. Mikken en schieten." Hij doet alsof hij de trekker overhaalt.

Ik pak het pistool en oefen het oproepen en verbergen van het scherm. Het is inderdaad zo makkelijk als Felix zei. Ik steek het pistool in de achterkant van mijn broek. "Begrepen. Laten we gaan."

We houden een andere auto aan en gaan rechtstreeks naar de locatie die Napoleon heeft verstrekt, wat een louche doodlopende straat blijkt te zijn in een van de slechtste delen van Gomorrah.

"Hier zal in ieder geval niemand het pak van Felix opvallen," zegt Ariël, terwijl ze haar neus optrekt terwijl we een met urine bevlekte straat betreden die is versierd met stapels nooit opgehaalde vuilnis. Het is meer dan smerig, zelfs met de koele bries die het ergste van de stank wegblaast. Ik houd mijn adem zo goed mogelijk in, maar het rotte aroma sijpelt toch in mijn neusgaten.

Itzel staat bij me in het krijt. De ziektekiemen hier moeten bijna net zo erg zijn als op aarde.

De aanwijzingen van Napoleon leiden ons naar wat ooit een winkel was, maar het is nu dichtgetimmerd en het mist een bord.

"Het is onmogelijk om te zien wat ons binnen te wachten staat," fluistert Ariël terwijl ze door het plastic probeert te gluren dat de ramen bedekt.

Kit laat zichzelf eruitzien als een ork. "Ik zou

kunnen doen alsof ik een newbie ben die bij de bende wil komen."

"Nee," fluistert Itzel. "Laten we het bij Baileys slaapgranaatplan houden."

Knikkend controleer ik de deur.

Hij zit op slot.

Ik haal mijn lockpicks tevoorschijn, maar Felix legt een hand op mijn schouder voordat ik ze kan gebruiken. Vervolgens schiet hij op de deur met een boog van magenta energie. "Voor het geval er een alarm is," legt hij stilletjes uit.

Nog steeds in haar gedaante als ork, kijkt Kit twijfelachtig naar de deur. "Ik denk niet dat deze plek functioneel sanitair heeft, laat staan een alarm."

Ik maan ze tot stilte en ga aan de slag met de lockpicks. Iedereen kijkt gefascineerd naar mijn handen. Zodra het slot het begeeft, doe ik voorzichtig de deur open en gooi ik de granaat naar binnen. Als ik de deur sluit, tel ik de seconden in mijn hoofd om er zeker van te zijn dat degene die binnen is in slaap is gevallen en het gas is geneutraliseerd, waardoor we veilig naar binnen kunnen lopen.

"Hé!" gromt een stem van achter ons. "Wat de puck zijn jullie aan het doen?"

Geschrokken draaien we ons als één om.

Boos naar ons kijkend staat er een echt leger van Vuile Klootzakken voor ons.

HOOFDSTUK DERTIEN

"ZE MOETEN ONS hebben beslopen terwijl Bailey met het slot bezig was," fluistert Felix, en iedereen is te gespannen om hem voor het overduidelijke af te straffen.

Ariël reageert als eerste. Haar militaire training komt naar boven terwijl ze naar voren springt en een ork van tweemaal haar grootte in de borst slaat. Haar tegenstander vliegt terug naar zijn kameraden, die achteruit wankelen voordat ze hem vangen en hem naar haar terugduwen.

Voordat ik kan zien hoe het met Ariël gaat, zie ik een steen onze kant op vliegen.

Hij botst tegen de metalen borst van Felix. Zijn Neo Golem-gezichtsscherm gaat omhoog en het robotachtige pak schiet in de menigte van onze aanvallers en maakt onderweg verontrustende vlees-ontmoet-metaalgeluiden.

Als de wind het gas niet te snel weg zou laten

waaien, dan zou ik overwegen om mijn resterende slaapgranaat te gebruiken. Voor nu haal ik het pistool tevoorschijn, activeer het en richt het op het hoofd van de dichtstbijzijnde ork.

Het pistool piept. Hoewel er niets uit de loop lijkt te komen, valt de ork bewusteloos neer. Het pistool staat nog steeds op de niet-dodelijke stand — een goede zaak, omdat deze ork misschien wel degene is die we zoeken.

"We willen alleen met Vas praten," schreeuwt Itzel. "Het is niet nodig om iemand gewond te laten raken!"

Een Vuile Klootzak met de perfecte kenmerken van een uber spuugt naar Itzel, en zijn speeksel landt op haar masker.

Puck. Als ik dat was, dan zou ik hem vermoorden voor het ongeoorloofd delen van lichaamsvloeistoffen.

Itzel moet hetzelfde voelen. Haar ogen veranderen in spleten, en ze vormt een bal van bliksem tussen haar handen en gooit hem naar haar aanvaller.

De man vliegt achteruit en botst tegen zijn broers aan en gooit ze als bowlingkegels van hun voeten.

Een ork neemt zijn plaats in.

Met een bonzend hart schiet ik hem bewusteloos met mijn pistool en bekijk ik de rest van het slagveld.

Felix vecht tegen een dwerg en een ork — en lijkt te winnen. Ariël slaat moeiteloos twee elfen in elkaar. Nog steeds in haar ork-vorm staat Kit tegenover een elf met een lelijk litteken op zijn gezicht. Een klap van de vuist van ork/Kit later, zakt de elf op de grond, maar een andere Vuile Klootzak — een vampier — neemt zijn plaats in.

Ik richt het pistool op de vampier en haal de trekker over, maar er gebeurt niets. Ik schakel over naar de dodelijke modus en schiet opnieuw naar hem — maar nog steeds niets.

Puck. Wat is er aan de hand?

Voordat ik goed kan flippen, verandert Kit in een reus en schopt ze de vampier met al haar kracht. De man vliegt naar het einde van de doodlopende weg en staat niet op. Ik adem opgelucht uit en schakel mijn pistool terug naar de verdovingsmodus en schiet de dwerg van Felix neer, evenals een van Ariëls elfen.

Twee vampiers zwaaien met gevaarlijk uitziende messen en vallen reus-Kit aan, en een dwerg verschijnt uit het niets en rukt aan mijn pols van de hand waarmee ik het pistool vasthoud. Het wapen klapt tegen de grond. Voordat ik het kan pakken, geeft de dwerg een klap in mijn maag.

Ik spring achteruit en verzacht de impact van de klap. Toch suist mijn adem uit mijn longen. Pucking puck. Dwergen zijn ongelooflijk sterk en ook nog eens felle vechters. Zelfs met mijn vechtsporttraining, zit ik zonder dat pistool in grote problemen.

Beslissend om het smerig te spelen, ontwijk ik de volgende klap, pak de dwerg bij zijn bossige baard en trek er gemeen aan. De pijnlijke kreet van mijn tegenstander is mijn beloning — nou ja, dat en het smerige souvenir dat eruitziet als iets dat een leeuw zou kunnen ophoesten nadat hij zijn hele groep een wasbeurt met zijn tong had gegeven.

Terwijl ik de walgelijke haarklomp naar de eigenaar teruggooi, sla ik mijn vuist in zijn solar plexus.

Hij is als een steen, en er is geen teken van pijn te zien bij de dwerg.

Een voet met een laars probeert me onderuit te maaien. Ik spring eroverheen, land als een kat en schop mijn aanvaller in zijn kruis.

De dwerg knippert nauwelijks met zijn ogen.

Dubbele puck. Dit moet een vrouwelijke dwerg zijn — het is onmogelijk dat een man in staat zou zijn om daarna te blijven vechten. Zowel mannelijke als vrouwelijke dwergen hebben baarden, hoewel sommige vrouwen ervoor kiezen om zich ervan te ontdoen. Waarschijnlijk zodat andere Cognizanten niet dezelfde fout maken die ik net heb gemaakt.

Yep. Nu ik ernaar op zoek ben, zie ik borsten onder haar ruimvallende kleding. Me beter voelend over het feit dat ik die baard eruit heb gerukt — hij is vaak een bron van trots van mannelijke dwergen — sla ik haar in het gezicht.

De dwerg wankelt even naar achteren. Dan schiet ze met een brul als een hondsdolle honingdas op me af.

HOOFDSTUK VEERTIEN

MET BEHULP VAN een manoeuvre uit een droom van een Aikidomeester op aarde, gebruik ik het momentum van de dwerg om haar op de stoep neer te leggen. Dan breek ik met de Aikidofilosofie en schop mijn tegenstander genadeloos tegen het hoofd totdat ze blijft liggen.

Ik kan niet lang van mijn overwinning genieten. Terwijl ik opkijk, zie ik een vampier mijn kant op suizen.

Dit is het dan. Ik ben nu helemaal de sigaar.

"Zo is het genoeg," galmt de stem van Felix door de doodlopende straat, ongetwijfeld versterkt door zijn pak.

Geschrokken stopt de vampier, net als iedereen.

De borst van Neo Golem opent zich. Op de plek waar de tepels van Felix zouden zitten, verschijnen twee gigantische geweren en ze schieten op een lege plek in de buurt.

Boem. De explosie vibreert ieders inwendige organen.

De robot richt de kanonnen op de nog steeds staande Vuile Klootzakken. "Ben ik duidelijk?"

Een paar boze knikken.

Zijn gezichtsscherm gaat van ork naar ork. "Wie van jullie is Vas?"

"Binnen," sist de vampier die het dichtst bij me staat.

"Blijf hier," zeg ik tegen Felix. "Ik ga hem zoeken."

De metalen kop van de robot knikt en ik ga de verlaten winkel binnen.

De bende heeft de zaak in een hybride tussen een sportschool en een casino getransformeerd. Er zijn overal gewichten en een boksring in het midden van de ruimte, maar ook kaarttafels en zelfs een kleine renbaan, waarschijnlijk voor illegale races met kleine dieren.

Er liggen overal slapende lichamen. Het probleem is dat er vijf orks zijn.

Ik zoek in de zakken van de eerste naar een ID.

Niet mijn man.

Ik check de volgende. Nee.

Bij de derde ork heb ik de jackpot. Dit is niet alleen Vas, maar hij bevindt zich ook nog eens in REM-slaap.

Ik reik naar voren, maak de verbinding en ga terug naar de wakkere wereld. Dan maak ik met nog een paar leden van de bende een verbinding — voor het geval dat in de dromen van Vas rondrennen geen kaboutergrootvadervruchten oplevert.

Ik verlaat de winkel en knik naar mijn vrienden terwijl ik mijn handen steriliseer.

"Heb je hem vermoord?" brult de dichtstbijzijnde ork.

"Nee. Ik hoefde alleen maar te weten hoe hij eruitzag," lieg ik. "Nu ik dat weet, gaan we."

"Als we je laten," gromt de ork.

De geweren in de borst van Felix wijzen in zijn richting en de ork stapt achteruit.

Een vampier gaat de winkel in, en komt er dan net zo snel weer uit.

"Vas leeft," meldt hij. "Net als alle anderen."

"En dat zullen ze blijven als je niet met ons puckt," zeg ik.

De Klootzakken gaan aan de kant.

Ik pak mijn pistool en sta schouder aan schouder met mijn vrienden terwijl we terug uit de doodlopende straat lopen. Zodra we uit het zicht zijn, beginnen we te rennen en pakken een paar blokken verderop een auto.

"Dat was intens," zegt Kit, die snel na elkaar in verschillende bendeleden verandert.

Ariël kijkt naar de borst van Felix. "Ik dacht dat je maar één ronde met kogels in je borstwapens had."

Felix heft de gezichtsplaat op en grijnst. "Dat wisten de Vuile Klootzakken niet."

Itzel draait zich naar me toe, haar ogen stralend van hoop. "Weet je waar mijn opa is?"

"Dat ga ik zo uitzoeken." Ik raak Poms vacht aan.

IK VERSCHIJN IN HET DROOMPALEIS, en update Pom over de gang van zaken terwijl ik in de toren van slapers op zoek ga naar Vas.

"Oef," zeg ik als ik mijn groene prooi vind. "De andere bendeleden hebben hem nog niet wakker gemaakt."

Pom vliegt naar de ork en kijkt hem wantrouwend aan. "Je moet je nog steeds haasten. Als je het niet erg vindt, ga ik met je mee."

Daar stem ik mee in, en Pom gaat op mijn schouder zitten. Ik kan het niet laten om het gezicht van een piraat aan te nemen voordat ik ons beiden onzichtbaar maak en in de droom van de ork spring.

DE KAMER WAAR de droom zich afspeelt, is bekend. Het is de verlaten winkel van de Vuile Klootzakken. Vas en een andere ork dragen handschoenen en staan in de boksring.

De droom is een herinnering, besef ik me.

Ik laat het uitspelen tot Vas naar de kleedkamer gaat. Terwijl zijn aandacht naar het omkleden gaat, transformeer ik de kleedkamer in Cadmaels rommelige kamer die ik in VR heb gezien.

Klaar met omkleden, kijkt Vas op en vult de rest van de informatie zelf in, te beginnen met de vape-gizmo, die in zijn mond verschijnt.

Een paar van de bendeleden zijn er, ze zien er verschroeid uit — waarschijnlijk door ballen van bliksem. Itzels beroemde grootvader is er ook. Hij ligt in een bewusteloze hoop op de vloer.

"Bel hem," zegt Vas tegen een vampier die in de buurt staat, een van degenen die Kit in de doodlopende straat aanviel.

De vampier frutselt even in zijn VR, en er verschijnt in het midden van de kamer een hologram.

Het is een lange, dunne man wiens gezicht wordt verduisterd door een puckmasker, een populaire versiering gedragen op gekostumeerde feesten op Gomorrah, en daarom een die me niet veel over de persoon vertelt die zich erachter verbergt.

"Heb je hem?" vraagt de man met een stem die als krakende vloerplanken klinkt.

Vas gebaart naar de bewusteloze kabouter.

De gemaskerde kerel knikt goedkeurend en wijst naar de vampier die het hologram begon. "Ik wil dat *hij* de kabouter naar me toe brengt."

Puck. Het zou beter zijn geweest als hij Vas had gevraagd — op die manier kon ik die ontmoeting in de droomwereld naar voren brengen.

Ach ja. Misschien had Vas deze man op een gegeven moment toch ontmoet?

Naarmate de dromen van Vas beginnen af te dwalen van geheugengebied, vind ik kansen om de man met het puckmasker in verschillende omgevingen te plaatsen.

Niets geeft de droom die ik zoek. De mysterieuze

man moet Vas buiten dat hologram gesprek nooit hebben ontmoet.

Ik geef het op, ga even terug naar de wakkere wereld en herinner me dan nog een paar bendeleden met wie ik een verbinding had gemaakt en snuffel vervolgens in hun dromen rond.

Zonder succes.

Buiten het hologramgesprek lijkt niemand de gemaskerde vreemdeling te hebben ontmoet.

Na het verlaten van de droom van de laatste persoon, informeer ik het team over wat ik zojuist heb ontdekt.

Itzel gromt. "We zijn voor niets bijna vermoord."

"Dat weet ik zo net nog niet." Kit verandert in een mannelijke vampier, ontbloot haar hoektanden en kijkt me met glamourklare ogen aan. "Is dit degene die de gemaskerde man begeleidde?"

Ik schud met mijn hoofd.

Kit verandert in een andere vampier uit het gevecht. Dan nog een.

"Deze," zeg ik als ze in de vampier uit de droom verandert.

"Ah, goed." Kit verandert weer in zichzelf. "Een van de knappere duivels. Dit zou leuk kunnen worden."

Iedereen staart haar aan terwijl ze dramatisch pauzeert en van de aandacht geniet. Wanneer Itzel klaar lijkt te zijn om haar met een bal van bliksem neer te schieten, zegt Kit, "Mijn plan is eenvoudig. Ik ga een andere gedaante aannemen en mijn vrouwelijke listen gebruiken om de informatie van die vampier te krijgen."

Ariël krimpt ineen, waarschijnlijk aan haar problemen met vampiers denkend, en Itzel kijkt Kit bezorgd aan. "Weet je het zeker? Ik hou van mijn grootvader, maar ik weet niet of —"

"Maak je geen zorgen." Kit verandert zichzelf in een mooie vrouw, gevolgd door een nog aantrekkelijkere. "Ik ben van plan om van deze missie te genieten — vampiers zijn geweldige minnaars."

"Wat voor soort Cognizant is dat niet?" mompelt Felix binnensmonds.

"Technomancers," zegt Kit zonder een seconde te aarzelen. "Tenminste tot nu toe. Wil je bewijzen dat het niet klopt?"

Felix wordt rood en we grinniken allemaal ten koste van hem. Daar is hij met open ogen in gelopen.

"Hoelang denk je dat het gaat duren?" vraagt Itzel aan Kit.

Kit verandert weer in haar gebruikelijke zelf. "Eén nacht, misschien twee."

Itzel fronst.

"Goed dan. Eén nacht," zegt Kit sussend. "Als de wortelbenadering niet werkt, dan bind ik hem vast onder het voorwendsel van meer plezier en dan zal ik de informatie uit hem martelen."

We rijden een paar blokken in stilte en verwerken dit nog verontrustender deel van Kits plan. Dan beginnen Ariël en ik haar over de veiligheid hiervan te ondervragen, en ze herinnert ons eraan dat ze in de raad van New York zit en voor zichzelf kan zorgen.

Ik haal mijn schouders op bij de nederlaag, ga naar VR en controleer mijn berichten.

Niets van Valerian. Heeft hij me echt opgegeven, of heeft hij moeite om die weerwolf te vinden?

In het belang van mijn moeder, kan ik de eerste niet accepteren.

Ik kijk naar Felix. "Wat zijn je plannen voor de nacht of twee nachten terwijl Kit haar ding doet?"

Hij knippert met zijn ogen. "Ik heb geen plannen gemaakt."

"Wil je me helpen met een VR-videogame? Ik zal je voor je tijd betalen."

Hij grijnst. "Dat hoeft niet. Ik heb het altijd al willen proberen, maar ik sta te boek als beveiligingsexpert."

Ik bedank hem en vraag Kit waar ze heen wil. Nadat de auto haar daar heeft afgezet, gaan we langs Itzels huis om haar af te zetten en het pak van Felix op te bergen voordat we naar het hubgebouw van de poorten gaan om terug te keren naar de aarde.

———

ALS WE UIT JFK KOMEN, neemt Ariël haar eigen taxi, en Felix en ik gaan rechtstreeks naar Valerians kantoor.

"Er is een kans dat we uit het gebouw worden geschopt," zeg ik tegen Felix als we in de lift staan. "Valerian en ik hebben een beetje ruzie gehad, dus het hangt er allemaal van af of hij besluit een enorme eikel te zijn."

Als we de receptie naderen, glimlacht de dame daar naar me alsof ik een beroemdheid ben. "Mevrouw Spade. Hoe kan ik je helpen?"

"Ik ben hier voor Rattie of Bernie," zeg ik.

Ze knippert onbegrijpelijk.

"Meneer Bhairava en meneer Anderson," verduidelijk ik.

De doorlopende wenkbrauw van Felix gaat bij de tweede naam omhoog, zoals ik al had gedacht — aangezien *The Matrix* zijn favoriete film en zo is.

"Meneer Anderson heeft vrij genomen om zijn dochter te zien," zegt de vrouw. "Ik zal meneer Bhairava laten weten dat je er bent. Neem alsjeblieft plaats."

Tijd doorbrengen met zijn dochter? Goed voor Bernie. Hij boekt inderdaad vooruitgang met het oplossen van zijn problemen.

Felix en ik gaan zitten, maar we hoeven niet lang te wachten. Rattie is er binnen enkele minuten en glimlacht op dezelfde manier als de dame van de receptie naar me.

Hoe zit dat?

"Hé, Rattie." Ik sta op en gebaar naar mijn technomancervriend. "Dit is Felix. Hij is een briljante ontwikkelaar. Ik heb hem meegenomen om bij het *Heldere dromer*-project te helpen."

Rattie schudt Felix de hand. "Meneer Bale heeft het over je gehad."

"Dat is Valerian," fluister ik tegen Felix terwijl Rattie erop staat dat Felix hem bij zijn rare bijnaam noemt en ons door de ruimte leidt.

Als ik om me heen kijk, begin ik een vermoeden te krijgen van al die vreemde blikken. De meeste kantoren zijn bedekt met afbeeldingen van mij, alleen met een borstvergroting en ik draag volledig onpraktische outfits, zoals een bikini gemaakt van maliënkolder.

Felix staart naar een van de afbeeldingen op een manier die Maya niet zou goedkeuren. Ik schraap mijn keel en hij bloost.

"Uhm." Hij schraapt zijn keel. "Ben je in dit spel een krijgsprinses?"

"Natuurlijk niet. Ik ben een droomwandelaar."

Felix krimpt ineen. In tegenstelling tot mij, valt hij onder het Mandaat, een hulpmiddel dat Cognizanten op werelden als deze gebruiken om hun aard voor mensen te verbergen. Als gevolg hiervan zou hij niet in staat zijn om zonder dodelijke gevolgen te zeggen dat hij een technomancer is waar Rattie bij is.

Rattie knippert natuurlijk niet met zijn ogen. "Ik hoop dat je dat niet erg vindt," zegt hij, terwijl hij de afbeeldingen met afkeer bekijkt. "Het marketingteam zit hier achter; ze verwachten dat vijfenzeventig procent van het gamepubliek mannen zijn. Voor wat het waard is, in VR heeft de speler jouw perspectief, zodat ze je niet echt veel zien. Tenzij je in een spiegel kijkt."

"Het geeft niet," zeg ik grootmoedig. Wat ik er niet

aan toevoeg, is dat ik me door hen naakt zou laten afbeelden en op gigantische borsten zou rollen als een manier om me voort te bewegen als dat betekende dat ik genoeg kracht zou krijgen om mam te redden.

Opgelucht brengt Rattie ons naar een vergaderruimte, waar de schermen al naar beneden zijn en zijn team uit India me met dezelfde aanbidding aankijkt. Hij gaat zitten en legt zijn handen als een kostschoolstudent op de tafel. "Zal ik je een update geven?"

Ik ga tegenover hem zitten. "Dat zou geweldig zijn."

"Het team heeft sinds we elkaar voor het laatst hebben gezien bijna zonder slaap gewerkt," zegt Rattie, goedkeurend naar de gezichten op de schermen kijkend. "Een beetje ironisch, gezien het onderwerp van het spel."

Ik knik meelevend naar hem en de schermen. "Ik weet hoe naar slaaptekort voelt. Laat het me weten als Valerian jullie niet goed voor jullie harde werk compenseert."

Op het scherm gaat een van de ontwikkelaars van blij naar bezorgd. "Onze compensatie is genereus. Dat is het echt."

"Het is waar," zegt Rattie.

Ik voel me meteen een idioot. "Natuurlijk. Ik probeerde niet te zeggen dat iemand ondankbaar is of zo. Ga alsjeblieft door met de update voordat ik meer stomme dingen zeg."

Rattie glimlacht. "Het goede nieuws is dat we bij elke stap geluk hebben gehad en het level bijna klaar is." Hij pauzeert om me een kans te geven om blij naar hem te stralen. "Maar voordat we de testers kunnen laten spelen, moeten we een probleem oplossen dat niet per se met game-ontwikkeling te maken heeft. Er is een beveiligingsprobleem dat —"

"Felix kan je helpen," flap ik eruit.

"Met de beveiliging?" Felix kijkt me aan als een puppy wiens piepspeeltje is afgepakt. "Ik dacht dat ik aan het spel zou gaan werken."

"Ik weet zeker dat als je jezelf eenmaal met de beveiliging hebt bewezen, het team ook enkele spelgerelateerde taken voor je zal vinden." Ik kijk Rattie nadrukkelijk aan.

"Absoluut." Rattie kijkt Felix aandachtig aan. "Als je ervaring hebt met —"

"Dat heb ik." Felix maakt zich zo groot als een geile pauw. "Wat het ook is, het zal geen probleem zijn."

Rattie kijkt me twijfelend aan.

"Felix is geweldig in zijn werk," zeg ik. "Beschouw je beveiligingsprobleem als opgelost."

"In dat geval" — Rattie haalt een doos, twee vellen papier en twee pennen tevoorschijn —"laten we naar het leuke deel gaan." Hij schuift de papieren naar ons toe. "Sorry voor de NDA's. Het is een standaard voorzorgsmaatregel voor onuitgebracht intellectueel eigendom."

Felix en ik wuiven zijn verontschuldiging weg en ondertekenen de geheimhoudingsovereenkomsten terwijl Rattie de doos opent waar een headset in zit. "Dit is de illusie-scope."

"Wauw," fluistert Felix. "Zo klein."

Eigenlijk is het groter dan elke headset op Gomorrah, maar voor de primitieve technologie van de aarde is het niet slecht.

"De kamer is al voor handtracking opgezet," zegt Rattie en geeft me de gizmo. "Het is alleen maar eerlijk dat jij het eerst probeert."

Ik loop naar het open gedeelte van de kamer en zet de headset op. Het dashboard hier is eenvoudig en heeft slechts één pictogram, een kleine versie van mij in een kleine outfit. Wanneer ik naar het pictogram gebaar, begint het spel te laden en terwijl ik wacht, lees ik de tekst onder het kopje "Achtergrondverhaal:"

Bailey's moeder is door een kwaadaardige droomwandelaar ontvoerd, de rattenkoning. Met behulp van haar eigen droomwandelende krachten vindt Bailey haar weg naar het verwrongen paleis van de Rattenkoning en staat ze op het punt om hem te confronteren in een gevecht om —

Het spel begint en ik hou een gigantisch zwaard vast.

Zonder spiegels is het op dit moment echt onmogelijk om te zien of ik op mezelf lijk. De enige delen van mij die zichtbaar zijn, zijn mijn handen — die, afgezien van pixelvorming, goed genoeg op de mijne lijken. Het is een zegen dat niemand de moeite heeft genomen om me die borsten van de marketingafdeling te geven — ze zouden mijn zicht blokkeren als ik naar beneden keek, om nog maar te zwijgen van me in het gezicht te slaan als ik moest rennen.

Ik zwaai een paar keer met het zwaard en begin de donkere grot te bestuderen wanneer er een verontrustend monster van het plafond naar beneden springt.

Hij heeft het lichaam van een spin, maar het hoofd van een clown. Voor het geval dat niet angstaanjagend genoeg was, wordt het onderste deel van het gezicht van de clown door het masker van een chirurg bedekt en hebben de voorpoten scalpels vast.

Voordat ik zelfs maar kan knipperen, springt het ding op me af.

HOOFDSTUK VIJFTIEN

IK ZWAAI MET mijn zwaard en snij een van de scalpel-zwaaiende poten eraf. De ogen van de clown schieten vuur op me. Ik kantel naar de zijkant en ontwijk het projectiel.

Ik moet het de camera's en de primitieve headset nageven: mijn echte bewegingen worden in VR vrij goed gekopieerd.

Om te zien hoe goed de fysica werkt, gooi ik mijn zwaard naar het hoofd van het wezen. Het vliegt in een zeer realistische boog en snijdt door het masker. Het masker valt en onthult een clownsgezicht dat onder al die witte make-up vaag bekend lijkt te zijn.

Hebben ze het naar een beroemdheid nagemaakt?

Het schepsel schreeuwt van woede, en er verschijnt een kleine wolk boven me. Daarboven verkondigt een tekstvak, "DROOMKRACHT."

Ik activeer de wolk en er groeit een nieuw zwaard in mijn hand, maar het is te laat.

Het hoofd van het monster snelt naar me toe en zijn hoektanden scheuren in mijn borst.

De wereld om me heen wordt rood, met verder één regel zwarte tekst die in de lucht zweeft.

GAME OVER.

"Zo cool." Ik doe de headset af en geef hem aan Felix. "Je moet het bekijken."

Rattie straalt naar me. "Ik ben blij dat je het leuk vindt."

Felix zet de headset op. Een minuut later schreeuwt hij obsceniteiten en trekt het van zijn hoofd. "Ik hoop dat je dat niet door kleine kinderen laat spelen," zegt hij met een onregelmatige ademhaling. "Of door mensen met arachnofobie, coulrofobie en hoe de fobie van medisch personeel ook wordt genoemd."

Rattie knikt. "De consensus in de industrie is dat kleine kinderen helemaal geen VR zouden moeten spelen. Wat volwassenen met fobieën betreft, ze kunnen altijd stoppen met spelen als ze iets zien dat ze niet leuk vinden."

Terwijl hij spreekt, realiseer ik me waarom het gezicht van het monster me bekend voorkwam.

Het deelt gelaatstrekken met Rattie zelf.

Dan dringt er nog iets tot me door: de schurk die in dat achtergrondverhaal werd genoemd, heette de *Rattenkoning*.

Ik vang Rattie's blik. "Heeft je team jouw gelijkenis in het spel gebruikt?"

Iedereen in zijn team grinnikt en hij glimlacht verlegen. "Mijn team stopt graag in al onze games paaseieren. Op die manier denken mensen op straat misschien dat ik een droomwandelaar ben en zien ze mijn gezicht nog jaren in hun nachtmerries."

"Als je het zat bent dat je in al deze games zit, dan kun je het mijne gebruiken," zegt Felix hoopvol.

Ik grijns. "Ik denk niet dat we de consumenten *zo* bang willen maken."

Felix kreunt. "De tweede keer dat ik vandaag ergens inloop." Hij kijkt naar Rattie. "Vertel me over het beveiligingsprobleem dat je opgelost moet hebben."

Rattie legt het uit aan Felix en kijkt opgewonden als het duidelijk wordt dat Felix begrijpt waar hij het over heeft.

Ik gaap. Cryptografie en slaaptekort gaan niet goed samen.

Na wat aanvoelt als dagen van geestdodende technopraat, haalt Rattie een laptop met de juiste toegang tevoorschijn en begint Felix erop te typen.

Ik onderdruk nog een geeuw. "Wat kan ik doen om te helpen?"

Rattie kijkt naar zijn team. "Je kunt op dit moment niet veel doen voor de demo, maar we kunnen je hulp gebruiken bij het ontwerpen van levels. Valerian zei dat je er goed in zou zijn."

Ik weet zeker dat Valerians lof voorafging aan het kusfiasco. Ik betwijfel of hij *nu* aardige dingen over me zou zeggen.

Ik verban alles wat met kussen te maken heeft uit mijn hoofd en beschrijf een aantal goede droomwereldachtige levels voor het team, deels vertrouwend op mijn achtergrond in gameontwerp en nog veel meer op de werkelijke droomwandelingervaring. Rattie vindt het vooral leuk als ik het plafond in mijn droompaleis beschrijf — een mozaïek met een boogschietdoel-achtige mandala gemaakt van veelkleurig glas.

Net als ik op het punt sta om weer hardop te gapen, zegt Rattie, "Dat is meer dan genoeg om ons op weg te helpen."

"Mooi." Ik wrijf in mijn ogen. "Als jullie me de komende uren niet nodig hebben, dan zou ik graag een slaapcapsule gebruiken."

Rattie glimlacht wrang. "Natuurlijk. Degene die je het laatst hebt gebruikt, kan officieel van jou zijn."

Ik loop naar Felix om er zeker van te zijn dat hij het goed vindt dat ik ga slapen, en hij gebaart me mijn gang te gaan zonder op te kijken van het scherm.

"Doe een dutje. Ik zou hier over een paar uur klaar mee moeten zijn."

Goed.

Ik sleep mijn loodzware voeten naar de capsule en ga buiten westen.

———

IK WORD FRIS wakker en heb geen idee hoeveel tijd er is verstreken.

Op weg naar het toilet zie ik dat de verdieping leeg is. Als ik naar buiten kom, haast ik me naar de receptie.

Ook de receptioniste is weg. Het zullen dan geen reguliere kantooruren meer zijn.

Rattie ontmoet me bij de liften. "Ah, goed, je bent wakker geworden. Felix is enige tijd geleden weggegaan en hij had gezegd dat je contact moest opnemen met je vriendin Itzel wanneer je hem nodig hebt."

"Oké." Ik glimlach. "Heeft Felix afgemaakt wat hij is begonnen?"

"Dat heeft hij gedaan," zegt Rattie bewonderend. "Dankzij hem gaat de demo binnen enkele uren naar de testers. De rest van het team neemt nu een welverdiende pauze en zal de ontwikkeling daarna hervatten."

"Dat is geweldig." Ik druk op de knop om de lift op te roepen. "Jij moet ook rusten."

Hij zucht. "Dat zal ik doen. Eerst moet ik bevestiging krijgen dat de demo bij de testers is."

"Veel succes," zeg ik, terwijl ik de lift instap. "Tot later."

Terwijl ik naar beneden ga, sta ik mezelf toe om opgewonden te raken. Zelfs als Valerian van plan is om zich terug te trekken uit onze regeling, klinkt het alsof de demo nog steeds plaatsvindt — tenzij hij op het laatste moment opduikt en dat annuleert, wat ik betwijfel. En aangezien Valerian zei dat ik een krachtboost van de testers zou krijgen, is het mogelijk dat dat genoeg is om mam te redden.

DE RIT NAAR JFK en de reis van daar naar Gomorrah verlopen rustig. Ik neem een auto naar mijn appartement, hygieia mezelf van top tot teen, kleed me om in schone kleren, en eet wat.

Nu ik me weer fris en fruitig voel, controleer ik mijn berichten.

Niets van Valerian.

Ik kijk op de klok. Hij had de rest van de vorige nacht en bijna een hele dag daarna om naar de weerwolf te zoeken. Ik wed dat hij zijn prooi heeft gevonden en zonder mij met hem heeft afgerekend.

Het is tijd om de onaangename realiteit te accepteren.

Valerian praat niet meer tegen me.

Voor het geval ik het mis heb, stel ik mijn inbox in om een waarschuwing te geven als hij me een bericht stuurt. Dan, in een poging om niet toe te geven aan de vreemde malaise die me bij de gedachte vastgrijpt om hem nooit meer te zien, ga ik door de recente berichten totdat ik er een van Itzel vind.

Ze zegt dat we allemaal om negen uur bij Nebulabucks moeten verzamelen.

Ik kijk naar de schemering buiten en kijk dan naar de klok.

Als ik opschiet, haal ik de bespreking.

———

ALS IK NEBULABUCKS inloop is het bijna als een déjà vu. Felix, Ariël, Itzel en Kit zitten aan de grootste tafel in de hoek. Ze hebben allemaal een warm drankje in hun hand.

Net als de vorige keer geeft Felix me mijn favoriete nevelbloemthee.

"Bedankt voor je hulp vandaag," zeg ik tegen hem, terwijl ik van de fruitige noten geniet terwijl ik een slok neem. "De demo kan elk moment uitkomen."

Hij zwelt op van trots. "Het was me een genoegen. Rattie heeft me al aan de fysica in een van de —"

"Ik denk dat we Kit een update moeten laten geven," onderbreekt Itzel ons. "Tot nu toe weet ik alleen dat ze heeft gefaald."

"Het is niet mijn schuld!" Kit verandert in de vampier die ze ging ondervragen. "Ik denk niet dat hij iets wist. Je kunt niet falen om informatie te krijgen die er niet is."

Ariël trekt een perfecte wenkbrauw op. "Weet je zeker dat je listen net zo onweerstaanbaar zijn als je denkt?"

"En je martelmethoden," voegt Felix eraan toe en hij wordt merkbaar bleek.

Kit verandert weer in zichzelf. "Ik was *buitengewoon* overtuigend."

"Zal *ik* hem ondervragen?" vraagt Itzel. Haar hand verstevigt zich om haar kopje. "Ik ben gemotiveerder dan jij."

"Daar is een klein probleempje mee." Kit vermijdt ieders blik. "Ik heb hem misschien... een soort van vermoord."

Ik vernauw mijn ogen tot spleetjes. "Je hebt wat?"

Ze onderzoekt haar vingernagel. "Hij wilde me niet vertellen wat ik moest weten, dus misschien heb ik de ondervraging een beetje laten escaleren. Hij moet net veranderd zijn — want de meeste vampiers waarmee ik meestal te maken heb, zitten meestal wat steviger in elkaar."

Ik schud mijn hoofd en concentreer me op mijn thee.

Itzels schouders gaan hangen. "Wat nu?"

Ik krab aan mijn kin. "Misschien kan Felix de winkels hacken die die puckmaskers verkopen?"

Felix fronst. "De beveiliging van Gomorrah is—"

Er gaat een alarm af in mijn communicatie.

"Een momentje," zeg ik tegen iedereen en ik activeer het VR-dashboard.

Er staat een bericht van Valerian in mijn inbox:

Kom zo snel mogelijk naar mijn huis.

Ik blaas een ademhaling uit waarvan ik niet wist dat ik die vasthield en grijns als een gek.

"Valerian?" vraagt Ariël met een wetende glimlach.

"De enige echte." Ik kijk Itzel verontschuldigend aan. "Ik moet gaan. Hij en ik hebben een deal waarbij —"

"Het geeft niet." Itzel zwaait met haar kleine hand. "We zullen je hackidee eens proberen, met Felix of iemand anders aan het roer."

"Oké." Ik spring overeind. "Hou me op de hoogte."

———

TERWIJL IK NAAR Valerians huis rijd, gaan er allerlei variaties van één gedachte door mijn hoofd.

Hij negeert me niet.

De vraag is of hij met mij te maken heeft als een noodzakelijk kwaad om de informatie te krijgen die hij wil, of dat hij die aanfluiting van een kus kan accepteren.

Ik denk hier de hele weg naar zijn penthouse over na, maar als hij de deur daadwerkelijk opent, wordt mijn geest helemaal leeg.

Het moet het 'afstand versterkt de liefde'-effect in actie zijn, omdat hij er verrukkelijk heter uitziet dan ik me herinner — en ik heb herinneringen waar ik een jaar lang op kan masturberen.

"Kom binnen." Hij gebaart in de richting van de vijver.

Ik loop op onstabiele benen naar binnen en plof in de lotushouding bij de vijver.

Hij hurkt naast me neer, zijn ogen op gelijke hoogte met de mijne. "Eerst wil ik het over laatst hebben."

Ik slik zo hard dat ze het waarschijnlijk op de verdieping onder ons horen. Gaat hij me nu vertellen dat hij wil doen alsof het nooit gebeurd is? Of —

"Het spijt me," zegt hij. "Ik heb de situatie verkeerd geïnterpreteerd. Ik dacht dat je —"

"Dat heb je niet," flap ik eruit.

"Niet?" Hij kantelt verbijsterd zijn hoofd. "Ik dacht dat je me wilde kussen, maar toen ik het probeerde, vond je het niet fijn."

Mijn gezicht wordt heet. "Ik *wilde* dat je me kuste.

Dat wil ik een soort van nog steeds. En ik vond het niet onprettig —"

"Je trok je weg." Zijn kaak spant zich aan.

Ik bijt op mijn lip. "Willen en het prettig vinden was niet genoeg, zo lijkt het. Ik denk dat ik er nog niet helemaal klaar voor was. Ik... heb wat problemen als het om intimiteit gaat."

Zijn gezicht wordt donkerder en zijn kracht maakt de kamer om ons heen donderend en somber, alsof er een storm op het punt staat om toe te slaan. "Heeft iemand je iets aangedaan?" vraagt hij met zachte dreiging.

"Nee nee, dat is het niet." Me de lege plekken herinnerend als het om mijn jeugd gaat, voeg ik eraan toe, "Tenminste, niet dat ik weet. Ik trok me om een heel andere reden terug."

De kamer wordt weer normaal als zijn uitdrukking in een van nieuwsgierigheid verandert. "Oh?"

"Als ik het je vertel, dan zul je denken dat ik raar ben."

Een vleugje van een glimlach raakt de hoeken van zijn ogen. "Dat impliceert dat ik je niet al raar vind."

"Laat maar." Ik begin mijn benen te ontwarren van de lotushouding.

"Ik heb nooit gezegd dat raar slecht was." De glimlach gaat naar zijn lippen. "Vertel het me, alsjeblieft."

Mijn schouders gaan hangen. "Ik heb dat... nog nooit gedaan."

Zijn ogen worden groot, de glimlach verdwijnt. "Heb je nog nooit iemand gekust?"

"Ik heb ook nog nooit iets anders gedaan," zeg ik, terwijl Pom knalrood wordt om mijn pols. "Zelfs zonder mijn andere probleem, is zoenen — of iets voor de eerste keer doen —een beetje een big deal."

Hij wrijft over het kuiltje op zijn kin. "Andere probleem?"

Ik haal diep adem. "Ik hou niet van ziektekiemen."

"Ziektekiemen?"

"Bacteriën, virussen, gisten. Noem gewoon een microscopisch schepsel en ik zal bang zijn om het te krijgen."

"En jij denkt dat ik —"

"Ik zeg niet dat je ziektekiemen erger zijn dan die van een ander persoon," zeg ik snel. "Of dat mijn angsten honderd procent rationeel zijn. Maar als je over het microbioom leest, dan is het wel permanent veranderd met —"

Hij steekt zijn hand op en stopt me midden in mijn zin. "Je hebt het recht om je te voelen zoals je wilt. Je hebt ook het recht om wel of niet dingen met me te doen." Zijn gezicht wordt weer donkerder. "Of met iemand anders."

"Als ik dingen met iemand *zou* doen, dan zou jij het zijn." Deze keer wordt Pom roze en verberg ik de verraderlijke vacht voor het geval Valerian op de een of andere manier raadt wat het betekent.

Hij geeft me een blik van pure mannelijke voldoening. "Wat als het risico op ziektekiemen helemaal niet bestond?" Terwijl hij spreekt, verandert de woonkamer om ons heen in een slaapkamer die ik eerder via zijn illusies heb gezien, een met een gigantisch bed bedekt met zijden lakens en rozenblaadjes.

Een tweede Valerian zit op de rand van het bed — deze draagt alleen een vijgenblad over zijn kruis.

Ik knipper snel terwijl ik de illusoire Valerian in me op neem.

Ergens in de verte hoor ik het geluid van mijn eierstokken die van vreugde schreeuwen.

"Kom naar me toe," beveelt illusie-Valerian hees en hij staat op, waardoor ik zijn keiharde spieren beter kan bekijken.

Ik spring overeind terwijl hij de afstand tussen ons sluit.

"Geen ziektekiemen," mompelt de echte Valerian.

Ik reik naar voren en raak de naakte illusie-Valerian aan. Zijn borst voelt echt — en goed genoeg om te likken. Mijn blik gaat van hem naar de echte Valerian. Wat is de juiste etiquette voor dit soort situaties?

"Voordat we iets doen," zeg ik aarzelend, "moet je weten dat ik geen *typische* maagd ben."

Beide Valerians trekken hun wenkbrauwen op.

"Ik heb in de droomwereld dingen gedaan. Ik heb je zelfs eerder gekust — nou ja, een versie van jou. Dus ik heb een idee van wat ik kan verwachten."

"Nee, dat weet je niet." Illusie-Valerian pakt met zijn grote handen mijn gezicht vast en kust me.

Heilige hormonen. Hij heeft gelijk. Dit is oneindig

veel beter dan toen ik 'hem' in mijn droom kuste — en dit is ook niet echt.

Zijn tong onderzoekt voorzichtig mijn mond en stuurt golven van warmte door mijn lichaam terwijl zijn handen over mijn rug wrijven. Ik heb het gevoel dat de tijd stopt, alsof er niets buiten de fysieke sensaties is, en wetende dat dit een illusie is, stelt me in staat om zonder angst van het plezier te genieten — en het dichtst bij een orgasme te komen dat ik ooit in de buurt van een andere persoon ben geweest.

Hijgend ga ik met mijn handen over zijn gespierde rug om de stevige billen van zijn kont te grijpen, maar voordat ik mijn bestemming kan bereiken, verdwijnt illusie-Valerian.

"Hé!" Ik kijk naar de nog steeds hurkende echte versie van hem. "Wat doe je?"

"Ik wilde je niet overweldigen." Hij klopt op de plek waar ik eerder zat.

Nou, puck.

Ik ga weer op de grond zitten en haal een paar keer kalmerend adem terwijl ik naar de lippen van de echte Valerian staar. Zouden ze hetzelfde voelen als de illusie?

"Was dat blootstellingstherapie?" vraag ik, nog steeds buiten adem.

Hij fronst. "Je bedoelt mijn gebrek aan kleren?"

"Ik bedoel, je laat me je in een veilige ruimte kussen in de hoop het gemakkelijker voor me te maken om het in de echte wereld te doen. Ik doe iets dergelijks met mijn klanten — dat wil zeggen als ze angsten hebben."

Hij glimlacht. "En hoe effectief is het?"

Ik maak mijn lippen vochtig. "Heel erg."

"Mooi." Zijn blik gaat naar mijn mond. "Mijn illusies zijn slechts eenrichtingsverkeer, dus ik wil je graag nog een keer proeven."

Ik slik. Om mijn pols wordt Poms vacht een tint roze waar koralen jaloers op zouden zijn.

Ben ik klaar om het opnieuw te proberen in de echte wereld?

Ik heb het gevoel dat ik dat ben. Ik wil het echt. Maar aan de andere kant, ik wilde het de laatste keer ook — tot het allerlaatste moment.

"Wat dacht je van nu?" Ik zeg het voordat ik mezelf er uit kan praten. "We zouden — "

"Nee." Zijn glimlach bevat een toon van kattenkwaad. "Deze keer ga ik wachten tot je er echt klaar voor bent."

Bedoelt hij 'klaar om erom te smeken'? Want dat ben ik bijna.

"Trouwens." Zijn gezicht wordt ernstig. "We hebben belangrijke zaken van de Senaat te bespreken."

"Oh, juist." De vermelding van de gevaarlijke zaak van de Senaat werkt als de koude douche die ik hard nodig had.

"Ik ben bang dat ik op dat front slecht nieuws heb." Hij gebruikt zijn kracht om de weerwolf die hij zocht in de kamer bij ons te laten verschijnen. "Geen van mijn bronnen heeft enig idee waar hij te vinden is. Je zei dat je een mannetje had, dus ik had gehoopt dat je het aan *hem* kon vragen."

"Puck." Ik wrijf over mijn wenkbrauw. "Ik heb hem net namens Itzel gebruikt en ik kan hem niet om een andere gunst vragen totdat ik hem de droom — "

"Alsjeblieft." Valerians oceaanblauwe ogen zijn zo intens dat ik het gevoel heb dat ik erin zou kunnen verdrinken. "Het is belangrijk."

Hoe kan ik daar nee tegen zeggen? Vooral na die kus?

Ik schakel VR in om de tijd te controleren. Napoleon zou kunnen slapen. Hij was dat in ieder geval op dit tijdstip van de nacht toen ik dit eerder voor hem had gedaan.

"Geef me een paar minuten." Ik draai me om, raak Poms vacht aan en spring in de droomwereld.

———

NOGMAALS BETRAP IK Pom terwijl hij aan het spelen is. Deze keer is hij zelf aan het bowlen.

"Bailey!" Hij wordt van zijn harige kop tot pluizige tenen paars. "Hoe gaat het met je?"

"Ik ga iets doen dat je interessant zult vinden," zeg ik, hoewel ik absoluut niet begrijp *waarom*. "Ik ga in de dromen van Napoleon, zodat hij zijn ding kan doen."

Pom vliegt de lucht in en wervelt opgewonden om me heen. "Dat hebben we in geen eeuwigheid gedaan."

Omdat het raar en griezelig is, en nogmaals, ik heb geen idee waarom Pom het echt leuk vindt.

"Nou, ik ga het nu doen," zeg ik. "Klaar?"

Hij knikt, dus ik teleporteer ons allebei naar de toren van slapers en zoek Napoleon.

Yep. Hij is er, en ligt te slapen als een duivelse baby.

Pom landt op mijn schouder terwijl ik de gedaante van een piraat aanneem en, zonder de moeite te nemen om mezelf onzichtbaar te maken, ga ik Napoleons dromen binnen.

———

ZOALS HET VAAK in zijn dromen gebeurt, is Napoleon in zijn menselijke gedaante — dat van een korte man met mooie witte tanden, een licht gebogen neus, diep grijsblauwe ogen en een air van kracht die moeilijk te verklaren is.

Zoals gebruikelijk, zit er op zijn hoofd ook een bicorne, terwijl zijn romp in een witte jas met een blauwe overjas is gekleed. Onder de jas zit een rode sjerp.

Ik kijk om me heen.

We zijn op een strand op een eiland dat hij de laatste keer dat ik in zijn dromen was Elba noemde. Hij moet veel tijd op een echt eiland als dit hebben doorgebracht, want ik kan zien dat deze wandeling op het strand een herinnering is.

"Hé," roep ik als het duidelijk wordt dat hij onze aanwezigheid niet opmerkt.

Napoleons hoofd draait zich om en hij staart mij en Pom een paar ogenblikken onbegrijpelijk aan. Dan lichten zijn ogen op en grijnst hij roofzuchtig. "Is dit een droom?" Hij kijkt om zich heen, de grijns wordt groter.

"Ja, dat is het." Ik laat een roze eenhoorn naast hem verschijnen en verander hem dan in een vijfkoppige cobra. "Ik heb je hulp nodig, dus ik dacht dat ik je dromen maar eens moest bezoeken."

Napoleons ogen lichten op van hebzucht. "Zes veldslagen. En natuurlijk geld in de wakkere wereld."

"Drie." Ik negeer Poms opgewonden greep op mijn schouder — hij wil ze alle zes. "En een redelijk bedrag in de wakkere wereld."

"Vier." Napoleon slaat zijn armen over elkaar.

"Goed dan." Ik laat het eiland om ons heen uitfaseren en maak me klaar om het door een terrein van zijn keuze te vervangen. "Welke?"

"Hastings, Bosworth, Gettysburg en Somme," ratelt hij opgewonden.

Ik zucht. "Je *weet* dat mijn militaire geschiedenis van de aarde bijna nul is. We hebben Hastings al eens eerder gedaan, maar de anderen klinken niet bekend. Behalve misschien Gettysburg — heeft dat iets te maken met een beroemd adres?"

Napoleon schudt zijn hoofd afkeurend. "Hoe kun je zoveel tijd op die wereld besteden zonder deze dingen te weten?"

Ik haal mijn schouders op. "Oorlog is een van de ergste dingen die mensen elkaar aandoen. Waarom zou ik daarover leren?"

Hij verandert weer in zijn rode duivel vorm. "Dus onwetendheid is een zegen? Is dat je excuus?"

"Ik heb geen excuus nodig." Ik maak van onze omgeving een serene heuvel waar volgens Napoleon de slag bij Hastings plaatsvond. "Jij houdt van gevechten, en ik niet."

"Ik hou niet van gevechten. Ik win ze."

"Soms denk ik dat je dit doet om me te kwellen," mompel ik binnensmonds.

Hij grijnst. "Dat doe ik niet, maar het is een leuke bonus."

Door mijn krachten hard te laten werken, laat ik duizenden soldaten verschijnen. De uniformen en posities werden allemaal met misselijkmakende aandacht voor de kleinste details door Napoleon geleverd.

Ik voel me meteen moe. Afgezien van bloed, bloedvergieten en het verlies van vertrouwen in de mensheid, hou ik niet van deze oorlogsreconstructies, omdat ze mijn kracht ernstig leegtrekken — er zijn te veel kleine details om zich in één keer te manifesteren.

Door ons boven het aanstaande slagveld te laten zweven, voeg ik hier en daar nog een paar details toe en vertel Napoleon dat ik klaar ben.

Hij fronst. "Deze keer wil ik dat de cavalerie daar begint." Hij wijst naar een plek aan de voet van de heuvel.

Ik zucht en verplaats de soldaten en paarden waar hij wil.

"Dit gaat zo cool worden," roept Pom uit.

Ik streel zijn vacht. Ik denk dat een fijn ding over deze onaangename taak is dat het mijn looft zal vermaken. Misschien voel ik me dan minder schuldig omdat ik niet zoveel tijd met hem doorbreng als zou moeten.

Pom wordt lichtoranje en vraagt Napoleon, "Wil je deze keer Willem de Veroveraar of koning Harold II zijn?"

"Koning Harold." Napoleon kijkt me aan alsof hij wil zeggen, "Zie je wel? Sommige mensen zijn niet zo onwetend over deze dingen als anderen."

"Betekent dat niet dat je verliest en met een pijl wordt neergeschoten?" Pom vliegt naar Napoleon toe en ik weersta de verleiding om hem een verrader te noemen.

"Niet als ik win," zegt Napoleon met eigenwijs vertrouwen en kijkt me dan aan. "Klaar?"

Ik knik, verander hem in Harold en teleporteer hem naar de top van de heuvel zodat hij het bevel over zijn troepen kan overnemen.

Dan zet ik mijn krachten nog een keer onder druk.

Alle soldaten komen tot leven en er klinken oorlogskreten als twee legers tegenover elkaar staan. Er vliegen pijlen. Er gaat een muur van schilden omhoog. Paarden springen vooruit. Napoleon/Harold roept bevelen uit naar 'zijn' mannen. Er worden emmers vol bloed op het groene gras verspild.

Niet voor het eerst vraag ik me af hoe dit werkt. Helpt een deel van mijn onderbewustzijn die duizenden soldaten op het slagveld te beheersen, of helpt Napoleon ook?

Uiteindelijk winnen Harolds troepen.

Ik verander hem weer in Napoleon, die er verontrustend gelukkig uitziet — vooral voor iemand wiens leger duizenden slachtoffers heeft geleden.

De volgende drie gevechten vergen veel meer tijd en droomkracht. Eerst moet Napoleon me alle details beschrijven voor wat als dagen aanvoelt. Dan moet ik het allemaal uitbouwen en de soldaten animeren. Tegen het einde van dit alles, voel ik me als een uitgeperste citroen die door een bus is overreden.

"Bedankt." Napoleon knijpt in mijn schouder — iets waarvan hij weet dat hij het alleen in de droomwereld mag doen. "Je hebt je aan jouw deel van de afspraak gehouden, dus ik zal me aan de mijne houden."

"Goed. Hier." Ik laat twee kopieën van de weerwolf voor ons verschijnen, één met bakkebaarden en één zonder. "Zijn naam is Hans Stubbe. Ik heb zijn locatie nodig."

Napoleon wrijft over zijn kin. "Ik ken hem. Naar mannetje. Kom naar me toe in de bar — ik zal wakker worden en daar heengaan. Ik zal je vertellen waar je hem kunt vinden en beslissen hoeveel ik je in rekening zal brengen."

"Je hebt ermee ingestemd om de kosten redelijk te houden."

Hij grijnst. "Ik heb met vier veldslagen ingestemd." Daarmee verdwijnt hij, en Pom en ik bevinden ons weer in de toren van slapers.

"Dat krijg ik als ik hem leer hoe hij zichzelf wakker moet maken," zeg ik tegen Pom en ik verlaat ook de droomwereld.

IK DRAAI ME om om Valerian aan te kijken, en leg hem uit dat we een reis moeten maken naar de favoriete ontmoetingsplaats van mijn mannetje.

"Laten we gaan," zegt hij en hij leidt me naar zijn persoonlijke vliegende auto, die ons daar zo snel brengt dat we uiteindelijk drankjes drinken totdat Napoleon arriveert.

"Napoleon, dit is Valerian," zeg ik. "Valerian, dit is Napoleon."

"Aangenaam," zegt Valerian gelijkmatig, zijn uitdrukking onleesbaar.

"Als je bent wie ik denk dat je bent, is het genoegen geheel aan mijn kant," zegt Napoleon, die erin slaagt er nog meer uit te zien als een kleine duivel.

Ik zet mijn lege mok neer. "Waar is Hans?"

"Eerst dit," zegt Napoleon en hij gooit er een enorm bedrag uit.

Voordat ik zelfs maar kan afdingen, zegt Valerian, "Je zult het hebben."

Puck. Ik vergat hem te vertellen nooit akkoord te gaan met het eerste bedrag dat Napoleon noemt. Hopelijk laat hij de Senaat dit betalen.

"Ik zal Bailey zijn huisadres sturen," zegt Napoleon en gebaart met zijn kleine rode handen. "Hij is er nu."

Ik kijk in mijn inbox. "Hebbes."

"Je bent een nuttig persoon om te kennen," zegt Valerian, terwijl hij zijn hand uitstrekt naar Napoleon.

Mijn kleine rode vriend schudt enthousiast de

aangeboden hand. "Ik heb het gevoel dat dit het begin is van een mooie vriendschap."

Natuurlijk, als we 'vriendschap' herdefiniëren als 'afpersing'.

"We kunnen beter gaan," zeg ik.

"Wees voorzichtig," zegt Napoleon ernstig. "Hij is gevaarlijk."

Ik geef hem een scherpe glimlach. "Maak je geen zorgen. We zullen leven, zodat je ons nog een keer leeg kunt schudden."

———

ALS WE WEER in de auto zitten, draai ik me om naar Valerian. "Er is eigenlijk iets wat ik je wilde vertellen. Vanwege hun dubbele aard zijn weerwolven moeilijk om in te droomwandelen. Toen ik het tijdens het onderzoek van de Raad van New York probeerde, heb ik gefaald."

Hij houdt zijn hoofd schuin. "En je vertelt me dit nu omdat...?"

Ik haal mijn schouders op. "Er is een techniek die ik ken die kan helpen. In de droom splitste ik mezelf in tweeën, één van mij om de droom van de wolf aan te pakken en de ander om de droom van de man aan te pakken. Ik heb zoiets gedaan toen ik tegen Hekima vocht, waar als illusionist ook moeilijk mee af te rekenen was in de droomwereld."

Zijn donkere wenkbrauwen komen samen. "Ik moet er even over nadenken"

Ik vecht tegen de drang om de frons van dat gezicht af te kussen. "Waar moet je over nadenken?"

"Als ik een beslissing heb genomen, zal ik het je vertellen." Hij geeft me een bekend ademhalingsmasker. "Voor nu is het sowieso betwistbaar. Net als bij Erato gaan we gewoon een verbinding tot stand brengen en maken we dat we wegkomen."

"Hopelijk niet precies zoals bij Erato," mompel ik en zet het masker op.

Hij bedekt ook zijn gezicht met zijn masker — jammer.

"Vergeet niet om niet hardop te praten als we in het gebouw zijn," zegt hij, terwijl het masker zijn stem dempt.

Ik ga naar de VR, en stuur hem één woord: *oké*.

Hij grinnikt.

Voordat ik meer kan zeggen of schrijven, landen we op het dak van het gebouw van de weerwolf.

Onze rit in de lift is rustig en de gang op de veertigste verdieping is leeg — niet dat ons onzichtbaar maken een probleem zou zijn voor de krachten van Valerian. Als we de deur van het appartement bereiken, stuur ik Valerian een bericht om een paar seconden te wachten.

Ik herinner me net de aanrakingsloze droomwandeling waarover ik in het dagboek had gelezen, en ik wil het opnieuw proberen. Het zou me niet alleen contact met de huid vol ziektekiemen besparen, maar ook de noodzaak om in te breken.

Ervan uitgaande dat het werkt, natuurlijk.

Ik probeer het.

En probeer het.

Het enige wat ik voor mijn inspanningen krijg is een vaag gevoel. Als ik me erop concentreer, vind ik de sensatie vreemd. Als ik niet beter wist, zou ik zeggen dat een deel van mij denkt dat er een persoon in de buurt ligt te slapen. Het is duidelijk dat er mensen in de buurt slapen; het is nacht. Maar dit gevoel is niet alleen gezond verstand. Het is... nou ja, een soort gevoel, maar zo flauw dat ik moet concluderen dat het allemaal in mijn hoofd zit.

Waarschijnlijk gewoon zenuwen.

Ik stuur Valerian een bericht dat we kunnen gaan.

Knikkend haalt hij het apparaat tevoorschijn dat hij de vorige keer had gebruikt en zwaait het over het slot. Er klinkt een klik en de deur schuift uit de weg. Hij haalt zijn elektronica-uitschakelingsgizmo tevoorschijn en gooit hem naar binnen.

Hij maakt zijn slaapgranaat klaar, stapt naar binnen en ik volg — alleen om te verstijven als hij dat doet.

Op drie meter afstand van de deur staat een gigantisch hondenbed, waar een ruige weerwolf in zijn dierlijke vorm slaapt. Tenminste, ik hoop dat hij slaapt. Ik heb niet zoveel ervaring als het om slapende wolven gaat.

Plotseling jammert de weerwolf en slaan zijn gigantische poten naar iets dat er niet is.

Dat is dan duidelijk. Hij slaapt.

Valerian kijkt naar de wolf en vervolgens naar de granaat in zijn hand.

Ik schud mijn hoofd en hurk zachtjes naast het beest.

Terwijl ik de vacht op zijn gespierde rug aanraak, bid ik dat honden — en vooral weerwolven — in REM-slaap zijn als ze zo jammeren en bewegen.

Met een vleugje ozon wordt de kamer donkerder om me heen en val ik erin.

———

IK VERSCHIJN IN MIJN DROOMPALEIS — en gelukkig niet in een subdroom.

Mooi. De verbinding is gemaakt. Nu hoeven Valerian en ik ons alleen nog maar uit de voeten te maken.

Met een snelle zwaai naar Pom spring ik uit de droomwereld en sta voorzichtig op.

Maar blijkbaar niet voorzichtig genoeg.

De ogen van de weerwolf springen open en staren me recht aan.

Mijn adrenaline schiet naar toxische niveaus.

De wolf gromt dreigend en spant zich in voor een sprong.

HOOFDSTUK ZESTIEN

IK REAGEER OP de automatische piloot, pak mijn pistool, richt op de woeste muil en schiet.

De weerwolf zakt op zijn hondenbed in elkaar.

Oef. Ik bedek mijn borst met mijn hand. Mijn hart dreigt nog steeds een gat in mijn ribbenkast te slaan.

Er verschijnen LEGO-letters, en ze lijken een beetje boos: *Heb je hem vermoord?*

Puck. We hadden deze man nodig voor informatie. Maar wacht.

Ik controleer het pistoolscherm en adem opgelucht uit terwijl ik hem aan Valerian laat zien. Gelukkig voor de weerwolf stond het pistool de laatste keer dat ik hem had gebruikt in de verdovingsmodus, en het lijkt erop dat de instelling hetzelfde blijft als je het pistool weer aanzet.

Pak in dat geval zijn voorpoten.

Ik kijk naar Valerian alsof hij op het punt staat zelf in een wolf te veranderen.

Hij heeft ons gezien voordat ik ons met mijn krachten onzichtbaar maakte. Hij kan het aan Icelus vertellen.

Ik ga naar VR en typ verwoed, *Dus we gaan wat? Hem ontvoeren?*

De LEGO-tekst lijkt nog bozer: *We houden hem vast. Ik zal hem naar de Senaat brengen en wachten tot hij weer in slaap valt.*

Met een zucht pak ik de gigantische poten vast. Wat de plannen betreft, zijn die van Valerian niet verschrikkelijk — ervan uitgaande dat de weerwolf niet uit zijn verdoofde toestand komt.

Wanneer ik mijn bezorgdheid aan Valerian vertel, is zijn antwoord: *Schiet hem gewoon om de paar minuten neer.*

Ik knik en span me in om mijn helft van de wolf op te tillen terwijl Valerian met gemak zijn helft optilt.

Nee. Te zwaar voor me.

Pak deze poot. Valerian gebaart met een van de achterste die hij vasthoudt. *We zullen hem meeslepen.*

Slepen werkt veel beter. Ik zweet nauwelijks tegen de tijd dat we bij de lift aankomen — en we stoten zijn hoofd maar twee keer ergens tegenaan.

Omdat ik denk dat het een goed moment is, verdoof ik de wolf weer.

Eenmaal op het dak slepen we ons slachtoffer naar de auto en vliegen we naar het stadscentrum.

Valerian doet zijn masker af, maar als ik hetzelfde doe, schudt hij zijn hoofd.

Ik wil niet dat iemand die banden heeft met de Senaat je gezicht ziet.

Ik knik en schiet nog een keer op de wolf.

We vliegen in een gespannen stilte tot de auto afdaalt op een strak uitziend dak.

Schiet hem nog een keer neer en verberg het pistool, commandeert Valerian.

Ik doe het, en als we landen, zie ik waarom.

Een vampier gekleed in een uniform van de ordebewakers staat ons op te wachten — Valerian moet het vooraf hebben gemeld. Als hij mijn masker ziet, tilt de vampier een wenkbrauw op.

Als ik hem was, zou ik nieuwsgieriger zijn naar de bewusteloze wolf.

Voordat Valerian en ik iets kunnen zeggen, injecteert de vampier ons arme slachtoffer met iets, hijst hem dan over zijn schouder als een zak meel en loopt naar de lift.

Neem mijn auto, vertelt Valerian me via LEGO-tekst. *Ik neem contact met je op via een normaal bericht. Het zal alleen, "Klaar" zeggen.*

Ik knik met mijn hoofd.

Zodra je dat bericht krijgt, ga je naar mijn huis. Ga niet in je eentje in de weerwolf droomwandelen.

Voordat ik bezwaar kan maken, haast hij zich achter de vampier aan.

Ik vraag de auto om me naar huis te brengen en doe mijn ogen dicht.

———

IK WORD WAKKER van een intens gevoel dat elke cel van mijn wezen met warme, aangename energie overspoelt.

Wat de puck? Heb ik een aneurysma?

Mijn ademhaling versnelt en mijn nagels graven zich in mijn handpalmen terwijl een nog grotere tsunami van genot in mijn lichaam stroomt, waardoor mijn ledematen tintelen en mijn tenen zich krommen.

Heeft iemand me wat vampierbloed gegeven, of had ik gewoon een spontane reeks orgasmes?

Dan realiseer ik me wat het moet zijn.

De demo van het spel. Het heeft waarschijnlijk een kritische massa van gebruikers bereikt terwijl ik in slaap viel, en dit is hoe het voelt om de resulterende krachtboost te krijgen.

Ik voel me rustiger en sluit mijn ogen en doe mijn best om te ontspannen en ervan te genieten. Een paar blokken later nemen de sensaties af en wordt mijn geest verder helder. Met een golf van opwinding verwerk ik de implicaties.

Dit is het. Dit is waar ik met Valerians team naartoe heb gewerkt.

Ik kan eindelijk proberen om mama wakker te maken.

Onwillig om nog een seconde langer te wachten, spring ik in de droomwereld en kijk ik of ze in de toren van slapers is.

Tot mijn grote teleurstelling is ze dat niet.

Ik instrueer de auto om naar het ziekenhuis van

mama te vliegen, open dan mijn VR-dashboard en typ naar Valerian: *Ik heb je hulp nodig. Kun je naar mijn moeders ziekenhuiskamer komen?*

Zijn antwoord is bijna onmiddellijk: *Waar?*

Ik vertel hem het adres en welke kamer, en hij bevestigt dat hij me daar zal ontmoeten.

Om mezelf voor de rest van de rit af te leiden, open ik Leals dagboek en blader ik er doorheen. Een recente tekst wekt mijn interesse:

Te veel bewijs wijst op een verontrustende conclusie: er is hier in de Cognizantengemeenschap van New York een agent van Icelus aanwezig. Hij of zij is duidelijk hoog genoeg geplaatst om geruchten te verspreiden die angsten genereren — en dus nachtmerries. Jongeren lijken bijzonder vatbaar te zijn, dus ik vraag me af of de agent een van de Bodes is.

Wauw. Bodes zijn Cognizanten van de aarde voor wie de mandaatbeperkingen minder streng zijn, zodat ze met Cognizanten-tieners over het bestaan van onze soort kunnen spreken die zijn opgegroeid zonder te weten wat ze zijn.

Ik zoek hier meer informatie over, maar vind slechts een paar namen van Bodes die Leal met behulp van droomwandelen had vrijgesproken. Het lijkt erop dat hij geen tijd had om uit te zoeken wie de agent was — deze laatste vermeldingen zijn van vlak voordat hij werd vermoord.

Een lichte schok brengt me terug naar mijn directe omgeving en ik realiseer me dat de auto net op het dak van het ziekenhuis is geland.

Ik sprint naar de lift en ga naar mams verdieping.

"Ik ga bij mijn moeder op bezoek," zeg ik tegen de verpleegsters op het station. "De laatste keer gingen haar vitale functies door het dak; als dat nog een keer gebeurt, kun je het dan aan?"

De grotere van de verpleegsters, de waterspuwer wiens dromen ik stiekem gebruik om bij mama te kijken, zegt, "Poept een mooft in de dierentuin?"

Gatver. Ik vecht tegen de drang om de verpleegster uit te schelden en loop vooruit naar mama's kamer.

Net als ik op het punt sta de kamer binnen te stappen, hoor ik een ongewenste stem die te hoog is voor iedereen behalve vleermuisoren.

"Mevrouw Spade. We moeten praten."

Ik draai me om en frons naar de factureringsbeheerder — of de hoefijzervleermuis, zoals ik haar mentaal heb genoemd. "Patrouilleer je hier altijd 's nachts?" vraag ik, tegen de drang vechtend om mijn pistool te pakken en het op haar te gebruiken.

Haar neus gaat omhoog. "Als je even naar mijn kantoor zou kunnen komen —"

"Ik heb alle openstaande rekeningen betaald. Als je de betaling niet hebt ontvangen —"

"Er is een nieuw beleid als het om langdurige patiënten gaat," zegt ze gemeen. "We willen dat hun verblijf een maand van tevoren wordt betaald."

"Goed dan." Ik breng VR naar voren en stuur een betaling. "Controleer je rekening."

Ze ziet er verward uit. Ik denk dat ze me als blut had gezien.

"Is er nog iets anders?" snauw ik. "Is er nog een ander beleid dat je alleen voor mij wilt maken?"

Ze knippert. "Ik —"

"In dat geval ga ik naar mijn moeder."

"De bezoektijden zijn —"

"Stel me *niet* op de proef."

Ze moet het niet prettig vinden wat ze op mijn gezicht ziet, omdat ze een stap achteruit doet en zegt, "De bezoekuren zijn slechts een suggestie."

Ja. Dat dacht ik al.

Ze haast zich weg en ik ga eindelijk mama's kamer binnen.

Meteen wordt mijn borst strakker. Mam ziet er hetzelfde uit, asgrauw en stil. Zelfs een deel van de oude apparatuur, zoals de voedingssonde, is terug. Ik moet haar eruit halen, maar omdat ze niet in REM-slaap is, moet ik eerst met een subdroom afrekenen. En als ik daar sterf, word ik een krankzinnige moordenaar, en zij zal mijn eerste slachtoffer zijn. Daarom heb ik —

Valerian loopt met een bezorgde uitdrukking op zijn gezicht de kamer binnen. "Wat is er aan de hand? Is alles goed met je moeder?"

Ik knik. "De demo is live gegaan. Ik ga haar eruit halen."

Hij kijkt fronsend naar haar. "Ze is niet in REM-slaap."

Ik pak mijn pistool, zorg ervoor dat het nog steeds op de verdovingsstand staat en gooi het naar hem.

Hij pakt het pistool en kijkt nog verwarder.

"Het wachtwoord is 'gestoken'," zeg ik.

Hij kijkt naar het wapen en dan naar mij. "Wat?"

"Als ik het woord 'gestoken' niet zeg als ik uit de trance kom, verdoof me dan en haal hulp."

Voordat hij in discussie kan gaan, pak ik mama's delicate pols vast en duik erin.

HOOFDSTUK ZEVENTIEN

HET OPPERVLAK VAN de zwarte oceaan is sereen onder mijn voeten. Dan dooft een schaduw een stuk van de vurige hemel uit. Het is een vliegend wezen dat aan een kalkoengier doet denken, alleen is hij met slijm bedekt en zit hij vol met puisten en klauwen.

Een armband om mijn pols strekt zich uit tot een acht meter lange harige speer met een scherpe hoektandachtige punt.

De gier krijst iets. Een vreemde intuïtie vertelt me dat hij zijn best doet om iets te zeggen dat voor normale oren zou klinken als, "De meester haat je!"

De gier duikt.

Ik steek mijn speer naar voren.

Een klauw doorboort mijn schouder en veroorzaakt een brandende pijn. Ik voel me meteen zwak, maar ik vecht ertegen.

Als ik flauwval, dan bloed ik dood.

Het schepsel heeft in ieder geval duur betaald voor zijn gedurfde aanval: Terwijl hij mij te grazen wilde nemen, is hij zelf shish-kebab geworden op de speer.

Een nieuwe golf van duizeligheid overvalt me. Met mijn resterende kracht trek ik de speer eruit en steek ik waar ik hoop dat het het hart van het ding is.

Een klinkt een rochelend gekrijs, en de walgelijke gier sterft.

————

IK BEN IN mijn droompaleis en heb ondraaglijke pijn. Ik verlaat mijn lichaam, genees het en ga er meteen weer in.

Ah, dat is beter.

Pom duikt naast me op, zijn vacht is pikzwart. "Dat was op het nippertje. Je was bijna dood."

"Maar dat ben ik niet. En nu ben ik hier, met genoeg kracht om mam te redden. Hopelijk."

De punten van zijn oren worden oranje. "Mag ik mee?"

"Tuurlijk." Ik teleporteer ons naar de toren van slapers.

Mam ligt vredig in haar nisje. Ze heeft niet alle buizen en het is daarom niet zo pijnlijk om naar haar te kijken.

Pom zit op mijn schouder.

Ik maak ons onzichtbaar en ga naar binnen.

————

MAM DOMPELT EEN babyversie van mij onder in een badje.

Puck. Ik weet waar dit heen gaat, en ik ben vergeten om Pom te waarschuwen.

Yep. Mam legt het hoofdje van de baby onder water en houdt het daar.

Wat is ze aan het doen? vraagt Pom mentaal, zijn voeten graven zich pijnlijk in mijn schouder.

Ik denk dat het een vreemde hel is die ze voor zichzelf in haar dromen heeft gecreëerd, antwoord ik. *Wees nu stil. Ik moet me concentreren.*

Pom stopt met praten en ik denk over de situatie na.

Het belangrijkste eerst. Ik verzamel mijn kracht en geef mama een schok die vele malen sterker is dan degene die ik meestal gebruik bij mensen die moeite hebben om na de therapie wakker te worden.

Mam blijft de baby verdrinken — ik ben niets wijzer.

Puck. En nu? Mezelf laten zien is een laatste redmiddel; ik wil haar niet irriteren als ik het kan voorkomen.

Dr. Cipactli's eerdere idee komt bij me op, dat van het gebruiken van een nachtmerrie als een manier om haar wakker te maken. Zijn werkelijke plan — het gebruik van een medicijn om mama spiraalsgewijs in steeds slechtere nachtmerries te laten komen — was te riskant, maar met mij hier, kan ik een meer gecontroleerde versie doen van wat hij in gedachten had en het beëindigen als ik het niet prettig vind waar het naartoe gaat.

Aan de andere kant, is dromen dat je mij vermoordt geen nachtmerrie? *Daar* wordt ze niet wakker van.

Dan herinner ik me nog iets waar dr. Cipactli het over had. Hij zei dat zijn medicijn mensen een nachtmerrie laat zien met betrekking tot wat er voor het laatst met hen in de wakkere wereld is gebeurd — in het geval van mama is dat een auto-ongeluk. Hij zei dat dat een nachtmerrie zou zijn, sterk genoeg om iemand wakker te maken.

Ja, dat is het. Een nachtmerrie gebaseerd op een herinnering kan de oplossing zijn. Het enige punt is dat ik me slecht voel om mama aan zo'n pijnlijke droom te onderwerpen.

Je kunt beter teruggaan, zeg ik tegen Pom.

Hij blijft op mijn schouder zitten. Ik haal diep adem en herinner mezelf eraan dat wat ik ga doen voor mama's eigen bestwil is. Vastberaden wacht ik tot ze klaar is met het doden van de babyversie van mij, en dan trek ik de volgende nachtmerrie aan door haar tegenover de volwassen ik in ons appartement te zetten.

Het werkt. De droom voelt al als een herinnering — met haar die met haar mooie bruine ogen droevig naar die versie van mij kijkt.

Met een vermoeide stem zegt mama, "Niet dit weer."

"Je symptomen verergeren," zegt mijn dubbelganger. "Ik heb je 's nachts horen schreeuwen."

Haar gezicht wordt asgrauw. "Ben je in mijn slaapkamer geweest?"

De andere mij kijkt haar aan. "Nee. Wat nog belangrijker is, is dat ik mijn belofte niet heb gebroken. Ik ben je dierbare dromen niet binnengekomen."

Ze ademt opgelucht uit. "Ik heb een nachtmerrie gehad, dat is alles."

"Waarover?" De andere ik slaat haar armen over elkaar.

"Ik kan het me niet herinneren," zegt ze afwijzend. "Kunnen we nu alsjeblieft over iets anders praten?"

"Heeft het iets met mijn vader te maken?" We kijken allebei naar haar reactie.

Net als op de dag dat dit echt gebeurde, flitst er een emotie in mama's ogen, maar het is opnieuw zo vluchtig dat ik niet zeker weet of ik het echt heb gezien, laat staan dat ik erachter kan komen wat het was.

"Hoe vaak moet ik je dat nog vertellen? Ik herinner me hem niet," zegt ze. "Het is ook geen onderwerp waar ik graag over praat."

"Juist. Als je het je niet herinnert, hoe weet je dan dat je er niet over wilt praten?"

Ze haalt haar schouders op.

"Prima," zegt de andere ik. "Goed dan. Je hebt ook niet veel gegeten. En je bent al heel lang het huis niet meer uit geweest. In feite is dit deze week de eerste keer dat ik je in het echte leven heb gezien." Ze kijkt nadrukkelijk naar de laatste generatie VR-bril op de bijzettafel.

Mama's kaak steekt naar voren. "Misschien komt het omdat niemand me in VR lastigvalt. Ik ben de ouder en jij bent het kind, weet je nog?"

"Luister, mam. Ik zie je symptomen de hele tijd. Als je me gewoon binnen zou laten in —"

"Nee!" Ze gaat naar de deur en zegt over haar schouder, "Zeg dat nooit meer."

"Als je symptomen blijven verergeren, dan heb ik misschien geen keuze," schreeuwt de andere ik tegen haar rug. "Als je leven op het spel staat, dan zal ik mijn stomme eed verbreken!"

Het is pijnlijk om te zien hoe ze verstijft en zich omdraait om naar die versie van mij te kijken, haar uitdrukking zo vol verraad dat ik die woorden opnieuw betreur.

Ze laat me zolang ik me kan herinneren zweren dat ik niet in haar zal droomwandelen, maar toch breek ik die belofte op dit moment.

"Dat zou je niet doen," zegt ze hol, terwijl ze achteruit naar de deur loopt. "Zeg alsjeblieft dat je dat niet zou doen."

"Goed dan, maar je moet met *iemand* praten," zegt de andere ik. "Misschien met een conventionele psychiater? Misschien met iemand bevriend raken en met hen praten? Of —"

"Je begrijpt het niet!" Haar stem gaat omhoog. "Ik heb alles geprobeerd."

"Niet alles." Er is een vastberaden uitdrukking op het gezicht van de andere ik die ik me niet herinner te hebben gehad, maar het moet zo zijn — dit is nog steeds een herinnering.

Met een grom draait ze zich om en stormt naar buiten en slaat de deur achter zich dicht.

Ik let nu beter op, want ik heb alleen maar geraden wat er na die ruzie is gebeurd.

Mam sprint naar de lift. Als ze erin stapt, sluit ze haar ogen, leunt tegen de muur, en mompelt ze binnensmonds, "Ze gaat het doen. Ze gaat eindelijk in me droomwandelen."

Puck. Ik heb haar nog nooit zo tegen zichzelf horen praten. Onze strijd had haar nog meer geraakt dan ik dacht.

De lift stopt en ze opent haar ogen. "Ik kan het niet laten gebeuren," fluistert ze. "Dat zal ik niet laten gebeuren." De vastberaden uitdrukking op haar gezicht weerspiegelt degene die ik een paar seconden geleden bij mezelf zag.

Wat bedoelt ze daarmee?

Terwijl ik toekijk, rent mama het gebouw uit en gaat ze regelrecht op de snelweg af.

Nee. Ze bedoelde toch niet —

Maar dat deed ze wel.

Wanneer de eerste zelfrijdende auto op tijd uitwijkt, gooit mama zichzelf voor de volgende, dan nog een, keer op keer, totdat ze eindelijk een situatie creëert waarin een auto haar niet kan ontwijken zonder andere mensen te doden.

Terwijl de auto tegen haar lichaam slaat en haar een milliseconde in de lucht gooit, ziet mama's gezicht er triomfantelijk uit.

Dan landt ze in een gebroken hoop op de stoep.

HOOFDSTUK ACHTTIEN

IK ONTSNAP UIT de trance en kijk versuft rond in de ziekenhuiskamer, waar het geluid van de piepende machines zich met de kakofonie in mijn hoofd vermengt.

Hoe ben ik hier terechtgekomen? Heeft de nachtmerrie mij uit de droomwereld gegooid in plaats van mama?

"Bailey?"

Ik volg de stem en zie een bezorgde Valerian een pistool op me richten.

"Gestoken," zeg ik somber en hij laat het pistool zakken.

Ik kijk terug naar mijn moeder. De computer die mijn hersenen is, crasht en herstart.

"Haar hartslag ging omhoog en liet de machines op hol slaan," zegt Valerian. "Maar ze is nog steeds —"

De waterspuwerverpleegster haast zich naar binnen en begint de machines aan te passen. Als het gekke gepiep stopt, loopt ze op ons af. "Wat je ook hebt gedaan, doe het niet nog eens totdat dr. Xipil hier is."

Ik ben nog steeds te overweldigd om te spreken.

"Dat zullen we niet doen," zegt Valerian. "Bedankt."

Met een zucht vertrekt de verpleegster en ik leun op mama's bed, mijn knieën knikken.

"Gaat het?" vraagt Valerian, zijn stem lijkt van een afstand te komen.

"Het was geen ongeluk," zeg ik hol, terwijl de verschrikkelijke realisatie volledig bij me doordringt.

"Wat?" Valerian klinkt nog verder weg.

Ik weet niet of ik het kan verdragen om het hardop te zeggen, maar de woorden komen toch tevoorschijn, alsof ze door de tang van een folteraar naar buiten worden getrokken. "Het was... zelfmoord." Ik slik moeizaam en staar naar mama's asgrauwe gezicht. "Ze heeft van alles gedaan om door die auto geraakt te worden."

Valerian ademt hoorbaar in.

Er bouwt zich een ondraaglijke druk in mijn borst op, mijn keel knijpt zich samen. Kan ik verkeerd begrepen hebben wat ik zag? Of heb ik mijn eigen nachtmerrie meegemaakt? Wacht, nee, dat slaat nergens op. Ik weet dat het een herinnering was.

Mams herinnering.

Haar gezicht is wazig voor mijn ogen. "Het was mijn schuld. Ik had gedreigd om in haar te droomwandelen en ze probeerde zelfmoord te plegen om het te voorkomen."

"Bailey." Valerian klinkt bezorgd.

Ik zwaai op mijn voeten heen en weer. Mijn maag draait zich om. De achterkant van mijn keel brandt. Mijn hart bonkt zo hard in mijn borst dat als ik degene was die aan alle machines was aangesloten, de verpleegsters naar binnen zouden rennen.

Mam heeft door mij zelfmoord geprobeerd te plegen.

Mijn ribbenkast voelt alsof de gier uit de subdroom erin klauwt. Vóór vandaag voelde ik me schuldig over de ruzie. Ik dacht dat ik mam van streek had gemaakt, wat haar onvoorzichtig had gemaakt.

Hoe dom. Wat naïef van me. Tot nu toe kende ik de ware definitie van schuld niet. Het dreigt me te verdrinken, de druk is zo verpletterend dat ik nauwelijks oppervlakkig adem kan halen. Langzaam zak ik op het bed naast mama, in een poging om alles wat ik zag te verwerken, om iets dat zo onbegrijpelijk is te begrijpen.

Ze had geprobeerd zelfmoord te plegen.

Door mij.

Is dit waarom ze me in haar dromen probeerde te vermoorden? Omdat haar onderbewustzijn weet dat ik verantwoordelijk ben voor haar hachelijke situatie?

Zijn die nachtmerries wraak omdat ik haar heb gedwongen om haar eigen leven te nemen?

Ik moet een soort geluid maken — een hysterische lach of huil — omdat ik me plotseling op een mannelijke schoot bevind, met sterke armen om me heen en de aangename geur van dennen die mijn neusgaten plagen. "Stil maar," mompelt Valerian in mijn haar. "Je wist niet wat ze zou doen. Hoe kon je dat weten?"

Hij heeft gelijk, zegt Pom in mijn gedachten. *Je kunt het jezelf niet kwalijk nemen.*

Zul je altijd zien. De zeldzame keer dat Pom wakker is, en hij spant tegen me samen met Valerian. De gier in mijn borst klauwt harder en het brandende gevoel in mijn keel reist hoger en concentreert zich achter mijn oogleden. Ongevraagd ontsnapt er een snik, gevolgd door nog eentje, en dan ben ik aan het janken. De brandende tranen lopen over mijn gezicht en doordrenken Valerians shirt.

Hij houdt me vast, laat me huilen terwijl hij mijn rug streelt, woorden van geruststelling en van troost mompelend. Pom is er ook bij en vertelt me dat niets van dit alles mijn schuld is, dat het mama's beslissing was om dit te doen.

Uiteindelijk kalmeert mijn gesnik, en ik voel dat ik ergens heen gedragen word.

Ik open mijn van tranen gezwollen ogen.

Valerian legt me in de stoel van zijn vliegende auto en zorgt ervoor dat mijn naakte huid niet met ziektekiemen in aanraking komt. Hij kijkt me aan, zwaait met zijn hand en het interieur van de auto verdwijnt, en wordt vervangen door een kalmerende groene weide.

Vermoeid sluit ik mijn ogen, maar de weide gaat niet weg. Hij gebruikt zijn kracht op me.

Valerian verschijnt in de weide.

Ik kijk weg, maar hij verschijnt dan daar, en op de volgende plaats waar ik me naar omdraai.

"In het belang van je moeder moet je jezelf vermannen." Zijn stem lijkt uit het hele universum te komen. "Als je eenmaal hersteld bent, zul je je kracht gebruiken om haar wakker te maken en haar gerust te stellen dat je onder geen enkele omstandigheid meer in haar zult droomwandelen. Probleem opgelost."

Precies, voegt Pom er mentaal aan toe. *Concentreer je op het oplossen hiervan.*

Ik haal trillend adem en open mijn ogen, en veeg met mijn mouw over mijn gezicht.

Ze hebben gelijk. Ik verdien dit zelfmedelijden niet. Niet als ik een manier heb om de schade die ik heb aangericht ongedaan te maken.

Snuivend ga ik rechtop zitten. Wanneer Valerian me in staat acht om met de realiteit om te gaan, verschijnt de binnenkant van de vliegende auto weer.

"Waarom heb je me uit het ziekenhuis gehaald?" vraag ik, terwijl ik naar hem kijk. "Breng me terug. Ik wil weer in haar dromen gaan."

Hij streelt mijn dij alsof ik een looft om zijn pols ben. "Ik denk dat het beter is om te doen wat de verpleegster zegt."

Ik wil bezwaar maken, erop staan dat hij me terugbrengt, maar dat doe ik niet. Omdat hij gelijk heeft. In plaats van op de verpleegster te vertrouwen, had ik ervoor moeten zorgen dat de dokter er was voordat ik mama probeerde wakker te maken. Ik stond zo te popelen om haar eindelijk wakker te maken dat ik haar veiligheid niet echt in overweging had genomen.

Net als toen ik de dreiging met droomwandelen had gemaakt.

Het schuldgevoel overspoelt me weer en ik wentel me erin totdat we op een dak landen.

"We zijn er." Valerian opent de deuren van de auto.

Ik knipper met mijn ogen en kijk rond. "Heb je me meegenomen naar jouw huis?"

"De auto vliegt hierheen als ik geen bestemming geef," zegt hij. "Wil je naar huis?"

"Nee." Ik klim met knikkende knieën uit de auto. "Ik wil niet alleen zijn."

Hij knikt goedkeurend en klimt er ook uit. Hij legt een hand op mijn onderrug en begeleidt me naar de lift en vervolgens naar zijn appartement.

"Ga zitten," beveelt hij als we bij zijn chique ogende keuken komen.

Ik gehoorzaam terwijl hij een ouderwetse waterkoker gebruikt om een uiterst aangenaam ruikende thee te zetten en een kopje voor me neerzet.

"Wil je dat ik het handvat dat ik heb aangeraakt met hygieia schoonmaak?" Hij loopt naar de koelkast, pakt twee verzegelde mannapakketten en legt er eentje voor me neer.

"Nee, dat hoeft niet." Ik pak de beker, de warmte sijpelt in mijn koude vingers.

Valerian gaat tegenover me aan de tafel zitten. "Je mag vanavond mijn bed hebben." Hij ziet mijn ogen groter worden en voegt eraan toe, "Ik zal in de logeerkamer slapen."

Ik neem gedachteloos een slokje van de thee. "Ik denk niet dat ik snel in staat zal zijn om te slapen."

Hij opent zijn mannapakket. "Hoe kan ik helpen?"

Ik open mijn pakje en verslind het terwijl ik over de vraag nadenk. "Ik wou dat er iets was waardoor ik zou vergeten dat ik de slechtste pucking dochter ter wereld ben," mompel ik eindelijk.

"Dat zou er kunnen zijn." Zijn toon is zacht. "Ik heb net een bericht gekregen. De weerwolf slaapt."

Ik eet mijn eten op en drink de thee op. "Goed. Ik ga naar binnen."

Hij spietst me met zijn intense blik. "Nee, dat ga je niet. Niet alleen."

"Wat bedoel je?"

"Ik ga met je mee in de dromen van de weerwolf," zegt hij. "Maar alleen als je zeker weet dat je er klaar voor bent."

"Ik ben er klaar voor. Ik begrijp het alleen niet." Ik ben de droomwandelaar, niet hij.

Hij zucht. "Ik ga slapen. Jij komt mijn droom binnen. Dan gaan we *samen* met Hans de weerwolf afrekenen."

Nou, als zijn doel was om me af te leiden, dan is hij er bewonderenswaardig goed in geslaagd — alleen niet op de manier waarop hij denkt. Ik vind het idee om hem te zien slapen ongelooflijk fascinerend. Te fascinerend, zou ik zeggen.

En dat is nog niet alles.

Toegang krijgen tot *zijn* dromen? Hij had me dat geweigerd toen we elkaar voor het eerst hadden ontmoet, maar ik stond te popelen om erin rond te neuzen. Verdomme ja, alsjeblieft. Het enige waar ik niet zeker over ben, is hoeveel hulp hij zou zijn bij het afhandelen van de weerwolf, maar als het betekent dat ik die andere dingen krijg, dan zal ik meespelen.

"Tuurlijk," zeg ik, mijn stem is indrukwekkend gelijkmatig. "Wat dacht je ervan om nu te gaan slapen?" *Voordat je van gedachten verandert.*

"Juist." Hij staat op.

"En gebruik alsjeblieft je eigen slaapkamer," zeg ik, me zijn eerdere aanbod herinnerend — samen met de omstandigheden die ertoe hebben geleid.

De donkere bankschroef van schuld knijpt weer in mijn borst, maar voordat ik eraan toe kan geven, gaat Valerian de keuken uit en zegt over zijn schouder, "Prima. Laten we naar mijn slaapkamer gaan."

Ik ben blij dat zijn rug naar me toe is gedraaid, zodat hij de koraalroze Pom om mijn pols niet kan zien. Ik fantaseer al een tijdje over een versie van 'laten we naar mijn slaapkamer gaan'.

Ik haast me achter hem aan en als ik de kamer in kwestie binnenstap, realiseer ik me dat ik hem eerder heb gezien.

Dit is de weelderige slaapkamer met het gigantische bed bedekt met zijden lakens die hij me in een paar illusies heeft laten zien. Alleen de rozenblaadjes ontbreken.

Hij trekt zijn shirt uit.

Ik vergeet even hoe ik moet praten.

Zonder te stoppen trekt hij de rest van zijn kleren uit. En dan bedoel ik *al* zijn kleren.

Ik slik luid.

Hij knipoogt naar me, klimt dan in het bed en bedekt zichzelf met een deken.

Hé, niet eerlijk. Dat kun je me niet laten zien en dan bedekken. Ik heb niet de kans gekregen om al die harde, perfect gedefinieerde spieren in mijn geheugen op te slaan. Of ze aan te raken. Of ze te likken.

Wie neem ik in de maling? Als hij me iets zou laten likken, dan zou ik waarschijnlijk bang zijn vanwege de duizenden verschillende soorten bacteriën die op de huid leven.

Valerians ademhaling verandert.

Ik kruip erheen.

Yep. Hij slaapt, maar is nog niet in de REM-fase. Ach ja. Ik denk dat ik dan maar iets moet doen dat niet zo onaangenaam is — naar zijn slapende gezicht kijken. Die gebeeldhouwde gelaatstrekken zijn meer ontspannen dan ik ze ooit heb gezien, en dat past bij hem. Hij ziet eruit als prins Charming in rust.

Mijn benen worden moe, dus ga ik op het bed zitten en blijf kijken. En kijken. Om de een of andere reden word ik er niet moe van. Ik denk dat ik een van die griezelige mensen ben die graag naar iemand kijkt als ze slapen.

Zou het verkeerd zijn als ik zijn voorhoofd kuste? Zou dat hem wakker maken?

De verleiding is overweldigend.

Plotseling voel ik hetzelfde gevoel als bij de deur van de weerwolf, maar dan sterker.

Zou het kunnen?

Ik leun over hem heen en zie zijn ogen snel achter zijn oogleden bewegen.

Interessant. Het lijkt erop dat ik nu kan *voelen* dat iemand in de buurt in REM-slaap gaat.

Handig.

Nu een belangrijke keuze: welk deel van Valerian wil ik aanraken? En met welk deel van mezelf?

Grijnzend trek ik voorzichtig de deken een paar centimeter naar beneden.

Doelwit in zicht.

Ik strek mijn hand uit en leg mijn hand op zijn borst.

Jammie. De borstspieren van Valerian zijn perfect stevig, zijn huid warm en glad. Ik voel zijn hart kloppen en de mijne gaat sneller, alsof ik hem bij wil houden.

Wacht, wat ben ik aan het doen?

Ik moet me focussen.

Ik doe een beroep op al mijn wilskracht en spring in Valerians dromen.

HOOFDSTUK NEGENTIEN

IN DE LOBBY van mijn droompaleis kom ik oog in oog te staan met een grijsgekleurde Pom, die somber naar me opkijkt.

"Raad eens in wiens dromen ik op het punt sta te wandelen?" zeg ik, omdat ik denk dat dat zijn humeur zal verbeteren.

De punten van Poms oren gaan van grijs naar een lichte tint oranje. "Oprah?"

Ik kijk in verwarring naar die schaamteloze ogen. "Bedoel je die aardige dame van de aarde?"

Hij knikt.

"Waarom zou ik in pucksnaam in haar dromen wandelen?"

Het oranje in de oren wordt rood. "Het was mijn gok. Je hoeft niet zo gemeen te zijn."

"Sorry." Ik laat Oprah naast ons verschijnen en laat haar langzaam in Valerian veranderen. "Het juiste antwoord was Valerian." Ik weersta de drang om er grinnikend aan toe te voegen, "Je weet wel, de man met wie ik was toen je wakker was."

Pom vliegt naar me toe. "In dat geval, waar wachten we nog op?"

Ik schud mijn hoofd en teleporteer ons naar de toren van slapers en vind daar Valerian.

Gelukt. Daar is hij. Ik had half verwacht dat ik traumaluswolken boven hem zou zien — hij had tenslotte gezegd dat zijn ouders waren gedood — maar gelukkig is alles normaal.

"Vind je het erg om deze keer buiten te blijven?" vraag ik Pom, op basis van mijn intuïtie.

Zijn oren wiebelen. "Oké. Maar je moet me introduceren als hij zich op zijn gemak voelt in de droomwereld."

"Afgesproken."

Ik leun over Valerian heen en aangezien er hier geen ziektekiemen zijn, geef ik hem een niet-zo-zedige kus op de lippen om zijn dromen binnen te gaan.

———

EVEN DENK IK dat ik heb gefaald en uit de droomwereld werd getrokken omdat ik mezelf in Valerians slaapkamer bevind.

Dan merk ik een hoop onjuistheden op. Een daarvan is dat beide ramen die naar de slaapkamer leiden zwart zijn — iets om later naar te kijken. De andere onjuistheid is veel groter: er ligt een tweede versie van mij op het bed.

Een versie waar Valerian over droomt.

Een *naakte* versie die erg lenig en meer ervaren lijkt te zijn dan ik.

Ik prijs me gelukkig dat ik Pom hier buiten heb gelaten; hij heeft geen psychologisch trauma nodig.

Ik trek mijn ogen weg van mijn dubbelganger en kijk naar de perfecte bilspieren van Valerian — die zich in actie aanspannen. Een deel van me wil mijn krachten gebruiken om van plaats te wisselen met de andere ik; Valerian zou het verschil niet weten.

Het is alleen dat we dingen te doen hebben.

Ik schraap mijn keel.

Valerian stopt halverwege en kijkt mijn kant op.

"Ah." Hij laat de naakte mij verdwijnen. "Dit is een droom."

Dat was de snelste aanpassing aan de realiteit van dromen die ik ooit ben tegengekomen.

"Klaar om met de weerwolf af te rekenen?" vraag ik.

Hij knikt en zonder mijn hulp kleedt hij zich aan.

Tweede voorbeeld van zijn meesterschap van helder dromen. Interessant.

Ik pak zijn hand — voornamelijk omdat ik dat wil — en teleporteer ons naar de toren van slapers.

"Wat is dat?" Valerian staart gefascineerd naar Pom, die op mijn schouder landt met een grijns van een Cheshire-kat op zijn gezicht. "Een droommanifestatie?"

"Geen manifestatie. Hij is echt. Een soort van. Hij is mijn metgezel." Ik ga door de vacht van de looft. "Pom, dit is Valerian."

Pom springt naar beneden en landt aan Valerians voeten. Hij bekijkt de man van top tot teen en zegt, "De versie die je kuste leek precies op hem."

Ik word rood. "Pom, dat was privé."

Valerian grijnst. "Leuk je te ontmoeten, Pom."

"Wat voor een Cognizant ben jij?" vraagt Pom.

Valerian gebruikt zijn kracht om onze omgeving op zijn woonkamer te laten lijken. Dat probeert hij tenminste. Ik zie dubbel: een spookachtige versie van wat hij mij en de toren van slapers eronder probeert te laten zien.

De punten van Poms oren worden paars. "Nog een droomwandelaar?"

"Een illusionist." Valerian haalt het visioen weg. "Maar ik ben ook een ervaren heldere dromer." Hij laat een paar pakjes manna in de lucht verschijnen voordat hij er een aan Pom en een andere aan mij overhandigt.

Ik proef de traktatie. Yep. Hij is inderdaad goed in helder dromen. Dat was Hekima ook, de illusionist die achter de moorden van de raadsleden in New York zat. Hij was over helder dromen te weten gekomen omdat hij naast 'mijn soort' was opgegroeid op een mysterieuze plek genaamd Soma.

Mijn hartslag versnelt.

Zou dat ook kunnen zijn waar Valerian het heeft geleerd? Was hij daarom zo terughoudend toen ik hem ernaar vroeg?

Pom schuift zijn manna in zijn mond zonder het uit te pakken. Na aandachtig te hebben gekauwd en te hebben doorgeslikt, zegt hij, "Net zoals degene die

Bailey voor me maakte toen ik probeerde te begrijpen waarom iedereen in de wakkere wereld zo geobsedeerd is door eten."

Ik kijk naar Valerian. "Hij hoeft niet te eten omdat hij voedsel krijgt van mijn bloed." Ik laat Poms harige armbandvorm tijdelijk om mijn pols verschijnen. "In de wakkere wereld is hij een looft."

Valerian onderzoekt Pom met nog meer nieuwsgierigheid. "Je bedoelt zoals de para—"

"Een *symbiont-wezen* dat op moofts leeft," zeg ik snel. Het laatste wat ik nodig heb, is dat Pom door het lint gaat over het gebruik van het p-woord.

Valerian knikt begrijpend. "Dat wilde ik net zeggen."

Ik kijk hem stralend aan. "Precies."

"En door Pom spring je zo gemakkelijk in dromen," zegt Valerian. "Slim."

"Yep." Ik houd mijn toon zo nonchalant mogelijk en vraag, "Hoe wist je dat?"

Valerian fronst. "Een goeie gok."

Juist. Tuurlijk. Heeft niets te maken met het verboden onderwerp van Soma.

"De weerwolf." Valerian kijkt om zich heen. "Zal hij hier verschijnen als hij in REM-slaap is?"

"Ja," zeg ik en ik doe geen moeite om eraan toe te voegen, "Nog een hele goeie gok?"

"Waar zou hij anders zijn?" Valerian bekijkt de slapers in de nissen om ons heen.

Op een voorgevoel teleporteer ik mezelf naar de verdieping waar de nisjes al een tijdje leeg zijn.

Yep. "Daar." Ik wijs naar degene waar Hans is verschenen, nog steeds in wolvenvorm.

Valerian neemt de wenteltrap in het midden van de toren, wat waarschijnlijk betekent dat hij niet kan teleporteren zoals ik.

"Weet je hoe dit deel werkt?" vraag ik als hij me bereikt.

Hij glimlacht. "Je raakt mij en hem tegelijkertijd aan en gaat dan naar binnen."

Meer bewijs dat hij een aantal droomwandelaars kent — en deze keer heeft hij me per ongeluk iets geleerd dat ik nog nooit heb geprobeerd. Normaal zou ik in de droom van persoon A springen, met die persoon teruggaan naar de toren van slapers en dan in de droom van persoon B springen.

Als deze manier werkt, zal het efficiënter zijn.

Hij sluit de afstand tussen ons en gaat op zo'n manier staan dat ik hem en de wolf met gemak kan bereiken.

Mijn hartslag neemt weer toe, mijn fysieke bewustzijn van zijn nabijheid is net zo intens als in de wakkere wereld — alleen hier zijn er geen ziektekiemen en heb ik de volledige controle.

Ik laat mijn tong over mijn lippen glijden. "Dus ik kan je overal aanraken, toch?"

Zijn oceaanblauwe ogen ontbranden met donkere hitte terwijl hij naar voren leunt. "Eerlijk gezegd" — zijn stem wordt dieper — "is er een specifieke manier waarop ik zou willen dat je me aanraakt."

"Pom, schatje, kun je ons wat privacy geven?" vraag

ik, mijn ogen blijven op die sensuele lippen gericht die op slechts een paar centimeter afstand van me zijn. "Het ding met de weerwolf zal sowieso eng zijn."

"Prima," gnuift Pom en verdwijnt.

Valerian grijpt mijn hand vast en legt hem op de weerwolf; dan, voordat ik een samenhangende gedachte kan hebben, kust hij me.

Wauw. Het moet de wetenschap zijn dat hij deze keer de kus kan voelen die dit heter maakt... omdat het zo is. Meer dan eens heb ik het gevoel dat we van de grond beginnen te zweven — een gevaar van de droomwereld.

Na wat voelt als een uur van gelukzaligheid, trekt hij zich terug. "Hij zou de REM-slaap kunnen verlaten," mompelt hij, terwijl hij met halfgesloten ogen naar me kijkt. "Het is belangrijk dat we naar binnengaan."

Juist. Droomwandelen.

Zonder de vacht van de weerwolf los te laten, schuif ik mijn hand onder het shirt van Valerian en tuimel met tegenzin in de dromen van de wolf.

———

NET ALS DE laatste weerwolf waarmee ik dit deed, heeft deze twee dromen tegelijk — een voor elk van zijn aard. Ik weet niet zeker wat Valerian ziet, maar vanuit mijn oogpunt staan de twee dromen naast elkaar, als twee hologrammen.

Eén droom is als een gewelddadige natuurshow.

Hans is in wolvenvorm en hij scheurt een mooft in stukken.

Wat een klootzak. Moofts zijn beschermde soorten die vrijwel uitgestorven zijn — geen enkele goede weerwolf zou op hen jagen, zelfs niet in hun slaap.

In de andere droom draagt Hans de man een mooftmasker en is hij in een vergaderzaal met andere gemaskerde mensen aan het praten.

Het interessante is dat dit als een herinnering voelt.

Het belangrijkste eerst. Ik kan niet twee dromen tegelijk aan.

Net als toen ik tegen Hekima vocht, zweef ik uit mijn lichaam en creëer een tweede Bailey, deze met vurig haar. Door mijn lichaamloze zelf aan te spannen, dwing ik mezelf beide lichamen binnen te gaan.

Wauw. Het is deze keer makkelijker. Veel makkelijker. Ik denk dat die krachtboost een geschenk is dat maar doorgaat.

De wolf-Hans stopt abrupt met eten, heft zijn bebloede snuit op en ruikt aan de lucht.

Puck. De laatste keer kon een weerwolf me op deze manier detecteren.

Gelukkig schudt Hans zijn hoofd en gaat hij weer eten.

Valerian verschijnt naast de versie waarin ik naar de weerwolf kijk.

"Ik zorg ervoor dat hij ons niet detecteert," zegt hij op een gemoedelijke toon.

Juist. Ik was bijna Valerian vergeten, maar hij vergat niet zichzelf nuttig te maken.

Hij gebaart naar Hans. "Kun je ervoor zorgen dat hij dit nog lang blijft dromen?"

Ik knik en zet de droom in een lus.

"Goed," zegt Valerian. "Kun je me nu meenemen naar de interessantere droom?"

Dus hij is hier alleen in het deel van de droom van de wolf. Interessant.

De ik die in de vergaderzaaldroom zit, teleporteert naar waar Valerian en de andere ik staan.

Naar mezelf met mijn vurig haar kijkend, knipoog ik.

Zij/ik knipoogt terug naar mezelf.

Het gevoel is raar omdat ik me bewust ben van zowel het knipogen als kijken hoe ik het doe.

Dan merkt de ik die hier al was een hongerige uitdrukking op het gezicht van Valerian op wanneer hij om de beurt naar elke versie van mij kijkt. Zijn puur mannelijke gedachten zijn niet moeilijk te lezen: één Bailey is geweldig, twee zijn nog beter.

Nou, als hij een brave jongen is, zou ik op een dag mijn kracht kunnen gebruiken om een soort triootje met hem te hebben. Het kan leuk zijn om vanuit verschillende perspectieven zoals deze van hem te genieten. Zo leuk zelfs, dat ik me duidelijk warm voel worden bij de gedachte.

Ik onderdruk het afleidende idee en laat de ik met vurige haren achter om de droom van de wolf te begeleiden en teleporteer Valerian naar de droom van de vergaderruimte.

Nu dat de twee dromen niet meer naast elkaar

staan om de dingen te verwarren, kijk ik eens goed in de kamer rond.

Hmm. De maskers zijn allemaal goedkope rommel die je in elke winkel kunt krijgen. Alle populaire keuzes op kostuumfeesten zijn vertegenwoordigd, van echte monsters zoals drekavacs tot fictieve wezens zoals Pacman.

Eén specifiek masker trekt mijn aandacht, dat van het gezicht van een puck.

Zou het kunnen?

Het is een heel gewoon masker.

Maar het is niet alleen het masker op zich. Deze man is lang en dun, net als die in de droom van Vas, de ork van de Vuile Klootzakkenbende.

Maar dat zou betekenen dat de verdwijning van Itzels grootvader op de een of andere manier verband houdt met Icelus.

"De Hogepriester kon niet komen," zegt de man met het puckmasker met dezelfde stem als krakende planken die ik eerder had gehoord, en bevestigt dat het inderdaad dezelfde persoon is. "Ik zal degene zijn die de bijeenkomst van vandaag zal leiden." Hij wacht om te zien of iemand bezwaren heeft, opent dan een hologramkaart van Gomorrah en zwaait met zijn handen rond totdat een enorm stuk van de kaart rood gekleurd is.

Ieders ogen glanzen van angst en nieuwsgierigheid.

"Zoals jullie waarschijnlijk al vermoedde, vertegenwoordigt dit de ontploffingsradius," zegt de man met het puckmasker. "In de nabije toekomst wil je ver bij die buurten vandaan blijven."

Mijn ogen worden groot. "Ontploffingsradius?" roep ik uit zodat alleen Valerian het kan horen. Er leven miljoenen in het gemarkeerde gebied, om nog maar te zwijgen van het gezondheidsdistrict — de locatie waar het ziekenhuis van mama zit.

Laten we straks praten, vertelt Valerian me via LEGO-letters.

"Is de datum al vastgesteld?" gromt de weerwolf.

De man met het puckmasker geeft hem een koude blik. "Alleen de grootmeester zal die informatie hebben. Wat we niet weten, kan niet uit ons worden gemarteld."

Iedereen aan tafel knikt somber.

"Over gevangenneming en marteling gesproken." Het puckmasker haalt een onbekend apparaat tevoorschijn, drukt het op zijn rechtervinger en knikt terwijl het apparaat piept. "Ik heb net een afgiftesysteem geïmplanteerd." Hij strekt zijn andere hand uit en tikt met zijn wijsvinger en duim in een morsecode-achtig patroon. "Dat gebaar zal het systeem activeren. Het medicijn is pijnloos. Gebruik het als je gepakt wordt."

Valerian en ik wisselen bezorgde blikken uit.

Het puckmasker loopt door de kamer en implanteert de apparaten in ieders wijsvingers. Daarna brengt hij een tijdje door om ervoor te zorgen dat de groep zich de suïcidale vingertikvolgorde herinnert.

Terugkerend naar zijn stoel, gaat hij met zijn blik

door de kamer. "Ik weet hoe toegewijd jullie allemaal zijn aan onze zaak, dus het is onnodig om dit te zeggen." Zijn ogen glinsteren duister. "Als je gevangen wordt genomen en niet de voorzorgsmaatregel gebruikt die je zojuist hebt ontvangen, dan zal Phobetor persoonlijk met je afrekenen."

Iedereen kijkt een stuk banger dan ze deden bij het onderwerp over marteling, of toen een dodelijk apparaat hun vingers binnendrong.

Valerian had gelijk. Deze mensen geloven echt in deze nachtmerrie-godheid, tot het punt waarop ze zichzelf zouden doden om zijn toorn te vermijden. In feite heeft de loutere vermelding van Phobetor een diepgaande invloed op Hans. In deze droom hangen zijn schouders, parelt er zweet op de achterkant van zijn nek en trekt hij aan de kraag van zijn overhemd.

De versie van mij die naar de weerwolf kijkt, merkt dat hij ook reageert. Hij stopt met eten en stopt zijn staart tussen zijn benen.

Puck. Ik kan zien dat dit ding op het punt staat een nachtmerrie te worden waar hij uit zal ontwaken. Nou, niet met mij in de buurt. Ik verander de droom zodat er op de deur wordt geklopt die naar de vergaderruimte leidt.

Hans kijkt in die richting — en ik voel meteen dat de droom niet langer een herinnering is, iets wat ik had verwacht.

De deur gaat open en onthult een mooft die daar staat.

Terwijl Hans naar het goedaardige koeachtige

wezen staart, begin ik iedereen in de kamer te laten verdwijnen. Voordat ik bij de man met het puckmasker kom, draait Hans zich weg van de mooft, waarschijnlijk om zijn medesamenzweerders te vragen wat er in godsnaam aan de hand is.

Als hij alleen het puckmasker ziet, fronst hij. "Waar is iedereen?"

"Waar heb je het over?" vraagt het puckmasker.

Valerian grijpt mijn elleboog. "Gebruik je krachten om onze omgeving algemener te maken," fluistert hij. "We willen dat de droom opgaat in de droom waarin de twee alleen spraken."

Meer bewijs dat hij weet hoe droomwandelen werkt — maar ik heb geen tijd om hem uit te dagen, of te vragen waarom hij niet hetzelfde kan bereiken door zijn eigen krachten te gebruiken.

Eigenlijk denk ik dat ik weet waarom hij het niet zelf doet — hij heeft het waarschijnlijk te druk om ons twee onzichtbaar te maken voor Hans.

Ik bedek de kamer met mist en kruis mijn vingers.

Valerian knikt naar de man met het puckmasker. "Laat de pucker nu iets over Erato zeggen."

Ik grinnik vanbinnen. Pucker is een geweldige bijnaam voor die vent.

Het overnemend laat ik de pucker zeggen, "De dryad heeft patenten ingediend die alles kunnen ontmaskeren."

Ik houd mijn adem in en kijk hoe de kaakspieren van de weerwolf trillen terwijl de kamer om ons heen transformeert.

Valerian en ik kijken om ons heen.

"Is dit een mortuarium?" vraag ik Valerian met een stem die alleen hij kan horen.

Hij knikt.

Hans vloekt binnensmonds. "Ik ga die teef een bezoekje brengen."

"Discretie is van het grootste belang," zegt de pucker, terwijl hij de kamer doorloopt om over een lijk te leunen. "Phobetor is genadeloos voor hen die ons verraden."

Deze keer heeft de griezelige omgeving en vermelding van Phobetor een nog sterkere impact op Hans. Hij trekt zich terug en zijn ellebogen drukken tegen zijn zij alsof hij zijn lichaam zo klein mogelijk probeert te maken.

Zijn wolvenvorm stopt weer met eten en jammert.

Voordat ik de droom weer in bedwang kan houden, bevind ik me terug in de toren van slapers, met Valerian aan mijn zijde.

We kijken naar het lege bed waar de weerwolf net was.

Nou, puck.

HOOFDSTUK TWINTIG

"HIJ WERD ZO bang door de tweede vermelding van Collywobbles dat hij wakker werd," zeg ik, hoewel de strakheid van Valerians kaak me vertelt dat hij dat al had bedacht.

"Maak ons wakker," beveelt hij. "Ik moet de ordebewakers vertellen om zijn cel weer met slaapgas vol te pompen."

Knikkend schud ik hem wakker en doe hetzelfde voor mezelf.

Ik open mijn ogen in de slaapkamer en kijk gefascineerd toe hoe Valerian uit het bed springt en met iemand een hologramoproep begint.

De ordebewakervampier die ik eerder zag, neemt op — en hij kijkt niet raar op bij de naakte toestand van Valerian of mijn aanwezigheid.

"Slaapgas," blaft Valerian. "Pomp het in de kamer van de weerwolf. Nu."

De ordebewaker loopt naar een scherm met een heleboel knoppen en fronst. "Hij slaapt al."

Hij gebaart naar het scherm in kwestie, en we zien dat de weerwolf daar inderdaad ligt, alsof hij slaapt.

Of doet alsof.

Of —

"Snijd zijn rechter wijsvinger eraf," beveelt Valerian dringend.

Gruwelijk, maar een zekere manier om te onthullen of de man inderdaad doet alsof.

De vampier beweegt met de snelheid van zijn soort. In een waas verschijnt hij op hetzelfde scherm als Hans, met een gebogen mes in de hand.

Whoesh.

De vinger en de weerwolf gaan elk hun eigen weg.

De man wordt niet wakker en schreeuwt het niet uit.

De moed zakt me in de schoenen. Ik had al het vermoeden dat dit het geval zou kunnen zijn, maar —

De vampier raakt de hals van de weerwolf aan en kijkt naar de camera. "Hij is dood."

"Genees hem," zegt Valerian met opeengeklemde tanden.

Ik weet niet zeker of de vampier hem heeft gehoord of gewoon hetzelfde idee had, maar hij snijdt met het mes in zijn pols en dwingt een deel van zijn bloed in de mond van de weerwolf.

Er gebeurt niets.

Valerian vloekt en slaat tegen een muur.

De vampier komt terug en begint op knoppen naast

de beveiligingsmonitor te drukken die de binnenkant van de cel toont.

De bewakingsbeelden spoelen terug en spelen weer af.

"Daar," zeg ik als Hans zijn ogen opent. "Dat moet het moment zijn dat hij wakker werd."

Wat Hans vervolgens doet, is geen verrassing. Hij kijkt rond in de cel en realiseert zich dat hij gevangen is genomen en in slaap wordt gehouden. Dan tikken zijn wijsvinger en duim een bekende code. Zodra hij klaar is met de reeks, zakt zijn lichaam in elkaar — maar valt hij niet in slaap.

Valerian vloekt weer. "Hoe snel kun je daar een genezer krijgen? Of een dokter?"

"Niet snel genoeg om enig verschil te maken," zegt de vampier.

"Ik bel je terug." Met een boos gebaar beëindigt Valerian het gesprek.

Terwijl hij wat kleren pakt, probeer ik mijn gedachten op een rijtje te krijgen. "Wat bedoelde de pucker met 'ontploffingsradius'?" vraag ik, terwijl ik mijn best doe om mijn ogen van Valerians snel verdwijnende naaktheid af te houden. Het is te afleidend en ik moet me concentreren. "Had je enige reden om te denken dat Icelus de helft van Gomorrah zou opblazen?"

Valerian trekt een shirt over zijn hoofd en bedekt zijn overheerlijke buikspieren. "Nee. Alleen dat ze *iets* gingen doen."

"Mijn moeder bevindt zich in de ontploffingsradius," zeg ik. "Ik moet haar verplaatsen."

Hij gebaart in zijn VR. "Ik heb net de regelingen getroffen," zegt hij na een minuut. "Ze zal naar een van de weinige ziekenhuizen worden verplaatst die niet in het gezondheidsdistrict zitten."

Ik haal opgelucht adem. "Bedankt." Alles gebeurt zo snel dat ik nog geen kans heb gehad om echt in paniek te raken, en nu hoef ik dat niet meer te doen. Het is alleen... "Hoe zit het met alle anderen? Komt er een evacuatie?"

"Dat is aan de Senaat," zegt Valerian. "Maar ik betwijfel het. "

"Waarom niet?"

"Als Icelus van de evacuatie hoort, dan zullen ze de bom, of wat het ook is, meteen laten ontploffen. Of ze zullen hem verplaatsen en nog meer mensen doden." Grimmig voegt hij eraan toe, "Om nog maar te zwijgen van de paniek die een dergelijke evacuatie zou veroorzaken, wat het doel van Icelus evenzeer zou dienen als een explosie. Misschien wel meer."

Ik slik. "Omdat angst nachtmerries veroorzaakt?"

Hij knikt. "Als Icelus slim is, dan veranderen ze het plan zodra ze horen dat Hans is verdwenen."

"Betekent dit dat mama zelfs in het nieuwe ziekenhuis niet veilig zal zijn?" Mijn maag raakt gespannen met de paniek die ik dacht te hebben vermeden.

"Niemand is veilig." Valerian spant zijn kaken aan. "Niet tenzij we iets doen."

Tot mijn schande overweeg ik vluchtig om mama door een van de poorten te krijgen — en buiten deze wereld bij haar te blijven. Maar zo'n reis zou in haar toestand riskant zijn. En ik zou niet *echt* miljoenen mensen laten sterven. Maar... "Wat dacht je van een evacuatie naar de Andere Werelden?" stel ik voor.

"De hub bevindt zich in de ontploffingsradius," zegt Valerian. "Er is ook geen praktische manier om miljoenen snel genoeg door een handvol poorten te krijgen."

Ik adem gefrustreerd uit.

"Het is echter niet het slechtste idee," zegt hij. "Jij kunt naar de aarde gaan. En dit uitzitten."

"Nee," zeg ik met een vastberadenheid die ik niet voel. "Ik blijf en we zullen dit ding voorkomen."

Hij bestudeert me aandachtig. "Heb je een idee?"

"Zoiets. Ik heb geen kans gehad om je iets te vertellen. De man met het puckmasker — ik heb hem eerder gezien."

Ik ga verder met hem over de zoektocht naar Itzels grootvader te vertellen en waar de pucker ook mee te maken had.

"Dus we weten dat hij Hans in een mortuarium heeft ontmoet en dat hij Vuile Klootzakken heeft ingehuurd om Cadmael te ontvoeren," zegt Valerian bedachtzaam. "Het is een begin."

"Juist. En toen ik voor het laatst met mijn vrienden sprak, ging Felix kijken of hij een aankoop van een puckmasker aan de man kon koppelen."

Valerian ziet er geïntrigeerd uit. "En heeft hij dat gedaan?"

"Ik weet het niet, maar er is een manier om erachter te komen. Geef me even een momentje."

Omdat Valerian nu over Pom weet, raak ik openlijk het harige wezen om mijn pols aan en tuimel in de droomwereld.

"JE BENT TERUG," zegt Pom. "Hoe ging die weerwolfdroomwandeling?"

Meestal zou ik hem niet bezorgd maken, maar ik kan het niet helpen om over de situatie te vertellen terwijl ik Felix zoek. Als mijn symbiont die niet langer van me verwijderd kan worden, wordt Pom aan dezelfde risico's blootgesteld als ik.

"Het spijt me," zeg ik tegen hem.

"Dat hoeft niet." Met een dappere blauwgroene tint, steekt Pom zijn kin omhoog. "Ik ben blij dat ik jouw symbiont ben."

Ik glimlach flauw, aai zijn vacht en spring in de droom van Felix.

FELIX TRAKTEERT MAYA op een ijsje.

Ik laat haar verdwijnen en hij kijkt verward om zich heen.

"Dit is een droom," zeg ik.

Pom landt op zijn schouder. "Hoi, Felix."

Felix kijkt naar Pom en dan naar mij. "Ik zal hier nooit aan wennen, ofwel?"

"Ik ben hier om wat belangrijke informatie te krijgen," zeg ik. "Heb je ontdekt wie de man met het puckmasker was?"

Felix schudt zijn hoofd. "Te veel winkels. Te veel aankopen."

"En geen andere aanwijzingen?"

"Ik ben bang van niet." Zijn doorlopende wenkbrauw trekt zich samen. "Waarom kijk je ineens zo bezorgd?"

Ik duw mijn haar naar achteren, waarvoor ik niet de moeite heb genomen om het vurig te maken. "Waar ben je? In de wakkere wereld, bedoel ik."

Hij ziet er een seconde verward uit, en dat is geen wonder. In een droom is het moeilijk om te onthouden waar je bent gaan slapen. Hij trekt een gezicht en zegt, "Een hotel in de buurt van Itzels huis op Gomorrah, geloof ik." Er zekerder uitziend, voegt hij eraan toe, "Kit en Ariël zitten in de kamers naast me."

"Goed. Ontmoet me bij Itzel thuis, en ik zal alles uitleggen."

Daarmee maak ik hem wakker en beëindig ik de droom.

———

IK KOM UIT de trance bij een gevoel van beweging.

Wat de puck?

Ik doe mijn ogen open.

Valerian heeft me in een brandweerhouding vast en stapt in een lift.

"Hé!" Ik duw tegen zijn borst. "Wat doe je?"

"Noodvergadering van de Senaat." Hij draait zich om en drukt met zijn elleboog op de knop voor het dak.

"Ik kan vanaf hier lopen," zeg ik en heb er meteen spijt van — het voelt fijn om door hem te worden vastgehouden.

Hij zet me op mijn voeten als de lift op de plaats van bestemming stopt, en we haasten ons naar de auto.

"Kunnen we op weg naar de Senaat bij Itzels huis stoppen?" zeg ik als we erin springen.

"Wat is het adres?"

Ik vertel het hem en leg uit dat ik mijn vrienden wil ophalen.

"Goed dan," zegt hij. "Maar laat ze op het dak wachten."

Ik bel Itzel, die op een slaperige en chagrijnige toon opneemt. Ik hoor de anderen ook op de achtergrond. Ik vertel ze snel om me op het dak te ontmoeten en hang op.

Valerian moet een illegale turbo-modus op de auto hebben omdat hij elke snelheidslimiet op de planeet breekt, waardoor we in recordtijd op Itzels dak arriveren. Itzel, Ariël, Felix (in zijn robotpak) en Kit staan al te wachten.

Op de een of andere manier slagen ze er allemaal in om zich op te stapelen, inclusief pak, en Valerian vertelt de auto naar het Senaatsgebouw te gaan terwijl ik de onmiddellijke dreiging aan mijn vrienden uitleg.

Ze nemen het verrassend goed op en kijken slechts een beetje wild uit hun ogen bij het idee dat we ieder moment door een explosie weggevaagd kunnen worden.

"Ik begrijp het niet," zegt Felix. "Hoe is de grootvader van Itzel met deze terroristische daad verbonden?"

Itzel kijkt bijna scheel. "Wat was de ontploffingsradius ook alweer?"

Ik vertel het haar.

Ze doet iets in VR, en mompelt binnensmonds.

"Is ze tussen dit alles door wiskunde aan het doen?" fluistert Ariël.

"Misschien probeert ze te trianguleren waar de bom zou moeten zijn om die ontploffingsradius te creëren," zegt Felix. "Dat zou de dingen een beetje beperken, maar niet genoeg voor iets bruikbaars."

Kit verandert in Itzel, maar zonder het masker. In Itzels stem zegt ze, "Ik heb gehoord dat kabouters berekeningen rustgevend vinden."

"Hmm," mompelt de echte Itzel. "Het zou mogelijk kunnen zijn. En als iemand dat zou kunnen —" Ze gilt en geeft ons allemaal een verwarde blik.

Valerian moet haar iets opzienbarends hebben aangedaan met zijn kracht om haar aan ons bestaan te herinneren.

"Heb je de link gevonden?" vraagt hij haar met overdreven kalmte.

"De Vega-reactoren," flapt ze eruit.

"Dat is de krachtbron op Gomorrah," fluistert Felix luid tegen Ariël. "Ze leveren elektriciteit en zo."

"Dat weet iedereen." Itzel geeft Felix een onheilspellende blik en hij zwijgt. "Theoretisch gezien," vervolgt de kabouter, "kan die technologie worden aangepast om een apparaat te creëren dat een golf van energie in één keer vrij zou kunnen geven. De resulterende explosie kan de ontploffingsradius hebben die je hebt beschreven."

Ik sla mezelf hard op het voorhoofd. "Natuurlijk. Je grootvader heeft de Vega-reactoren uitgevonden. Als iemand ze in bommen zou kunnen veranderen, dan zou hij het zijn."

De robothanden van Felix stoten in de oksels van zijn pak. "Maar die reactoren zijn zeker bewaakt."

Valerian schudt zijn hoofd. "Als Icelus slim is, dan maken ze hun eigen reactor en gebruiken ze die als basis voor die bom."

Ik ben heel erg blij dat Valerian aan onze kant staat; hij lijkt altijd precies te weten wat de slechteriken moeten doen.

"Is het moeilijk om een heel nieuw Vegas-reactorgedoe te maken?" vraagt Ariël.

"Vega," corrigeert Felix.

Itzel geeft Felix nog een blik. "Het zou meestal een team van ingenieurs vergen, maar als één persoon dat zou kunnen, dan zou dat opa zijn. Hij heeft het eerder gedaan."

"Niet goed." Felix probeert met zijn

gehandschoende hand de zweetparel van zijn voorhoofd te vegen en geeft zichzelf bijna een hersenschudding.

Valerian legt een vinger op zijn lippen.

Iedereen stopt met praten.

Valerian rommelt een paar seconden in VR en kijkt dan gefrustreerd naar ons. "Ik heb net van het team van ordebewakers gehoord dat eropuit was gestuurd om de Vuile Klootzakken te pakken. De hoop was dat iemand anders in die bende iets wist." Hij gebaart naar iets in zijn VR. "Ze wisten niets."

Kit verandert in een aantal van de bendeleden waar we eerder tegen vochten. "Dat was snel."

"Soms kan zelfs de Senaat snel mobiliseren," zegt Valerian. "Nu we het er toch over hebben — ik heb ze net je theorie gestuurd. Ze willen dat ik ze in de auto doorzet."

"Doe het," zeg ik voor iedereen.

Valerian maakt gebaren en de autoruiten worden ondoorzichtig voordat ze schermen worden. Een seconde later verschijnen de Senaatskamers — mij bekend uit de media — op de schermen om ons heen.

"Wauw," mompelt Felix.

Dat kan je wel zeggen. Alle senatoren zitten op troonachtige stoelen die de zwaartekracht tarten — behalve de meermensen, die in speciaal ontworpen watertanks drijven.

Elk type Cognizant dat officieel op Gomorrah leeft, is vertegenwoordigd, behalve zeldzame, zoals centauren en slangdraken. De typen die niet zijn toegestaan ontbreken ook — zoals dodenbezweerders en reuzen — maar de rest is er, inclusief orks, dwergen en elfen.

"We zagen niet in waarom jullie hier persoonlijk heen zouden moeten komen," zegt een elfensenator die ik in de media heb gezien.

Valerian ziet er helemaal niet onder de indruk of geïntimideerd uit. "Heb je een update voor me?" vraagt hij keizerlijk.

"De ordebewakers zijn onderweg," antwoordt de elf. "Ze zullen iedereen in de gaten houden die in en uit elk mortuarium komt. We hebben ook het grootste deel van de Senaatswacht gestuurd om te helpen."

Valerians kaken spannen zich aan. "Laat ze *niet* zonder mij naar binnengaan." Zijn blik gaat van senator naar senator. "Met mijn illusiekracht kan ik ze verbergen. Anders riskeren we dat de terroristen zelfmoord plegen."

"Zou dat zo erg zijn?" vraagt een ork-senator.

"Er waren veel mensen op de bijeenkomst en ze hadden het over een Hogepriester — een soort leider," zegt Valerian. "We weten niets over een van deze individuen, dus tenzij we heel veel geluk hebben en ze er allemaal zijn met het puckmasker, dan moet het verkrijgen van informatie onze topprioriteit zijn."

"Mee eens," zegt een dryad-senator en gebaart in de lucht. "Ik stuur je de lijst met mortuaria. We hebben naar de eigenaren gekeken, maar bij niemand gaat een belletje rinkelen."

Valerian knikt. "Kun je me ook laten weten bij

welke mortuaria al back-ups van ordebewakers op me wachten?"

"Klaar," zegt de dryad en gebaart nog wat.

"Mij?" fluister ik tegen Valerian. "Bedoel je niet 'wij?'"

"Later," fluistert Valerian terug. Tegen de Senaat zegt hij, "Houden jullie de informatie verborgen?"

"Het is geclassificeerd," galmt een dwerg-senator. "Alleen de ordebewakers, de Garde en de Senaat weten iets. En wij zijn niet eens geëvacueerd, zoals je kunt zien."

"Maar jullie helpen de ordebewakers ook niet," is wat ik niet zeg. Ik durf te wedden dat ze zullen evacueren voordat gewone mensen de kans krijgen. Het zijn tenslotte politici.

Valerian kijkt de dwerg aan. "Gewoon om te bevestigen met betrekking tot mijn compensatie..."

"Voor het leven geen belasting betalen." De dwerg trekt aan zijn baard. "Voor jou en je bedrijven."

"En mijn collega's." Valerian knikt mijn kant op.

"Goed dan." De dwerg ziet eruit alsof hij een bijzonder schilferige ri heeft ingeslikt, die aan het karige stereotype voldoet dat zijn soort verafschuwt.

"En Gomorrah-burgerschap," flapt Felix eruit. "Voor degenen onder ons die elders zijn geboren."

"Geregeld," zegt de elf. "Laten we geen kostbare tijd verspillen aan trivialiteiten."

Grommend in goedkeuring beëindigt Valerian de oproep en onderzoekt iets in zijn VR.

"Wat bedoelde je eerder?" vraag ik aan hem. "Dat hele 'ik'-gedoe."

"Geen reden voor iemand van jullie om met me mee te gaan," zegt hij, terwijl hij slechts gedeeltelijk oplet. "Mijn illusionistische krachten in combinatie met de aanwezigheid van de ordebewakers zou voldoende moeten zijn."

Itzels schouders verstijven. "Mijn grootvader is ontvoerd. Ik ga."

"En ik weiger het plezier te missen," zegt Kit. "Dus ik ga ook."

"Ik ga met Itzel mee," zegt Ariël.

"En ik met Ariël," zegt Felix, hoewel hij een stuk minder enthousiast klinkt.

"Nou, *ik* zou nuttig kunnen zijn," zeg ik. "Als er iets misgaat, dan kan ik een slaapgranaat laten vallen en de dromen van de pucker binnengaan om te ontdekken wat we nodig hebben."

Valerian stopt eindelijk met wat hij aan het doen was en kijkt me intens aan. "Je gaat jezelf niet in gevaar brengen."

"Afgesproken," zeg ik.

"Goed dan." Hij geeft een adres aan zijn auto — ongetwijfeld onze eerste mortuariumbestemming.

Terwijl onze rit naar voren suist, trek ik aan Valerians mouw en fluister, "Heb je mama verplaatst?"

Knikkend gebaart hij rond, en er verschijnen LEGO-letters:

In je inbox staat het adres van het nieuwe ziekenhuis. Ik

heb de tweede plek gekozen waar haar kabouterdokter zijn rondes doet.

Wauw. Ik kan hem nu wel kussen, microbioom of niet. Het zou nu gemakkelijker moeten zijn om me op de taak die voor ons ligt te concentreren — die blijkbaar uit niets minder bestaat dan het redden van miljoenen levens.

Ugh. Sinds wanneer doe ik dit soort dingen? Heb ik heldenneigingen van Felix, Kit en Ariël gekregen? Ze hebben immers ooit deelgenomen aan een epische strijd om meerdere Andere Werelden te redden, waaronder de aarde. Ik vraag me af... als ik de dag red, zou dat me helpen om mezelf te vergeven dat mam —

"Waarom zo'n lang gezicht?" vraagt Ariël, terwijl ze me uit mijn overpeinzingen trekt.

"Ik voel me schuldig," antwoord ik voordat ik mezelf kan tegenhouden.

De doorlopende wenkbrauw van Felix danst op zijn voorhoofd. "Waarover?"

Na een moment van aarzeling vertel ik ze alles: dat mama me altijd had gevraagd om nooit in haar te droomwandelen, onze ruzie en haar daaruit voortvloeiende zelfmoordpoging.

Iedereen verwerkt de informatie even in stilte, zelfs de meestal zorgeloze Kit.

"Je kijkt er helemaal verkeerd naar," zegt Felix uiteindelijk.

Ik trek een wenkbrauw op.

"Heb je jezelf afgevraagd waarom?" zegt hij.

Ik frons. "Wat bedoel je?"

"Ik denk dat hij zich afvraagt waarom je moeder niet wilde *dat* je in haar droomwandelde," zegt Ariël.

De vraag raakt me als de hoef van een centaur op het hoofd.

Waarom, inderdaad? Eerder dacht ik dat mam het me had verboden uit privacyoverwegingen, maar ik denk niet dat ze privacy zo belangrijk vindt dat ze zelfmoord probeert te plegen om het te handhaven.

Het is iets groters. Dat moet wel. Maar wat? Is er iets dat mama niet wil dat ik in haar droomwereld ontdek? Heeft het misschien iets met die zwarte ramen te maken die ik daar had gezien?

Iets uit het verleden waar ze altijd over weigerde te praten?

Aan de andere kant, als het gerelateerd was aan de zwarte ramen, dan zou ze zich niet herinneren wat het is. En nu ik erover nadenk, ze beweerde altijd dat ze het zich niet herinnerde — over mijn vader en zoveel andere dingen... Hoe dan ook, kun je echt bang zijn dat iemand iets ontdekt dat je bent vergeten? Ik denk dat het zou kunnen. Als de herinnering afschuwelijk genoeg is, dan weet mam misschien dat ze me erbij vandaan moet houden, zelfs zonder zich de exacte reden te herinneren.

Valerian legt een geruststellende hand op mijn schouder. Ik kijk naar hem op. Over zwarte ramen gesproken, ik vergat bijna degene die ik in zijn —

"Klaar?" mompelt hij.

Ik kijk uit het raam en realiseer me dat ik te druk was om onze landing op te merken.

"Zo klaar als ik ooit zal zijn," antwoord ik en ik volg Felix en Ariël uit de auto.

Een groep ordebewakers en een lid van de Senaatswacht wachten al op ons.

Gekleed in het zwart, zijn de ordebewakers met dolken en zwaarden gewapend, terwijl de Senaatswacht zowel een zwaard als een pistool op zijn heup heeft dat vergelijkbaar is met de illegale die ik nog steeds achter mijn tailleband heb verstopt.

Ik gluur stiekem naar Ariël om haar reactie te zien.

Net als in New York, zijn alle Gomorraanse ordebewakers vampiers; hun krachten passen goed bij de wetshandhaving.

Tot mijn opluchting negeert Ariël de vampiers en in plaats daarvan is haar volledige aandacht op de Senaatswacht gericht.

Natuurlijk. De Senaatswacht is geen vampier. Om vele redenen, zijn de meeste van hen ubers — hetzelfde type Cognizant als Ariël zelf. Dit betekent dat, net als Ariël, deze bewaker op een cover van een modetijdschrift op aarde zou kunnen springen en er perfect op zou passen — vooral als het thema in kwestie Navy SEALs zou zijn.

Dit indrukwekkende exemplaar moet extra sterk en snel zijn om de zeer gewilde baan te hebben gekregen.

Valerian ziet dat ik naar de uber kijk en fronst.

Wat is dit? Is hij echt jaloers?

"Het mortuarium bevindt zich op de bovenste verdieping," zegt de uber — en zelfs zijn stem is aangenaam voor het gehoor. Naar Valerian kijkend, voegt hij eraan toe, "Er is me verteld dat jij het bevel zou voeren."

Het onuitgesproken deel lijkt te zijn dat de Senaatswacht denkt dat *hij* de leiding zou moeten hebben, maar de domme politici hebben alles zoals gewoonlijk opgepuckt.

"Blijf dicht bij me," gromt Valerian en loopt naar de lift.

Ariël, Kit en zelfs Itzel geven de Senaatswacht een waarderende blik terwijl we volgen.

Op de rit naar beneden deelt Valerian de informatie die de Senaat over de begrafenisondernemer heeft verstrekt die verantwoordelijk is voor deze plaats, zoals zijn naam en hoeveel hij vorig jaar aan belastingen heeft betaald.

Ik vraag me af wat voor nut dat laatste voor ons heeft.

Als we binnenkomen, ziet het mortuarium er precies zo uit als in de media op Gomorrah — wat helemaal niet op die van de aarde lijkt. De lichamen van de overledenen worden niet in metalen laden bewaard, maar op lagen zwevende luchtplaten. Er is geen koeling nodig, omdat elk bewaard is gebleven met behulp van een speciale plastinatieprocedure die voorkomt dat ze de aankomende jaren ontbinden.

De drie opties voor uitvaart op Gomorrah zijn, in volgorde van populariteit: crematie, de grond ingaan op de enorme begraafplaats aan de andere kant van de planeet, of opgegeten worden door een paar Cognizant-types die van dat soort dingen houden —

wat meestal een financiële beloning betekent voor de familie van de overledene.

De mollige begrafenisondernemer die boven een nog niet geconserveerd lichaam zweeft, is zich niet van ons bewust.

De ordebewakers en de wachter kijken naar Valerian.

"Hij niet," zegt Valerian, en de begrafenisondernemer merkt nog steeds niets.

We controleren de rest van het mortuarium om te zien of er nog meer personeel is waar we naar kunnen kijken, maar vinden niemand. Terugkerend naar waar we vandaan komen, laten we de ordebewakers en de Senaatswacht achter om de ins en outs in dit mortuarium te bekijken en naar de volgende locatie op de lijst te vliegen.

En wederom hebben we een ontmoeting met ordebewakers en een van de ubers van de Senaatswacht, en opnieuw kan de begrafenisondernemer onze schuldige niet zijn — hij is een dwerg.

Ook bij het volgende mortuarium hebben we geen geluk. Of degene daarna.

Als we op het volgende dak landen, herken ik een van de ordebewakers — hij is de man die bij Hans de weerwolf had gekeken en zijn vinger eraf had gehakt.

"Hallo," zegt de vampier in kwestie tegen me.

"Virgil, dit is Bailey," zegt Valerian, terwijl hij de ordebewaker een afkeurende blik geeft.

De rest van de ordebewakers, evenals de kerel van de Senaatswacht, stellen zich voor.

Omdat ik niet goed ben met namen, herinner ik me alleen de naam van Virgil en die van de uber — Onassis.

Net als eerder doet Ariël alsof de vampiers niet bestaan en staart ze terwijl we naar de lift gaan naar de kwijlwaardige kont van Onassis.

"De naam van deze begrafenisondernemer is Wrakar," zegt Valerian, terwijl hij de informatie in zijn VR leest. Iedereen kijkt naar hem en hij vertelt ons hoeveel geld Wrakar het voorgaande jaar heeft verdiend en andere niet zo nuttige details.

Als we de verdieping van het mortuarium bereiken, lopen we vol vertrouwen naar binnen.

"Wacht," fluistert Felix wanneer het eerste lichaam in zicht komt. "Die sporen op het lichaam waren er niet in de andere mortuaria."

Hij heeft gelijk. De sporen zijn eigenlijk snedes in het vlees die van binnenuit met wat vreemde energie worden verlicht.

Is dit een luxe begrafenisprocedure waar ik nog nooit van gehoord heb? Als het de bedoeling was om de overledene er feestelijker uit te laten zien, dan is het een epische mislukking. Het snijwerk zorgt ervoor dat het lichaam er in plaats daarvan macaber uitziet.

Als ze de sporen ziet, wordt Ariël zo bleek als een vampier. "Niet weer," zegt ze en ze loopt achteruit.

Ik sta op het punt haar te vragen wat er gebeurt als

Virgil en de andere ordebewakers een energiestoot krijgen.

Voor een seconde lijken de vampiers verdoofd te zijn. Dan haalt de ordebewaker die het dichtst bij Valerian staat zonder een waarschuwing uit met zijn zwaard.

Door een wonder ontwijkt Valerian naar links — wat zijn gezicht recht in het traject van de vuist van een andere ordebewaker plaatst.

De impact van knokkels die bot raken is hoorbaar.

Valerian vliegt omhoog en stort in een onbeweeglijke hoop op de grond neer.

HOOFDSTUK EENENTWINTIG

NEE. **Niet Valerian.**

Mijn hart voelt alsof het implodeert.

Ik kan hem niet op deze manier kwijtraken. Hij is in orde. Dat moet gewoon.

Er is geen tijd om bij hem te kijken of na te denken over wat de puck er net is gebeurd. Misschien heeft de Senaat ons verraden, of misschien zijn de ordebewakers op de een of andere manier een onderdeel van Icelus — het maakt niet uit. Prioriteit nummer één is overleven en Valerian helpen.

Ik trek mijn pistool en schiet de ordebewaker neer die hem sloeg.

Er gebeurt niets.

Ik verander de niet-dodelijke instelling in de modus om te doden en schiet opnieuw.

Nog steeds niets.

Puck. Ik denk dat je met deze technologie geen vampier kunt doden.

Onassis moet hetzelfde weten. In plaats van zich druk te maken over het pistool, haalt hij zijn zwaard tevoorschijn en haalt hij uit naar de ordebewaker die ik net probeerde neer te schieten.

Het hoofd van de ordebewaker rolt weg.

Oef. De Senaatswacht staat tenminste aan onze kant.

Een andere ordebewaker valt Ariël aan. Ze steekt hem met een mes en Kit verandert in een cycloop en slaat een andere ordebewaker van zijn voeten voordat hij de overhand krijgt. Op hetzelfde moment maakt Itzel een bal van bliksem op haar handpalmen en slingert hem naar de borst van de ordebewaker die net probeerde om Valerian te onthoofden, terwijl Felix de gezichtsplaat van zijn robotpak laat zakken en de ordebewaker slaat die het dichtst bij hem staat.

De ordebewaker die niemand aanvalt, is Virgil, Valerians kennis.

Hij staat daar gewoon verstijfd te zijn, er is een blik van intense concentratie op zijn bleke gezicht te zien. Hij kijkt me aan en zegt tussen opeengeklemde tanden, "Ik probeer er zo goed als ik kan tegen te vechten. Hij is ongelooflijk sterk. Blijf bij me uit de buurt."

Wie is er sterk? Waar heeft Virgil het over?

"Dus dit is de illusionist die rond loopt te snuffelen," zegt een bekende stem van krakende vloerplanken.

Ik draai me om naar de spreker.

Dit moet Wrakar zijn, de begrafenisondernemer. En verrassing, verrassing: hij lijkt precies op de mysterieuze man in het puckmasker.

Het masker ontbreekt nu en het onthult een dun, leerachtig gezicht met een lelijk grimas. Als hij naar het onbeweeglijke lichaam van Valerian kijkt, snauwt hij, "Hij probeerde jullie allemaal te verbergen, maar ik kan door de ogen van de vampiers kijken." Hij zwaait naar Virgil. "En dan heb ik het nog niets eens over mijn liefjes gehad." Hij steekt zijn handen op en diezelfde veelkleurige energie stroomt vanuit zijn vingers in de lichamen op de platen.

"Ik wist het!" schreeuwt Ariël. "Een dodenbezweerder. Alweer."

Heeft ze eerder tegen een dodenbezweerder gevochten?

Wacht. Een dodenbezweerder? Dat verklaart een hoop.

Dodenbezweerders kunnen de doden opwekken en beheersen, dus je tijd in een lijkenhuis doorbrengen zou voor hun soort een natuurlijke keuze zijn. Ik heb ook een gerucht gehoord dat dodenbezweerders niet op Gomorrah mogen wonen — of op de meeste werelden waar vampiers de macht hebben — omdat ze de controle over vampiers kunnen krijgen.

Klinkt alsof dat toch geen gerucht was. Alle ordebewakers behalve Virgil zijn onder de betovering van Wrakar en Virgil kan elk moment zijn strijd voor vrijheid verliezen.

Terwijl ik dit alles verwerk, springen de lichamen op de platen naar beneden en kijken ze ons aan.

Zombies. Vers gemaakt.

Mijn hartslag gaat door het dak.

We zijn zo de puck.

HOOFDSTUK TWEEËNTWINTIG

EEN ZOMBIE DIE voorheen een bejaarde elfendame was, rent mijn kant op.

Een golf van woede verdringt mijn angst. Elfen leven een onpeilbaar lang leven, dus dat Wrakar het lichaam van deze oude vrouw niet respecteert, voelt als een misdaad tegen iets heiligs.

Geen wonder dat dodenbezweerders niet zijn toegestaan in Gomorrah. Ze zijn het ergste van het ergste.

Hoewel ik niet verwacht dat het werkt, mik ik op de slappe boezem van de elfendame en haal ik de trekker over.

Er gebeurt niets. Mijn pistool kan niet doden wat al dood is.

Omdat ik geen idee heb hoe sterk zombies zijn, draai ik me om om het op een lopen te zetten.

In mijn ooghoek zie ik iedereen met de nieuwe dreiging afrekenen.

Onassis schakelt met zijn zwaard een ordebewaker uit en snijdt dan een arm van een dryad-zombie eraf. De dryad blijft komen. Hij snijdt haar hoofd eraf. Het hoofdloze lichaam blijft bewegen.

Geweldig. Het is officieel erger dan ik dacht.

Twee ordebewakers en vier zombies hebben Felix in een hoek gedreven. Het borstgedeelte van de robot gaat open en er verschijnen twee gigantische geweren en ze schieten op de aanvallers van Felix.

Boem.

In de afgesloten ruimte is de explosie oorverdovend.

De aanvallers van Felix zijn in stukken, maar de andere zombies en ordebewakers in zijn buurt draaien zich allemaal zijn kant op.

Puck.

De dodenbezweerder moet nu Felix als het gevaarlijkste doelwit beschouwen — hij realiseert zich niet dat die geweren geen herlading hebben.

Niet ver van waar ik sta, schopt Ariël ondertussen een dwerg-zombie en stuurt ze hem als een gigantische voetbal de lucht in. "Dood de dodenbezweerder!" schreeuwt ze hijgend. "Dat is de enige manier om ze te stoppen."

Ze moet het tegen Felix hebben, die zijn kans heeft verpest om te doen wat ze zegt door al met die wapens te schieten.

Onassis denkt echter dat Ariël tegen *hem* praat. Hij trekt zijn pistool en probeert Wrakar te grazen te nemen, maar de dodenbezweerder verstopt zich achter een muur van lijken, waardoor de Garde niet goed kan richten.

Onassis schiet blind. Er gebeurt niets. Hij schiet weer. Hetzelfde resultaat. Voordat hij nog een schot kan afvuren, slaat een ork-zombie hem in zijn gezicht.

Ik spring naar rechts, waarvandaan ik denk dat ik nog steeds kan schieten. Hoezeer de dodenbezweerder ook de huidige instelling van mijn pistool verdient, schakel ik over naar de niet-dodelijke modus — een dode dodenbezweerder kan ons niet vertellen waar de bom is. Als hij knock-out is, zullen de zombies hopelijk ook stoppen.

Ik richt.

Een knoestige hand grijpt mijn pistool bij de loop vast. Het is een zombie van een oudere uber — die er zelfs nu nog heet uitziet, op een oudere heer soort van manier. Met een ruk trekt de zombie het pistool uit mijn greep.

Ik vroeg me af of zombies zo sterk waren als de mensen van wie ze zijn gemaakt, en wat de uber vervolgens doet, bevestigt mijn vermoeden.

Met nauwelijks moeite verpulvert hij het pistool in kleine stukjes.

Puck.

Nu het wapen is vernietigd, haalt de uber-zombie met een logge uithaal uit naar mijn hoofd.

Ik ontwijk hem met gemak. Sterk of niet, deze zombie is niet zo snel als toen hij nog leefde.

Door zijn gebrek aan snelheid in mijn voordeel te gebruiken, spring ik weg.

Een dunne, oudere vrouwelijke waterspuwer-zombie haast zich naar me toe.

Ik ontwijk haar en duik ook onder de uitgestrekte handen van de cycloop-zombie door.

Een ordebewaker hakt bijna mijn hoofd eraf als ik hem passeer. Dan proberen twee zombies met hun lichamen tegen me aan te rammen, en ik vermijd ze net aan.

Terwijl ik mijn tanden op elkaar klem, blijf ik ontwijken en in het mortuarium rondrennen, me als een elf met anorexia voelend die American football speelt met orks.

Als ik een moment krijg dat niemand me probeert te stoppen, haal ik de slaapgranaat tevoorschijn. Mijn gedachten tollen verwoed rond. Moet ik het doen? In de besloten ruimte zouden we allemaal onder zeil gaan, inclusief de dodenbezweerder en Valerian — als hij nog leeft. De zombies zouden in dat geval moeten stoppen, maar als de dodenbezweerder eerst wakker wordt, dan zijn we slechter af dan nu.

Er zijn alleen vampiers in het spel. Ze slapen niet. Zouden ze normale ordebewakers worden zodra de dodenbezweerder onder zeil is?

Dat *zou* logisch zijn.

In mijn overpeinzingen vergeet ik op mijn tellen te passen — en ik moet er duur voor betalen. Een ork-zombie geeft me een duwtje en laat me naar Valerian vliegen, terwijl de ongebruikte granaat uit mijn hand glijdt en op de grond valt.

Ik land zo hard dat de lucht mijn longen verlaat en er een schok van pijn door mijn hele lichaam gaat.

Verbaasd, tegen misselijkheid vechtend, bekijk ik het slagveld.

Itzel ziet er steeds bleker uit en ze schiet bliksemballen op de aanvallers. Dit is niet goed. Er zijn maar zoveel keren dat ze die kracht kan gebruiken voordat ze flauwvalt.

Met Felix gaat het niet veel beter. Een ordebewaker en een zombie slaan tegen zijn kapotte pak, en hij reageert niet.

De persoon waar het relatief goed mee gaat, is Kit. Ze is nu in de vorm van een reus, en weert twee ork-zombies en vier ordebewakers af.

Er komt een schaduw over me heen, en ik kijk omhoog

Het zwaard van een ordebewaker zwaait op me af.

Nou, puck.

De dodenbezweerder staat op het punt een nieuw lijk te krijgen om op te wekken.

HOOFDSTUK DRIEËNTWINTIG

PIJN EXPLODEERT IN mijn lichaam terwijl ik mezelf opzij gooi, rollend voor alles wat ik waard ben.

Ik ben alleen niet snel genoeg. Het zwaard snijdt door mijn bovenarm, het mes supernova heet als het mijn vlees scheidt.

Het vergt al mijn wilskracht om niet flauw te vallen als een golf van misselijkheid me overvalt.

De ordebewaker heft het zwaard weer op.

Er glinstert een donkere vlek in mijn zicht. Voordat ik begrijp wat er gebeurt, blokkeert het zwaard van Onassis het zwaard van de ordebewaker.

Hijgend probeer ik rechtop te zitten en uit de weg te gaan van de vechtende zwaarden.

Mijn lichaam werkt niet mee. Moet te beschadigd zijn.

Goed dan. Ik laat plassen bloed achter me en begin te kruipen. En kruipen. En kruip nog een beetje. Als ik geen centimeter meer kan bewegen, gluur ik over mijn schouder.

De ordebewaker geeft de uber een kopstoot en scheurt met scherpe vampiertanden in zijn keel.

Onassis wankelt achteruit.

"Nee!" schreeuwt Ariël van ergens in de buurt.

De vampier steekt met zijn zwaard. Er is het geluid van een borstplaat die breekt, en Onassis zakt op de vloer.

Puck. Arme jongen.

De orderbewaker vervaagt en schiet naar me toe en heft het zwaard weer op.

Alleen is Ariël er al. Met haar mooie gezicht verwrongen van woede, onthoofdt ze hem met een zwaard dat ze van een van de andere vampiers moet hebben afgepakt.

Er stroomt bloed uit het hoofdloze lichaam van de ordebewaker en het besproeit mijn gezicht.

Een duizend keer gatver. Van alle lichaamsvloeistoffen is bloed mijn minst favoriete. Ik kan niet geloven dat ik het heb doorgeslikt om wakker te blijven.

Ariël bukt om me te helpen opstaan, maar een cycloop-zombie grijpt haar bij de keel. Ze draait zich om en haalt naar hem uit en onthoofdt hem in één snelle beweging.

De hoofdloze cycloop rukt aan haar zwaard, rukt het uit haar greep terwijl hij haar blijft wurgen.

Ik knars met mijn kiezen. Puck dit. Ik ga niet Ariël of iemand anders laten sterven.

Ik haal mijn vinger door het vampierbloed op mijn gezicht en steek het in mijn mond. Ik vecht tegen mijn kokhalsreflex en slik.

Er is deze keer geen genot, alleen de gelukzaligheid dat mijn pijn verdwijnt als mijn wonden in een oogwenk herstellen. Ik zal in de toekomst nog waakzamer moeten zijn als het om vampierbloedverslaving gaat, maar voor nu heb ik de energie om overeind te springen.

Ariël ziet er bleker uit dan de dode ordebewaker aan onze voeten.

Ik pak een zwaard van de vloer en snijd de rechterarm van de cycloop eraf en dan de linker.

Nu Ariël bevrijd is, haalt ze diep adem en pakt een zwaard en verandert ze al snel de rest van de cycloop-zombie in gehakt.

Haar achterlatend om met de volgende zombie af te rekenen, sprint ik naar de slaapgranaat. Een gereanimeerde elf haalt naar me uit, dus hak ik zijn hoofd eraf. Een dwerg-zombie is de volgende en krijgt dezelfde behandeling. Tot slot heb ik de granaat in mijn hand.

Zijn de dingen wanhopig genoeg voor deze maatregel?

Ik kijk verwoed naar het slagveld.

Ariël bloedt, maar vecht nog steeds tegen de zombies en ordebewakers die op haar afkomen. Itzel ligt echter onbeweeglijk op de grond; ze is flauwgevallen van te veel bliksemballen maken, of ze is knock-out geslagen of gedood. Het pak van Felix ziet eruit als een blikje dat door een auto is overreden, en zelfs Kit ziet er in haar gigantische vorm moe uit.

Er is geen keus.

Ik moet nu handelen.

De rug van Kit blokkeert mijn zicht op Virgil, maar ik neem aan dat hij nog steeds staat waar hij was.

"Virgil, maak me wakker," schreeuw ik, in de hoop dat hij ondanks het lawaai mijn woorden kan onderscheiden. "En dood Wrakar niet!"

Natuurlijk gaat dit ervan uit dat een slapende dodenbezweerder de macht over vampiers zal verliezen — een veronderstelling waar ik geen bewijs voor heb.

Nou, op hoop van zegen.

Ik houd mijn adem in, activeer de granaat en gooi hem in de richting van Wrakar.

Wrakar moet onmiddellijk onder zeil gaan, omdat de zombies en de ordebewakers in rare houdingen verstijven. Ik denk dat ze wachten tot hun poppenspeler wakker wordt uit zijn dutje.

Niet goed. Als Virgil daar bevroren staat, dan gaat mijn plan niet werken.

Kit is de volgende die bezwijkt, haar gigantische gestalte stort met een zware plof neer.

Ik kan Virgil nu zien en mijn hart zakt in mijn schoenen.

Hij is niet verstijfd zoals zijn volgers, maar dat maakt niet uit. Iemand heeft zijn polsen en enkels geboeid, dus al zijn bewegingen zijn slechts een test van zijn bindingen, die zijn bovennatuurlijke kracht lijken aan te kunnen.

Puck. Wie gaat me wakker maken?

Voordat ik een antwoord kan bedenken, bereikt het gas me en val ik in slaap.

HOOFDSTUK VIERENTWINTIG

MAM EN IK staan oog in oog bij een snelweg, we kijken elkaar aan als twee revolverhelden in een Western.

"Ik laat je niet in me droomwandelen," zegt mama vastberaden.

Ik houd mijn hoofd schuin. "*Laat* je me dat niet doen?"

"Ja," zegt ze, terwijl haar zelfvertrouwen wankelt. "Ik zal je met alle middelen die nodig zijn tegenhouden."

"Is dat zo?"

Mams vuisten ballen zich. "Ik sterf liever."

Ik rol met mijn ogen. "Vind je dat niet overdreven dramatisch?"

"Ik meen het." Ze kijkt naar de weg en kijkt mij weer aan. "Ik zal voor de eerste auto springen die op mijn pad komt."

Ik geloof haar niet.

Ze springt.

Ik stop met ademen.

De auto ramt tegen haar aan. Ze maakt een salto in de lucht en landt onherstelbaar gebroken op haar rug.

Nee! Wat heb ik gedaan? De afschuw is overweldigend.

Ik stap bevend naar achteren, met mijn hand tegen mijn mond gedrukt. Ze is dood. Oh puck, ze is dood. Ik heb haar vermoord.

Nee, ze heeft zelfmoord gepleegd. Door mij.

Er is herrie achter me.

Ik draai me om en wrijf in mijn ogen.

Daar op de stoep vechten een stel ordebewakers met Ariël, Felix, Kit en Valerian.

Ik wil me erheen haasten om ze te helpen, maar ik ben verstijfd en kan nog steeds niet ademen.

Verlamd kijk ik toe hoe de vampiers mijn vrienden één voor één vermoorden. Wanneer Valerian zijn laatste adem uitademt, ontploft het gebouw achter het bloedbad. Er verschijnt een gigantische paddenstoelwolk in de lucht en de muur van hitte verspreidt zich naar buiten, waardoor de vampiers en de lichamen van mijn vrienden op zijn pad worden gedecimeerd.

Mijn verlamming verdwijnt en ik gooi mijn handen als een schild omhoog — alsof dat een verschil zal maken voor de miljoenen graden Celsius die mijn kant op komt.

Wacht. Er ontbreekt iets aan mijn pols.

De pluizige armband.

Pom.

Zodra ik dit besef, weet ik wat er aan de hand is.

Ik droom.

Ik bevries de explosie en draai me om.

Mams gebroken lichaam ligt nog steeds op de weg, en om de een of andere reden voelt het als heiligschennis om mijn krachten te gebruiken om het te laten verdwijnen.

Dit is geen droom, althans niet helemaal. Mam is voor een auto gesprongen. Dat komt door mij.

Ze heeft door mij geprobeerd om zelfmoord te plegen.

De kennis hamert op me, grimmig en brutaal, de schuld is zo zwaar dat ik zelfs in de droomwereld door mijn knieën zak. Ik denk dat een deel van me nog steeds in ontkenning was voor dit moment, nog steeds hoopte dat het op de een of andere manier allemaal een leugen was.

"Mam," fluister ik, terwijl ik mijn hand naar haar lijk uitstrek. Ik weet dat ze in de wakkere wereld in een coma ligt, niet dood is, maar dat kan ze net zo goed wel zijn.

Er is geen garantie dat ik in staat zal zijn om haar te redden, dat ik in staat zal zijn om wie dan ook te redden. Valerian en m'n vrienden zijn misschien al dood. Met mijn stomme gok met de slaapgranaat, heb ik ze waarschijnlijk allemaal gedood — en ook nog eens miljoenen Gomorranen.

"Dat is gewoon stom," zegt Pom. "En dit komt van iemand die erg bekend is met schuldgevoelens."

Ik kijk omhoog naar mijn looft.

Poms kleur fluctueert van rood naar worteltjesoranje terwijl hij in mijn armen springt.

Ik knijp hem zo hard dat ik hem waarschijnlijk pijn zou doen als dit de echte wereld was geweest.

"Het spijt me," zegt hij, terwijl hij zich uit mijn greep wurmt. "Ik heb in één keer twee beloftes gebroken."

Het is waar. Ik heb hem gevraagd om nooit in mijn natuurlijke dromen te verschijnen, omdat ik er meestal als een normaal persoon van geniet. Ik heb hem ook gevraagd om mijn gedachten niet te lezen — om voor de hand liggende redenen.

Ik lach beverig. "Ik vergeef je. Sterker nog, de volgende keer dat ik een nachtmerrie heb die zo erg is als deze, wil ik dat je tevoorschijn komt en me vertelt dat ik droom.

"Dat zal ik doen." Hij knippert met zijn grote lavendelkleurige ogen naar me. "Als je jezelf nu maar net zo gemakkelijk zou vergeven als je mij hebt vergeven."

Ik leun achterover. "Je begrijpt het niet."

"Niet?" De punten van zijn oren worden grijs. "Die droom klopt niet. Je zou nooit zo tegen je moeder praten."

"Dus?" Ik kijk naar het gebroken lichaam. "Het resultaat was hetzelfde."

Pom zucht. "Je moeder was een puinhoop. Je wilde haar helpen. Misschien pushte je een beetje, maar je wist niet wat er zou gebeuren. *Zij* heeft de keuze gemaakt om voor die auto te springen — einde van het verhaal."

Rationeel gezien weet ik dat hij een punt heeft. Ik probeerde gewoon te begrijpen waarom mama zo depressief en teruggetrokken was, en het enige wat ik zei was, "Als je symptomen blijven verergeren, dan heb ik misschien geen keuze."

En ik heb niet gelogen. Toen haar leven op het spel stond, had ik mijn gelofte gebroken — en ik zou het opnieuw doen. Ik *zal* het opnieuw doen als ik er klaar voor ben.

Ik haal diep adem.

Dit helpt niet echt.

Wat ik rationeel gezien ook weet, de zware druk van het schuldgevoel weigert te verminderen.

"Nou, dat zou het wel moeten doen," zegt Pom, terwijl hij mijn gedachten opnieuw duidelijk leest. "En trouwens, je hebt zeker niet de dood van je vrienden veroorzaakt." Pom knikt naar de bevroren explosie. "Houd in gedachten dat als de bom in de wakkere wereld echt was ontploft, we nu allebei dood zouden zijn en dus niet zouden praten."

Oh, puck. Mijn vrienden. De bom.

Tijdens mijn zelfkastijding was ik het echte gevaar vergeten waar we in zitten.

Pom gnuift. "Denk je?"

"Je hebt op zoveel manieren gelijk." Ik spring overeind. "Als ik droom, dan betekent dit dat ik in REM-slaap ben en dus is het ongeveer negentig minuten geleden dat de gasgranaat is geëxplodeerd."

De punten van Poms oren worden paars terwijl ik verderga. "Als Wrakar wakker was geworden, dan was ik al dood geweest. Dat betekent dat hij nog slaapt. Maar, net als ik, zou hij in REM-slaap kunnen zijn. Dat betekent dat een nachtmerrie hem wakker kan maken — en dan is het game over voor ons."

"Precies." Pom stuitert van de ene pluizige poot naar de andere. "Het is bijna alsof je jezelf als straf probeerde te doden."

Puck. Heeft hij gelijk? Heeft het schuldgevoel er bijna voor gezorgd dat ik het opgaf?

Nou, niet meer. Ik ben klaar met zwelgen. Ik zal het schuldgevoel misschien nooit helemaal loslaten, maar ik kan me er niet door laten verlammen. Als mam me wil uitschelden als ze wakker wordt, dan heeft ze het volste recht om dat te doen, maar ik moet stoppen met mezelf te straffen. Ik kan het verleden niet veranderen. Het enige wat ik kan doen is deze bom stoppen, haar wakker maken en haar vragen om me te vergeven. En mettertijd zal ik misschien ook leren om mezelf te vergeven.

"Ja, veel beter." Pom is volledig paars als hij in mijn armen springt. "Nu praat je op de goede manier."

Ik schud mijn hoofd van ergernis — ik was niet aan het praten, ik dacht — en druk hem tegen mijn borst en breng ons naar de toren van slapers. Ik wil me kostbare seconden besparen om te zien of mijn vrienden in orde zijn.

Onmiddellijk vervaagt mijn opluchting, mijn borst wordt strakker terwijl ik de nisjes bekijk.

Ze zijn er niet.

Poms vacht wordt donkerder. "Dit *kan* betekenen dat ze hun REM-slaapcyclus nog niet hebben bereikt."

Ik zet hem neer. "Juist. Het is ook mogelijk dat ze al bewusteloos waren toen het gas hen raakte — bewusteloze mensen dromen niet."

Plotseling verschijnt Kit in haar bed.

Ik schreeuw bijna van opluchting. Zonder na te denken spring ik in haar kamer en spring in haar droom.

Vanzelfsprekend droomt Kit van een orgie.

Ik laat al haar partners weggaan en leg uit dat ze slaapt.

"Maak me wakker," zegt ze. "Maak daarna jezelf wakker zodat we dit kunnen afmaken."

Grijnzend doe ik dat.

HOOFDSTUK VIJFENTWINTIG

IK SCHRIK WAKKER.

Er hangt een gezicht boven mijn hoofd. Het gezicht van een reus — waarschijnlijk de slechtste manier om wakker te worden.

Als ze me ziet schrikken, verandert de reus in Kit.

Ik ga rechtop zitten. "Bevrijd Virgil en maak Wrakar vast," zeg ik dringend. "Maak hem niet wakker, maar als hij zelf wakker wordt, hak dan zijn rechter wijsvinger eraf. Hij heeft nog steeds de informatie die we nodig hebben, en we willen niet dat hij zelfmoord pleegt zoals die weerwolf."

Met ogen die glinsteren van bloeddorst, haast Kit zich om te doen wat ik heb gevraagd, terwijl ik overeind spring en mijn omgeving onderzoek.

Eindelijk bevrijd, zie ik Virgil die er vermoeid uitziet. Ik roep wat bevelen naar hem, en dat lijkt hem uit zijn verdoving te halen. Haastend naar wat er nog van de robot van Felix over is, begint hij te bewegen.

Omdat Ariël het dichtst bij me is, controleer ik haar vitale functies en bereid me voor op het ergste.

Oef. Ze heeft een polsslag.

Ik sprint naar Itzel.

Weer een flatgebouw van mijn schouders. Hoewel Itzel er nog slechter aan toe is dan Ariël, zal ze duidelijk blijven leven.

Ik draai me om naar Virgil. Hij hangt boven Felix, die er onder het wrak van zijn pak uitziet als een gigantische blauwe plek.

"Hij gaat het halen," vertelt de vampier me, tot mijn opluchting.

En nu voor de controle die ik het meest vrees.

Naar de plek sprintend waar Valerian neerviel, voel ik aan zijn pols.

Hij is zwak, maar het is er.

Ik adem uit, mijn knieën knikken van opluchting. Hij blijft leven. Ik ben hem niet kwijtgeraakt.

En dat ga ik ook niet doen.

Ik ga met mijn vinger door het vampierbloed dat nog op mijn gezicht zit en steek het in Valerians mond. Ik weet dat ik hem hiervoor gewaarschuwd heb, maar wanhopige tijden vragen om wanhopige maatregelen. Net als ik kan hij vanaf vandaag cold turkey gaan.

Zijn ademhaling verbetert onmiddellijk. Een seconde later knipperen zijn ogen open en worden ze groter als ze mij bedekt met bloed zien.

"Het is niet van mij," zeg ik snel terwijl hij rechtop gaat zitten. "Er was een gevecht. Ariël heeft een vampier onthoofd. Beloof me dat je hun bloed nooit meer zult drinken nadat —"

"Het is goed," onderbreekt hij me. Hij scheurt een mouw af en veegt het bloed van mijn gezicht.

"We hebben hier geen tijd voor," mompel ik en duw hem weg. "De anderen —"

"Geen bloed," blaft de nu ontwaakte Ariël naar Virgil. "Ik zal zelf genezen."

De vampier ziet er beledigd uit. "Ik was niet van plan om je er iets van te geven. Ordebewakers overtreden de wet niet."

Allemaal goede punten. Ze zou niet het risico moeten nemen met de genezing waar Valerian en ik voor hadden gekozen, niet na al die bezoeken aan de afkickkliniek. Virgil heeft ook gelijk: iemand zijn bloed geven is zeer illegaal. Bij gebruik in medicinale omgevingen komt vampierbloed van een anonieme donor en artsen weten hoe ze ermee om moeten gaan om verslaving te minimaliseren.

Er is een reden waarom ik het van Napoleon moest krijgen.

Ik vang Virgils blik. "Kun je medische hulp voor hen halen?"

"Het is onderweg," antwoordt hij.

Valerian springt overeind en kijkt om zich heen. "Waar is Wrakar?"

"Hij slaapt," zeg ik. "Hopelijk. "

Als één rennen we naar de achterkant van het mortuarium.

We vinden de dodenbezweerder op de grond, met

Kit over hem heen gebogen, met haar zwaard klaar voor een aanval.

"Zodra hij in REM-slaap is, ga ik naar binnen," fluister ik tegen Valerian.

"Wees voorzichtig," antwoordt hij met een lage stem. "Jouw manier is niet de enige manier om de informatie te krijgen die we nodig hebben."

Ik knik en kijk naar Wrakars gesloten ogen voor enig teken van beweging. Dan bereiken harde stemmen mijn oren.

Het zijn de hulpverleners. Ze zijn gekomen om Ariël, Itzel en Felix mee te nemen.

"Maak je geen zorgen. Ik blokkeer zijn gehoor." Valerian knikt naar de dodenbezweerder.

Interessant. Ik wist niet dat zijn kracht zelfs op slapende mensen werkte.

Valerian loopt naar het wapen van Onassis, gaat dan naar een ambulance-dwerg en praat een paar seconden met hem. Als hij terugkomt, zie ik dat hij ook een hygieia-apparaat heeft.

"Waar ging dat over?" vraag ik, terwijl ik naar de hulpdiensten kijk.

Valerian haalt de hygieia van top tot teen over me heen. "Ik heb ervoor gezorgd dat ze Felix en zijn gezelschap naar hetzelfde ziekenhuis als je moeder zullen brengen. En ik heb gezegd dat ze de kosten op mijn rekening moesten zetten."

Als we alleen waren, dan zou ik hem waarschijnlijk twee keer kussen — één keer voor het desinfecteren en nog een keer dat hij voor mijn vrienden heeft gezorgd.

En dan misschien nog een derde keer omdat hij nog leeft.

En een vierde keer, gewoon voor mezelf.

"Mag ik in ieder geval die vinger er nu afhakken?" zegt Kit.

Ik draai me naar haar om. "Niet doen. Dat zou hem wakker maken."

Ze fronst. "Hij heeft mijn vrienden pijn gedaan. Hij moet boeten."

"En hij zal boeten," zegt Valerian duister. "Maak je daar maar geen zorgen over."

Daarna kijkt iedereen in sombere stilte naar de slapende Wrakar totdat ik dat vreemde gevoel weer voel, het gevoel dat er iemand in de buurt is die in REM-slaap gaat.

Ik controleer Wrakars ogen om het zeker te weten.

Yep. Hij droomt.

Ik pak het hygieia-apparaat van Valerian en maak een plekje op de pols van de dodenbezweerder schoon en raak het met grote tegenzin aan.

Een moment van concentratie later, ben ik in de droomwereld.

HOOFDSTUK ZESENTWINTIG

"NOU?" eist Pom. "Hoe gaat —"

"Nog steeds bezig met het redden van Gomorrah," antwoord ik en ik haast me naar de toren van slapers.

Als ik de dodenbezweerder lokaliseer, sla ik een zucht van opluchting als ik het gebrek aan wolken boven zijn hoofd zie. Het laatste wat ik wil is met de traumalus van een dodenbezweerder af moeten handelen.

"Zal dit eng zijn?" fluistert Pom.

Ik haal mijn schouders op, mijn blik blijft op mijn doelwit gericht. "Ik zou deze laten zitten als ik jou was."

"Oké, dat zal ik doen," zegt Pom en begint zijn verdwijningsact van de Cheshire-kat. Wanneer alleen zijn mond nog zichtbaar is, gooit hij eruit, "Veel succes."

Ik adem diep in, raak Wrakars pols aan en duik erin.

MIJN OMGEVING IS BEKEND — en het slaat nergens op.

Onder mijn voeten zijn de kalme wateren van een eindeloze zwarte oceaan en boven me is een boze, vurige lucht te zien.

Dit lijkt precies op de plek waar alle subdromen plaatsvinden, maar dat kan alleen niet kloppen: ik controleer nogmaals of Wrakar in de REM-slaap is. En wat nog belangrijker is, als ik in subdromen zit, dan realiseer ik me nooit dat dat is wat er gebeurt.

Waarom en hoe zou Wrakar hierover kunnen dromen? Heeft een droomwandelaar de subdromen aan hem beschreven? Dat zou betekenen dat andere droomwandelaars de zwarte oceaan en de vurige lucht zien als ze in subdromen belanden, en ik dacht dat dat gewoon mijn onderbewustzijn was die aan het werk was.

Er komt iets anders bij me op, iets nog vreemders.

Ik zie Wrakar nergens.

Vreemd. Kan een dromer niet in zijn eigen droom zitten?

Als ik om me heen kijk, realiseer ik me dat de dodenbezweerder niet helemaal ontbreekt. Als ik me concentreer, voel ik een aanwezigheid.

Een aanwezigheid die langzaam uit het niets vorm krijgt om op de oceaan voor me te staan.

Als ik het zie, dan realiseer ik me dat hij — of het — helemaal niet op de dodenbezweerder lijkt, zelfs niet op iemand die door de meest nachtmerrieachtige verbeelding vervormd is.

Het wezen is mensachtig, maar groter dan de grootste reus. Zelfs zonder dit formaat zou het het meest angstaanjagende zijn waar ik ooit naar heb gekeken — maar vreemd genoeg kan ik niet uitleggen waardoor ik er zo bang van word. Zijn gezicht is mooi, maar op een verschrikkelijke, overweldigende manier.

Als ik zou moeten bepalen waardoor dat komt, dan zou ik zeggen dat het door zijn ogen komt. Ze doen me aan zwarte gaten denken. Als ik in hen kijk dan is het alsof ik elke nachtmerrie zie die ik ooit heb meegemaakt. Alsof je als een klein kind onder een donker bed kijkt. Alsof je de vloer likt in een openbaar toilet. Alsof je —

"Ga weg," galmt het schepsel en zijn melodieuze stem roept al mijn angsten op.

Een beeld van mijn vrienden die sterven voordat ze het ziekenhuis bereiken, flitst door mijn hoofd. Dan een waarin mama nooit meer wakker wordt. Dan —

"Ga weg!" herhaalt de stem, en zomaar ineens word ik uit de droom getrapt.

HOOFDSTUK ZEVENENTWINTIG

"WAAR IS DE BOM?" eist Valerian zodra ik uit de trance kom.

Ik schud mijn hoofd, mijn hart bonst in mijn borst terwijl ik me terugtrek van de dodenbezweerder en tegen Virgil op bots die in de buurt staat.

"Wat is er gebeurd?" gromt Valerian.

"Ik weet het niet." Ik hap naar adem. "Hij had in zijn droom een eng gedaante aangenomen, en op de een of andere manier heeft hij me eruit gegooid — maar ik ga terug naar binnen."

Valerian stapt voor me voordat ik Wrakar weer kan aanraken. "Hij is niet meer in REM-slaap. Ik wil niet dat je je gezond verstand riskeert — niet wanneer er andere manieren zijn om hem te laten praten."

En inderdaad, dat gevoel wat ik heb als ik een slaper in de buurt heb, is verdwenen, en de ogen van de dodenbezweerder schieten niet langer rond achter zijn oogleden.

Ik haal diep adem om mijn nog steeds snelle hartslag te kalmeren. "Dus hoe gaan we dit doen?"

Valerian haalt het pistool tevoorschijn, schakelt het over naar de niet-dodelijke modus en schiet de dodenbezweerder in het hoofd. "Verwijder de vinger," zegt hij tegen Kit. "Daarna wil ik hem in mijn vliegende auto hebben."

Kit glimlacht grimmig en hakt Wrakars hele hand er bij de pols af.

Virgil maakt van een mouw een tourniquet om het bloeden te stoppen en gooit de dodenbezweerder als een zak rotte aardappelen over zijn schouder. We volgen hem terwijl hij hem naar de auto draagt en Valerian schiet elke paar minuten met het pistool op de dodenbezweerder.

Zodra Wrakar in de auto zit, geeft Valerian Virgil een verontschuldigende blik. "Je kunt niet met ons meegaan."

Juist. In de lucht, ver van vampiers en lijken vandaan, zal Wrakar zo goed als machteloos zijn.

Virgil knikt met tegenzin.

Kit en ik stappen na Valerian in de auto en we gaan de lucht in terwijl ik probeer te begrijpen wat er in de droom van de dodenbezweerder is gebeurd. Ik heb nog nooit zoiets gezien. Hij moet een verschrikkelijke verbeelding hebben om zo'n schepsel te manifesteren.

Net als we door de wolken gaan, kreunt Wrakar, opent dan zijn ogen en schreeuwt van de pijn.

"Ah," zegt Kit gemeen. "Kijk eens wie er eindelijk wakker is."

"Blijf daar," zegt Valerian tegen ons en hij wijst met zijn handen naar Wrakar.

Eerder deed hij zijn illusies stiekem; hij hoefde nooit de energiebogen te tonen zoals Hekima deed. Maar deze keer is de energie te zien. Of hij steekt meer illusoire kracht in wat hij ook gaat doen, of hij wil gewoon pronken.

Wrakars geschreeuw wordt luider. In plaats van pijn, zit er nu angst in, het soort angst dat ik in zijn droom voelde. Zijn lichaam stuipt krampachtig, en hij klauwt naar zichzelf met zijn enige overgebleven hand, alsof hij iets doodt dat alleen voor hem zichtbaar is.

Wat Valerian hem ook laat zien, het moet inderdaad verschrikkelijk zijn.

Het geschreeuw gaat maar door, voor wat aanvoelt als een uur. Ten slotte stopt Valerian de energiestroom en zegt gelijkmatig, bijna op een gesprekstoon, "Waar is de bom?"

Wrakar schudt zijn hoofd.

Valerian schiet weer met de energie op hem. Het geschreeuw en de klauwspasmen gaan nog langer door.

"Waar is de bom?" vraagt Valerian opnieuw. "Vertel het me, en dit kan allemaal stoppen."

"Het hub-gebouw," zegt Wrakar moeizaam. "Op de honderdste verdieping."

"Het hub-gebouw bevindt zich in de buurt van het midden van de ontploffingsradius," zeg ik. "Misschien vertelt hij ons de waarheid."

"Het is een goede locatie," zegt Kit, die in de

dodenbezweerder verandert, maar met de hand eraan bevestigd. "Er is op slechts een lift afstand een handige ontsnapping naar de Andere Werelden."

Valerian werpt een dreigende blik op onze gevangene. "Wie bewaakt de bom?"

Wrakar antwoordt niet.

Valerian herhaalt de illusie van marteling.

"Iedereen," zegt Wrakar hees als hij eindelijk stopt met schreeuwen. "Ik stond op het punt om er zelf heen te gaan."

Valerian implementeert de illusie opnieuw, wacht tot de dodenbezweerder stopt met schreeuwen en vraagt, "Wanneer zal de bom ontploffen?"

Wrakar kijkt op dat moment op het dashboard van de auto en grijnst als een maniak. "Over zevenentwintig minuten."

De moed zakt me in de schoenen.

Ik weet niet zeker of we tegen die tijd zelfs wel bij het hub-gebouw kunnen zijn, laat staan dat we iets kunnen stoppen om te gebeuren.

"Auto, activeer de turbomodus," blaft Valerian.

Turbomodus? Gingen we daarom eerder zo snel?

Valerian blaft meer orders naar de auto, inclusief het adres van het gebouw in kwestie. Met een ruk duikt de auto onder de wolken en zoomt in de richting van de hub met een snelheid die me in mijn stoel duwt.

Puck. *De turbomodus* wordt ook wel *raketmodus* genoemd.

Het gepijnigde gejammer van Wrakar negerend, neemt Valerian in zijn VR contact op met de Senaat en vertelt waar ze mensen heen moeten sturen. Dan begint hij te vloeken.

"Wat is er gebeurd?" vraag ik.

Hij gebaart om het gesprek met de Senaat te beëindigen. "De pucking idioten denken niet dat ze iemand daar binnen de toegewezen tijd kunnen krijgen."

Kit wrijft haar handen tegen elkaar. "Het lijkt erop dat het aan ons drieën is om de bom te stoppen. Wat leuk."

Als dit allemaal voorbij is, dan zal ik Kit het slechte nieuws moeten vertellen: ze lijkt haar seksverslaving door een verlangen naar geweld te hebben vervangen. En als we dan toch bezig zijn, dan zal ik haar er bewust van maken wat de echte definitie van het woord 'leuk' is.

Valerian schiet Wrakar weer neer met zijn mojo. Nadat hij het schreeuwen voldoende acht, stopt hij de marteling en vraagt, "Hoe deactiveren we de bom?"

"Ik weet het niet," zegt Wrakar hees. "Alleen de Hogepriester weet het."

Fronsend schiet Valerian Wrakar nog een paar keer met de illusie-energie neer, maar het antwoord blijft hetzelfde.

Valerian kijkt naar Kit. "Heb je een manier om hem tijdelijk uit te schakelen? Als we dat gebouw binnenlopen en het blijkt dat hij heeft gelogen, dan wil ik dat hij leeft om er spijt van te krijgen."

Kit ziet er even bedachtzaam uit en grijnst dan. "Als

je niet van spinnen houdt, dan wil je misschien even wegkijken."

Ik weet niet hoe het met Valerian zit, maar ik trek mijn blik weg en leg voor de goede orde mijn handen op mijn oren.

Zelfs door mijn handpalmen heen hoor ik Wrakar schreeuwen van afschuw. Hij zweert op alles, van de overblijfselen van zijn moeder tot zijn eigen leven, dat hij niet tegen ons heeft gelogen, en hij smeekt Kit om te stoppen met wat ze ook doet.

Uiteindelijk moeten de stembanden van Wrakar het begeven hebben, want in plaats van te schreeuwen, produceert hij alleen nog maar een langdurig hees gekraak.

"Zo," zegt Kit uiteindelijk. "Hij gaat nergens heen."

Als ik me omdraai, zie ik wat ik een soort van had verwacht — en het is nog steeds extreem verontrustend. Het spookachtige gezicht van de dodenbezweerder steekt uit een gigantische zijden cocon van het type dat spinnen gebruiken om hun prooi in te wikkelen.

"Dus," zeg ik met een trillende stem. "Wat is het plan?"

"We gaan naar binnen," zegt Valerian. "Ik zal ervoor zorgen dat ze ons niet kunnen zien. Als we weten wie de Hogepriester is, dan pakken we hem, terwijl ik ervoor zorg dat de anderen er niets van merken. En dan laten we hem ons vertellen hoe we de bom moeten uitschakelen, en dat gaan we dan ook doen. Daarna kan ik ervoor zorgen dat Icelus elkaar vermoordt, of misschien kunnen we ze een voor een knock-out slaan." Hij kijkt me aan. "Wat heb je liever?"

"Ze knock-out slaan is veiliger," zeg ik. "We weten niet welke krachten ze hebben. Ze kunnen ons kwaad doen in het proces dat ze elkaar aanvallen."

Knikkend laat Valerian de auto in het midden van de hub landen, waar ik vrij zeker van ben dat het illegaal is. We negeren de poorten om ons heen en sprinten naar de lift, waar ik op de knop voor de honderdste verdieping druk.

Een korte rit later gaan de liftdeuren open en stappen we uit — rechtstreeks in een horde Icelus.

HOOFDSTUK ACHTENTWINTIG

DEZE VERDIEPING IS duidelijk bedoeld om te worden verhuurd voor grote feesten, zoals bruiloften en jubilea, maar dat is niet hoe het op dit moment wordt gebruikt. Bij lange na niet.

Er staat een rij ziekenhuisbedden waar normaal gesproken eettafels zouden staan. Op de bedden liggen comateuze mensen die moeten slapen — dat weet ik omdat mijn pas ontdekte REM-slaapgevoel velen van hen kan detecteren die dromen.

Naast elk bed staat een Icelus-lid. Ze dragen allemaal de maskers uit de droom van de weerwolf en houden ingewikkeld ontworpen dolken vast; Hun aandacht is op het podium gericht waar normaal gesproken een band te zien zou zijn.

Hun blikken volgend adem ik hoorbaar uit.

Een in het zwart geklede figuur staat met zijn of haar rug naar ons toe en rommelt met een onbekend apparaat.

Mijn hartslag schiet omhoog.

Het is niet zo moeilijk om te raden wat er gebeurt. Het figuur is de Hogepriester, en het piepende toestel is de reactor en nu bom. Het meest verontrustend is het scherm waar het echtpaar meestal een videocollage zou laten zien: er is een digitale klok te zien die seconden aftelt.

Iedereen kijkt naar de resterende tijd.

Tien minuten en tien seconden.

Denk je dat het tot de explosie is? stuur ik Valerian in een bericht. *Of het moment dat ze naar boven moeten rennen als ze via de poorten willen ontsnappen?*

Laten we aannemen dat het de tijd is voor de explosie, antwoordt hij. *Het zou me niet verbazen als deze fanatici zichzelf op zouden blazen voor hun godheid.*

Oh ja. Ik vergat het deel van de godheid. Deze idioten aanbidden Phobetor of, volgens Valerian, Collywobbles.

Het aftellen staat nu precies op tien minuten.

Het moet een kritieke mijlpaal zijn in wat er op het punt staat te gebeuren, omdat de muren rondom de kamer in schermen met een diavoorstelling van horrorfilmwaardige afbeeldingen veranderen.

Wacht eens even. Ik heb zoiets eerder gezien. Het was —

De in het zwart geklede Hogepriester keert zich van de bom naar de leden van Icelus en kondigt met een dreunende stem "Het eerste offer" aan.

Een dunne elf met een drekavac-masker steekt de slaper neer die het dichtst bij hem ligt.

Mijn mond valt open — maar niet door het geweld dat ik zojuist heb gezien.

Ik ken de Hogepriester, ik ken dat Darth Vader-achtige masker en de stem.

Het is dokter Cipactli, de kabouter die in de slaapkliniek werkt waar ik mam bijna in had gestopt.

Puck.

Zij had dat offer kunnen zijn.

Over opofferingen gesproken, ze hebben nu een macabere betekenis. De slapers moeten nachtmerries hebben, dus de Icelus-fanatici denken waarschijnlijk dat het doden van iemand in die staat hen dichter bij de nachtmerriegodheid zal brengen, of dergelijke onzin.

Cipactli's kliniek is ook de plek waar ik die subdroomachtige beelden heb gezien.

Wacht eens even.

Ik scan de slapers.

Yep. Gertrude, de koudvuurgever van de Raad van New York ligt daar. Arme stakker. We zijn niet echt vriendinnen, maar ik wil niet dat ze een offer is aan een verzonnen god.

Een andere slaper, op een bed in de buurt van Gertrude, vangt mijn blik.

Het is Cadmael, Itzels grootvader.

Door mijn REM-slaapradar op hem te richten, weet ik dat hij droomt, dus hij leeft nog.

Ik wou dat Itzel hier was, zodat ik haar gerust kon stellen.

Uitzinnig mijn VR openend, schrijf ik alles wat ik me zojuist heb gerealiseerd aan Valerian, eraan toevoegend dat dokter Cipactli nachtmerries bestudeert — een natuurlijk onderwerp van belang voor een aanbidder van een godheid als Collywobbles.

Valerian haalt een pistool tevoorschijn net op het moment dat er LEGO-letters voor me verschijnen, die mijn bloed laten stollen: *Is hij een kabouter!?*

Pucking puck. De meeste krachten werken niet op kabouters.

Valerian richt, maar hij aarzelt en ik begrijp waarom. De kabouter moet bij bewustzijn zijn om ons te vertellen hoe we de bom kunnen uitschakelen. De verdoving van het pistool kan hem langer knock-out slaan dan de tijd die we nog hebben. Een even goede vraag is *hoe* we hem überhaupt zouden moeten laten praten. Valerian kan zijn illusiemarteling niet op een kabouter gebruiken — en zelfs als we de Hogepriester op magische wijze in slaap kregen, dan zou ik niet in staat zijn om de antwoorden te krijgen. Zoals ik onlangs had ontdekt, zou ik toestemming van de kabouter nodig hebben.

Ik kijk naar het podium.

Shit. De Hogepriester kijkt ons recht aan, hij heeft al een bal van bliksem in zijn handen.

Valerian lijkt eindelijk tot een beslissing te komen, maar voordat hij de trekker overhaalt, lanceert de Hogepriester zijn projectiel.

De bal van energie zoomt met de snelheid van het licht naar ons toe — en slaat rechtstreeks in Valerians borst.

HOOFDSTUK NEGENENTWINTIG

NEE. Niet weer.

Ik draai me op mijn hielen om en spring naar zijn neergevallen lichaam.

Van achter me galmt de stem van een reus, "Ik zal ze tegenhouden!"

Dat moet Kit zijn. Ongetwijfeld is ze veranderd om die stem te evenaren.

Een seconde later wordt het door het geluid van haar enorme vuist die tegen iemands vlees slaat, bevestigt.

Ik blokkeer de geluiden van het gevecht en concentreer me op de bewegingloze gestalte voor me. Valerians kleren zijn verschroeid waar de bal hem heeft geraakt, maar de huid eronder is niet verkoold, alleen rood, zoals na een nare zonnebrand.

De adem die ik heb ingehouden ontsnapt aan mijn longen. Hij moet weten wat een magneet voor problemen hij is, en had hij beschermende kleding aangedaan.

Ik controleer zijn hartslag. Zwak, maar aanwezig.

Mijn eigen hartslag neemt een stabieler ritme aan. Snel scan ik mezelf op een vleugje vampierbloed van eerder. Ik weet dat ik had gezegd dat hij zich ervan moest onthouden, maar ik heb liever dat hij als een verslaafde leeft dan helemaal niet.

Er is geen bloed meer. Allemaal schoongemaakt door Valerian zelf.

"Shit." Kits stem klinkt deze keer klein, alsof ze een hoop helium heeft ingeademd.

Het brengt me terug naar wat er gebeurt. Hoe graag ik me ook druk wil maken over Valerian, er ligt een onmogelijke taak voor ons: de bom stoppen voordat de timer afloopt.

Ik wrik het pistool uit zijn vingers.

Het pistool is dood. De elektriciteit van het projectiel van de Hogepriester moet iets hebben doorgebrand. Ik houd het nutteloze wapen vast en spring overeind en kijk Kit aan.

Ze is weer een reus — en ze schopt een waterspuwer-Icelus met een harlekijnsmasker.

De Hogepriester gooit nog een bal van bliksem naar Kit.

Ze verandert in iets kleins met vleugels — ofwel een pixie of een kolibrie.

Het projectiel suist door de lege lucht.

De elf met een drekavac-masker, degene die eerder

het offer had gebracht, rent onder een kleine Kit door en komt recht op me af.

Kit verandert weer in een reus, waardoor geen enkele andere Icelus deze kant op kan komen.

Ik mik op de elf. "Blijf waar je bent!" beveel ik in mijn beste imitatie van de stem van een agent. "Laat het mes vallen, of ik schiet."

De elf blijft komen, zijn gezicht is onleesbaar onder dat masker.

Puck. Hij daagt me uit. Ik slik in paniek adem in en wacht tot hij bijna bij me is voordat ik het pistool tegen zijn hoofd gooi.

De elf moet wat training gehad hebben. Hij ontwijkt het projectiel met gemak en lacht, "Heb je een kapot pistool meegenomen in een messengevecht?"

Hurkend haal ik uit naar zijn benen. Hij springt over mijn voet en snijdt me met zijn dolk.

De pijn sijpelt door me heen. Het mes heeft net door mijn onderarm gesneden.

Ik knars op mijn tanden en negeer zowel de pijn als de paniek die ik voel bij de gedachte dat het bloed van het eerdere slachtoffer zich met het mijne vermengt. Als ik flip, dan ben ik zo goed als dood. Zelfs zonder te flippen, is er waarschijnlijk minder dan negen minuten te leven.

In de hoop dat het het laatste is wat hij zou verwachten, geef ik de elf een kaakslag met mijn gewonde arm.

De verwonding maakt mijn uithaal onhandig, en de

elf schudt zijn hoofd voordat hij met de dolk op mijn keel af gaat.

Ik vang zijn pols voordat het mes zich kan verbinden.

Hij wil me slaan, maar ik vang die pols ook.

Dank puck dat hij bijzonder mager is.

Hij probeert zich uit mijn greep te draaien, maar ik houd me met al mijn kracht vast en negeer het bloed dat uit mijn arm spuit.

Met zijn blik op mijn verwonding gericht, sist hij, "Hoelang denk je dat je dit kunt volhouden?"

Ik geef hem als antwoord een kopstoot en mijn voorhoofd komt tegen het drekavac-masker aan. Het masker splijt open. Er exploderen sterren voor mijn ogen — maar hopelijk nog meer in die van hem.

Hij schopt me tegen mijn knie. Mijn knieschijf schreeuwt van de pijn. Hij trekt weer aan zijn polsen en duwt me met zijn hele lichaam.

Ik verlies mijn evenwicht en neem hem mee terwijl ik val.

Au. Ik land op mijn rug, de lucht suist uit mijn longen. Tot mijn schrik heb ik nog steeds zijn polsen vast.

Hij richt de dolk op mijn hals en drukt naar beneden. Ik laat zijn linkerpols los en pak zijn rechterpols met beide handen vast om te voorkomen dat het mes me bereikt. Het bloed van mijn onderarm druipt op mijn gezicht, maar ik negeer het, me aanspannend met alles wat ik heb.

Hij pakt het mes met zijn vrije hand en duwt harder.

Ik doe mijn best om hem tegen te houden, maar een man, zelfs een magere elf, is sterker dan ik.

Het mes daalt centimeter voor centimeter.

HOOFDSTUK DERTIG

ER KOMT EEN krankzinnig idee bij me op en er is geen tijd om erachter te komen of het wel of niet zal werken.

Ik haal mijn linkerhand van zijn pols.

Nu het zijn twee armen tegen een van mij is, zakt het mes sneller.

Ik pak hem weer vast en leg mijn linkerhand om zijn rechterhand.

Zijn tanden knarsen hoorbaar samen. "Je gaat mijn dolk echt niet te pakken krijgen."

Als ik nog adem had voor nare praat, dan zou ik tegen hem zeggen dat ik dat niet hoef te doen. In plaats daarvan reik ik met mijn wijsvinger naar de zijne en tik het morsecode-achtige patroon dat ik in de droom van de weerwolf had gezien.

Althans, ik hoop dat het dat patroon is. Stress zou met mijn geheugen kunnen knoeien, of wat dat betreft, hadden ze het apparaat om "niet levend gepakt te worden" al kunnen uitschakelen.

Achter zijn gebarsten masker worden de ogen van de elf groter en worden dan leeg.

Als hij in elkaar zakt, rol ik hem van me af en haal ik de dolk uit zijn greep.

Ik zuig oppervlakkig adem naar binnen en ga rechtop zitten. Mijn hoofd tolt, voor mijn ogen zie ik allemaal zwarte vlekken. Vechtend om niet flauw te vallen, worstel ik me overeind en schreeuw ik bijna om de pijn in mijn knie.

Mijn benen houden me omhoog, maar nauwelijks.

Volgens de teller hebben we nog vijf minuten. Zelfs als ik wist hoe ik het ding moest uitschakelen, betwijfel ik of ik op tijd door de Icelus zou komen.

Aan de andere kant zijn er, dankzij Kit, minder Icelus in leven. En nog een beetje goed nieuws is dat de Hogepriester moe moet zijn van het genereren van al die bliksem, want in plaats van een andere bal te gooien, schreeuwt hij, "Bevrijd de offers! Sommigen van hen slaapwandelen. Het zou die reus bezig kunnen houden."

Puck hem. Het is een goed plan. Als andere slapers op Gertrude lijken, dan is het laatste wat we willen dat Kit het tegen hen op moet nemen. Hoewel... tijdens het slaapwandelen, is er net zo veel kans dat ze de slechteriken kwaad doen als ons.

Hopelijk.

Een dwerg in een Pacman-masker haast zich om het bevel van zijn leider uit te voeren. Eén voor één maakt hij elke slaper los, zelfs Cadmael. Sommige van hen — waaronder Gertrude — staan meteen op uit de bedden en beginnen doelloos te lopen.

Itzels grootvader blijft waar hij is. In tegenstelling tot de anderen heeft hij geen slaapstoornissen en is hij gewoon gedrogeerd. Sterker nog, ik voel dat hij nog steeds in REM-slaap is.

Hinkend ga ik naar voren, stap na pijnlijke stap. Mijn vage plan is om op de een of andere manier dat podium te bereiken en de Hogepriester te dwingen de bom te stoppen door mijn mes tegen zijn keel te houden.

Geen idee hoe ik dat kan doen zonder dat hij me met zijn kracht frituurt, of wat ik zal doen als hij bereid is te sterven voor zijn overtuigingen — wat duidelijk het geval is.

"Geef me dekking," zeg ik tegen Kit terwijl ik de afstand tussen ons sluit.

Als antwoord stampt en slaat ze iedereen in haar buurt omver, waardoor ze een pad voor me vrijmaakt.

Ik hinkel mank verder.

Kit maakt het pad weer vrij.

We zijn een sprint van het podium verwijderd, alleen kan ik niet eens sprinten om al die miljoenen levens te redden.

De Hogepriester moet me niet als een echte bedreiging beschouwen, want de volgende bal van bliksem die hij gooit, vliegt naar Kit. Ze verandert weer in een pixie en blijft ongedeerd.

Ik klem mijn tanden op elkaar en wankel naar

voren — om me vervolgens te beseffen dat Gertrude mijn kant op is gelopen.

Met armen die in lukrake bewegingen zwaaien, is ze bijna bij me.

HOOFDSTUK EENENDERTIG

PUCK. Ze hoeft me alleen maar aan te raken, en welk lichaamsdeel ze ook te pakken krijgt, zal ik verliezen.

Maar ze droomt, dus ze kan me niet zien.

Ik gok daarop en draai me even opzij voordat ze haar vingers over mijn gezicht kan laten gaan. Ze passeert vlak langs me. Als ze echter in die richting blijft gaan, dan zal ze een probleem voor Kit zijn.

Ik herinner me iets uit de tijd toen ik tijdens mijn onderzoek voor de Raad in haar moest droomwandelen.

Haar *haren* aanraken is oké.

Zonder er al te veel over na te denken, sla ik met het handvat van het mes op de achterkant van haar hoofd. En voor de goede orde, doe ik het nog een keer.

Terwijl ze als een blok valt, realiseer ik me dat dit de tweede keer is dat ik haar onder erbarmelijke omstandigheden knock-out sla. Nog één keer, en dan zou het universum me haar gratis neer moeten laten slaan.

Ik draai me terug naar het podium en kom neus aan neus te staan met de Hogepriester, die onmiddellijk een trap tegen mijn gewonde knie geeft.

Hij knikt door en ik val op handen en voeten.

Door een waas van pijn realiseer ik me dat dit het is.

Ik heb mijn enige kans om de kabouter te overmeesteren verpest.

Maar wacht eens even. De Hogepriester is niet de enige kabouter hier die de informatie heeft die ik nodig heb. Als uitvinder van de reactor was Cadmael degene die er een bom van had gemaakt. Ik wed dat hij ook kan helpen om hem uit te schakelen. Door al dat vechten voor mijn leven, had ik niet de kans gehad om hier eerder aan te denken.

Boven mij vormt de Hogepriester nog een bal van bliksem en schiet die op Kit.

Kit transformeert voordat ze wordt geraakt.

Ik kijk naar het bed dat heel ver bij me vandaan staat, waar Cadmael ligt. Als ik daar was, dan zou ik in zijn droom springen en hem wakker maken — ik voel nog steeds dat hij in REM-slaap is. Maar gezien de toestand van mijn been, zou ik moeten kruipen, wat betekent dat ik er nooit op tijd zou zijn.

Misschien kan Kit me gooien. Maar nee, ze heeft het te druk met haar eigen strijd. Trouwens, wie zegt dat ik in een toestand zou landen om te kunnen droomwandelen? Ik kan nu al amper bij bewustzijn blijven.

Dan weet ik het weer.

Droomwandelen zonder aanraking.

Ik heb het niet geprobeerd nadat de beta-testers me een boost van kracht hadden gegeven. Er is een kans dat het nu zou kunnen lukken.

Ik sluit mijn ogen en strek mijn hand uit in de richting van Cadmaels bed en doe de grootst mogelijke moeite om de verbinding te maken.

Het werkt niet.

Ik span me harder in.

Nee.

Ik neem een andere route. Ik stel me voor dat ik daar sta, boven het kleine lichaam van de bejaarde kabouter. Ik stel me voor dat ik zijn gerimpelde voorhoofd aanraak, stel me voor dat ik mijn hand daarna schoon zou willen maken.

De oefening is effectief in die zin dat ik de huid vol ziektekiemen bijna onder mijn vingers kan voelen.

Toch gebeurt er niets.

Nee, wacht.

Er gebeurt *wel* iets.

Iets vreemds en vertrouwds.

Er is een klein stemmetje in mijn hoofd, een stem die lijkt te zeggen, *Wie ben je en wat wil je?*

Natuurlijk. Hij is een kabouter, dus ik heb zijn toestemming nodig.

Mijn naam is Bailey. Ik ben een vriendin van Itzel, je kleindochter. Ik probeer je te helpen. Laat me er alsjeblieft in.

Er komt geen mentaal antwoord, maar iets geeft toe
en ik betreed de droomwereld van de kabouter.

HOOFDSTUK TWEEËNDERTIG

IK NEGEER EEN spervuur van vragen van Pom en teleporteer zodra ik in mijn paleis verschijn naar de toren van slapers. Ik zoek snel naar Cadmael en spring in zijn droom.

Een droom die duidelijk een nachtmerrie is.

Icelus-agenten zijn bezig om met hun ceremoniële dolken Itzel in kleine stukjes te snijden, terwijl Cadmael is vastgebonden en machteloos is om zijn kleindochter te redden.

Zonder me om subtiliteit te bekommeren, verdamp ik Icelus, maak Itzel heel en laat haar haar grootvader op de wang kussen voordat ik de kamer uit sprint. Uiteindelijk bevrijd ik de kabouter van zijn nachtmerriebanden.

Hij wrijft over zijn met touw verbrande polsen en staart me met volslagen onbegrip aan. "Hoe?"

"Je droomt," zeg ik kalm. "Dat was een nachtmerrie. Ik ben een droomwandelaar. Mijn naam is Bailey."

"Bailey," zegt hij en hij kijkt nog steeds verbijsterd. "Itzel heeft het over je gehad."

"Geweldig," zeg ik snel. "Helaas hebben we geen tijd om elkaar beter te leren kennen. Icelus heeft je ontvoerd. Ze hebben je een bom laten bouwen met Vega-reactortechnologie."

Hij ziet eruit alsof ik hem een klap heb gegeven.

Mooi. Ik wil dat hij uit het droomwaas ontsnapt en de Apocalyps ruikt.

"Is hij afgegaan?" vraagt hij, zijn stem zacht. "Hoeveel doden?"

"Hij is nog niet ontploft, maar het kan elk moment gebeuren. Daarom wil ik dat je wakker wordt en hem uitschakelt."

De kabouter recht zijn rug. "Waar is hij?"

Ik verander de kamer om ons heen in de honderdste verdieping van het hubgebouw — met Icelus, de bom en de rest.

"Jij bent hier." Ik wijs naar zijn bed. "De bom is daar." Ik wijs naar het podium. "Zorg ervoor dat je hem vermijdt." Ik wijs aan waar de Hogepriester over mijn lichaam staat.

Terwijl hij behoedzaam naar de Hogepriester kijkt, knikt Cadmael. "Hoe word ik wakker?"

"Wens gewoon om het te doen," zeg ik.

Hij doet zijn ogen dicht.

Ik help hem met een schok van mijn kracht.

Hij blijft staan, met zijn ogen nog steeds gesloten.

Wat ze hem hebben gegeven om te slapen is sterk.

Alleen ik ben sterker. Ik verviervoudig mijn gebruikelijke schok en schiet ermee op Cadmael.

Het werkt.

Hij verdwijnt en ik bevind me terug in de toren van slapers, waar Pom me met een niet-knipperende blik aankijkt.

"We kunnen dit nog overleven," zeg ik tegen hem en ik beëindig de droom.

HOOFDSTUK DRIEËNDERTIG

IK KOM UIT de trance op het geluid van een bal van bliksem die tegen een verre muur slaat.

Kit is in pixie-vorm, dat is hoe ze het projectiel weer ontwijkt.

Ik gluur stiekem naar de bedden en zie Cadmael opstaan.

Ja! Nu hoeven we alleen maar te voorkomen dat de Hogepriester deze ontwikkeling opmerkt.

Kit ziet Cadmael ook en komt tot dezelfde conclusie. Ze gaat uit haar pixie-vorm en verandert in een drekavac.

Nu komen we ergens. Het enige wat ze nodig heeft, is om de Hogepriester met een van die met puisten bedekte tentakels aan te raken, en de kwaadaardige kabouter zal op de vloer liggen kronkelen van de pijn.

Zich hetzelfde realiserend, ontwijkt de Hogepriester Kits aanhangsel en steekt zijn hand in zijn zak.

Met al mijn kracht pak ik mijn mes. Voordat ik genoeg energie kan opbrengen om te steken, merkt de Hogepriester mijn bedoeling op en trekt hij zijn hand uit zijn zak.

In zijn greep is een vaag vertrouwd apparaat te zien.

Er is een sis.

Ik knipper in verwarring. Mijn mes bevindt zich in de handen van de Hogepriester.

Pucking bloedverlies. Ik heb het moment gemist dat hij me dat afnam.

Drekavac Kit slaat nog een tentakel naar de Hogepriester.

Hij steekt er met de dolk naar.

De tentakel valt op de grond.

Kits schreeuw is net zo gruwelijk als het uiterlijk van haar drekavac-vorm.

De Hogepriester grijpt het moment aan en gooit het mes naar Kits hoofd en volgt het op met een bal van bliksem.

Het mes komt in het oog van drekavac-Kit. Ze schreeuwt nog harder — dat is het moment dat de bal van bliksem tegen haar borst slaat.

De drekavac wordt opnieuw Kit, alleen met een ontbrekende hand en een verkoold gat in het midden van haar borst; haar kleding was niet zo beschermend als die van Valerian.

De hogepriester schiet haar met nog een bal van bliksem neer. Dan nog een.

Kit stort in, ze is nu een verkoold lijk.

Nee. Niet Kit. Ik kan niet nog —

De Hogepriester keert zich naar het podium.

Puck. Hij had Cadmael niet op mogen merken. Maar hij ziet hem — en schiet de oudere kabouter met een bal van bliksem neer.

Cadmael valt op de grond.

Puck, puck, puck.

Hij was maar een paar meter van de bom verwijderd. Het kan nu net zo goed duizenden kilometers ver weg zijn — het digitale aftellen op het scherm bereikt nul.

Ik snak naar adem van de afschuw terwijl de bom explodeert, de hittegolf verspreidt zich op een vaag vertrouwde manier.

Plotseling verschijnt Pom tussen mij en de naderende ondergang.

Zijn vacht is pikzwart, zijn lavendelkleurige ogen staan wild. "Je zei dat ik het je moest laten weten als je een nachtmerrie hebt," hijgt hij. "Ik laat het je weten."

Een nachtmerrie? Als in een droom?

Ik stop de explosie. Ik verlaat mijn lichaam, genees het en spring er weer in.

Wauw. Ik ben inderdaad aan het dromen. Maar hoe? De betere vraag is: wanneer is het begonnen?

Heel even denk ik dat dit hele gedoe, de bom en Icelus, een nare droom was. Maar nee. Nu de pijn mijn geest niet vertroebelt, weet ik precies wat er is gebeurd.

Dat apparaat en dat sissende geluid — ik herinner me ze allebei. Toen ik de Hogepriester als dr. Cipactli had ontmoet, gebruikte hij dit ding om zichzelf in REM-slaap te brengen om mijn krachten te proeven.

Hij had het medicijn *Koshmar* genoemd. Hij zei dat het nachtmerries creëert die steeds erger worden. Hij zei ook dat de eerste altijd alles bevat wat de slaper heeft ervaren vlak voordat hij in slaap viel — in dit geval de voortzetting van onze strijd.

Ik zweef van opluchting omhoog.

Alles wat ik na dat gesis ervoer, inclusief Kits dood en de explosie, was een nachtmerrie.

Kit leeft nog steeds in de wakkere wereld.

De bom is niet ontploft.

Cadmael kan het nog halen.

Misschien. Hopelijk.

Hoe dan ook, ik kan niet geloven dat dr. Cipactli had aangeboden om dit medicijn te gebruiken om mam wakker te maken. Ik had een enorme kogel ontweken toen ik zijn hulp afwees. Als ik mam zijn patiënt had laten zijn, dan zou ze in deze kamer als een van de offers liggen.

De schoft. Hij had duidelijk over het belangrijkste aspect van dit medicijn gelogen. Hij beweerde dat als een nachtmerrie erg genoeg wordt, de slaper wakker wordt. Dat is duidelijk niet hoe het werkt, anders zou ik wakker zijn geworden zodra Kit werd gedood — en Cadmael toen Itzel werd gemarteld. Het lijkt erop dat de echte manier waarop deze Koshmar werkt, is om iemand voor onbepaalde tijd in nachtmerries te houden, een kwaad dat alleen een volgeling van Phobetor zou verzinnen.

Ik vraag me af wat er met me gebeurd zou zijn als ik zijn aanbod had geaccepteerd.

Niets goeds, dat weet ik zeker.

Op een voorgevoel teleporteer ik naar de toren van slapers — specifiek naar Kits nisje.

Het is zoals ik dacht.

Ze is hier aan het dromen.

"Dr. Cipactli — dat wil zeggen, de Hogepriester — heeft niet alleen mij bespoten," leg ik aan Pom uit, die naast me verschijnt. "Ik moet eerst haar wakker maken."

Ik pak Kits hand en spring in haar droom.

———

KIT IS IN dezelfde vervloekte kamer op de honderdste verdieping — dat is geen verrassing. Ze kijkt toe hoe de Hogepriester me van mijn ingewanden ontdoet. Dat wil zeggen, de ik in Kits droom.

Het verdriet op haar gezicht is ontroerend. Ik wist niet dat ze zoveel om me gaf.

Ik bevries de scène, verander de Hogepriester in een pad en sta op zodat ze me kan zien.

"Wat is dit?" vraagt ze terwijl haar ogen groot worden.

"Een nachtmerrie, en je kunt maar beter wakker worden." Ik leg snel uit wat er aan de hand is.

Ze spant zich in om wakker te worden. Ik help haar met een sterke schok en ze verdwijnt.

Zodra ik terug ben in de toren van slapers, maak ik mezelf wakker.

Tijd om in de wakkere wereld met de Hogepriester af te rekenen.

HOOFDSTUK VIERENDERTIG

IK KIJK OMHOOG door mijn half gesloten oogleden.

De Hogepriester denkt duidelijk niet dat ik en Kit een bedreiging vormen. Een bal van bliksem verlaat zijn handen. Hij is op het podium gefocust, waar Cadmael de bom nadert.

Puck. Mijn nachtmerrie dreigt werkelijkheid te worden.

Itzels grootvader moet zich herinneren wat ik hem over de dreiging van de andere kabouter heb verteld. Met verrassende snelheid voor zijn leeftijd draait hij zich om en schiet een bal van bliksem op het pad van degene die naar zijn hoofd vliegt.

Boem.

Op slechts een paar meter van het podium botsend, ontploffen de twee bliksemballen; de ontploffing slaat Cadmael van zijn voeten.

Ik kijk boos naar de Hogepriester.

Pucking klootzak. Hij heeft alles verpest.

Er zijn nog maar enkele seconden over op de timer — er is geen tijd voor de oudere kabouter om op te staan en de bom uit te schakelen.

Als ik dan toch doodga, dan ga ik degene die daar verantwoordelijk voor is pijn doen. Van de pijn op mijn tanden knarsend, til ik mijn mes op en steek de Hogepriester met al de kracht die ik nog heb in zijn voet.

Hij schreeuwt van de pijn en trekt zijn andere voet naar achteren om me te schoppen — en dat is het moment dat Kits gigantische vuist tegen zijn kaak slaat.

De verwoestende klap zorgt ervoor dat de Hogepriester de lucht in vliegt, en terwijl hij landt, zorg ik ervoor dat mijn mes op zijn hart wacht.

Zijn lichaam schokt boven op me, een piepende snik explodeert van zijn lippen, en dan zakt hij in elkaar en beweegt niet meer.

Kit rent naar voren en rukt de bloedende kabouter van mijn lichaam.

Voor de verandering heb ik geen last van de lichaamsvloeistoffen op mijn huid.

Nauwelijks bij bewustzijn kijk ik naar het podium.

Cadmael staat weer op, maar het is te laat.

Het aftellen heeft nul bereikt.

Ik haal diep adem en zet me schrap voor de explosie.

HOOFDSTUK VIJFENDERTIG

DE BOM BLIJFT PIEPEN, maar ontploft niet.

Ik kijk naar Kit, die er net zo verward uitziet als ik me voel.

Dan herinner ik me mijn eigen vraag aan Valerian: ik wist niet zeker of het aftellen naar de explosie was of naar het moment dat de Icelus zou vertrekken om via de poorten te ontsnappen. Valerian dacht dat het het eerste was, maar het lijkt erop dat de Icelus-cultus niet suïcidaal is.

Het aftellen was er om hen te laten weten wanneer ze moesten vertrekken.

Wat betekent dat we tijd hebben.

Een beetje tijd. Het is onduidelijk hoeveel.

Gelukkig kijkt Cadmael een gegeven centaur niet in de mond. Zodra hij beseft dat we nog leven, springt hij naar de bom en rommelt ermee.

De langste minuut van mijn leven gaat voorbij.

Twintigduizend grijze haren en een pint van mijn

bloed later stopt de reactorbom met piepen. Op hetzelfde moment gaan de liftdeuren open en rent er een eskader van de Senaatswacht de kamer binnen.

Zwak kijk ik naar Kit, die in zichzelf is veranderd. "Blijven we leven?"

"Stil maar." Kit hurkt naast me neer en geeft een zachte kus op mijn voorhoofd. "Alles komt goed."

Goed, want ik denk niet dat ik het nog lang vol kan houden.

Als ik uitadem, waarbij ik hoop dat het niet mijn laatste adem is, val ik flauw.

HOOFDSTUK ZESENDERTIG

IK KOM BIJ.

Nou, dat is een opluchting. Ik verwacht half het hiernamaals, maar ik betwijfel of dit het is. Ik hoor bekende stemmen die in de verte ruziemaken — niet iets dat ik zou verwachten na te zijn overleden.

Ik doe mijn ogen open. De ziekenhuiskamer is te fel verlicht, dus ik doe ze weer dicht.

"Jongens," zegt Felix. "Ik denk dat ze wakker is geworden."

Ik probeer project 'Open Je Ogen' nog een keer. De gezichten van Ariël, Kit, Felix, Itzel en Valerian bevinden zich allemaal op niesafstand van mijn gezicht, en ze spreken allemaal op hetzelfde moment.

"Jullie zijn in orde." Mijn stem is hees als ik de woorden naar buiten forceer. "Ik was be —"

"Hier." Valerian pakt een glas water van een tafel bij mijn bed en plaatst het rietje dat eruit steekt in mijn mond.

Ik neem een klein slokje.

Mijn keel voelt beter en ik realiseer me dat ik een infuus in mijn arm heb, samen met buizen op andere plaatsen en bewakingsapparatuur die aan mijn borst is bevestigd.

Hoe slecht was mijn toestand als ik dit allemaal nodig had?

"Het komt goed met je," zegt Valerian, alsof hij mijn gedachten leest. "Je hebt een nano-operatie aan je knie gehad en je zou er zonder problemen op moeten kunnen lopen. Ze hebben tijdens de behandeling geen vampierbloed gebruikt, ze hebben je alleen maar volgepompt met vocht. Je hebt zoveel bloed verloren dat je zwak zal zijn."

"En hoe zit het met jou?" zeg ik hees. Ik voel me inderdaad zo zwak dat de vraag moeite kost.

"Alles in orde," zegt hij en zijn sensuele lippen vormen een warme glimlach.

"De artsen hier vertrouwen te veel op vampierbloed," moppert Ariël. "Ik moest ze herhaaldelijk vertellen dat ze het niet bij mij moesten gebruiken."

"Hier hetzelfde," zegt Felix.

"Ik had geen medische hulp nodig." Kit knipoogt naar me. "In tegenstelling tot sommigen kan ik in een gevecht goed voor mezelf zorgen."

Ariël en Felix maken luid bezwaar, maar ik mis wat ze zeggen vanwege een aanval van duizeligheid. Dieper ademend, buig ik mijn nek naar voren om het rietje te pakken en nog een slokje op te zuigen. Het koele water zorgt ervoor dat ik me een beetje beter voel — totdat ik per ongeluk wat mors.

"Je hebt haar natgemaakt," zegt Kit tegen Valerian en beweegt wulps met haar wenkbrauwen.

"Serieus?" vraagt Itzel op hetzelfde moment dat Ariël met haar ogen rolt en Felix langzaam zijn hoofd schudt.

"Heb ik jullie eerder horen ruziën?" vraag ik, mijn stem eindelijk weer die van mezelf. "Jullie waren luidruchtig."

Valerian kijkt iedereen met samengeknepen ogen aan. "We willen haar niet ongerust maken."

Ik voel al het bloed uit mijn gezicht vloeien. "Gaat het om mam?"

Itzel schudt haar hoofd. "Ze is in de kamer hiernaast, naast mijn grootvader."

Haar grootvader, natuurlijk. Ik was het bijna vergeten. "Gaat het goed met hem?" vraag ik.

"Prima, vertel het haar," snauwt Valerian. "Al dit gissen is erger."

"Het gaat niet om opa," zegt Itzel. "Bekijk welke media-feed dan ook. En je zult het begrijpen."

Ik schakel de VR in en lees de krantenkoppen. "Oh. Ze weten van de bom."

Weten is een understatement. De nieuwsmedia rapporteren elk klein detail, en ik ontdek al snel waarom. Wrakar, de dodenbezweerder, had een bericht gepland om te versturen. In wat ze het Dodenbezweerdermanifest hebben genoemd, had hij geklaagd dat zijn soort tweederangsburgers op

Gomorrah waren en hij vertelde poëtisch over hoe de bom gerechtigheid was voor zijn volk.

"Wat een hoop mooftpoep." Ik zet de VR uit. "Icelus heeft de bom niet voor de dodenbezweerdersoort gemaakt. Ze deden het om mensen nachtmerries te bezorgen."

"Wat ze ondanks onze inspanningen hebben bereikt." Valerians gezicht ziet er zo boos uit dat de anderen een stap achteruit doen.

"Ik geef de Senaat de schuld," zegt Itzel. "Toen de media hen vroegen of het Dodenbezweerdermanifest waar was, bevestigden ze het en voegden eraan toe dat ze de plot hadden gedwarsboomd."

Ariël krult haar bovenlip. "Typische politici. Zichzelf ons succes toeschrijven."

Felix steekt zijn hand op, alsof hij Valerians gespannen schouder wil aanraken, en denkt er dan beter van. "Zeg het maar en ik zal inbreken in —"

"Nee," zegt Valerian, merkbaar rustiger. "Icelus heeft deze ronde gewonnen. Rommelen met de media of de Senaat zou de zaken alleen maar erger maken."

Ik zuig met een slurp nog een slok water op. "Ze hebben niet gewonnen. Er zijn geen miljoenen mensen gestorven. Wij zijn niet dood. Het is waar dat dit nieuws enkele nachtmerries zal geven, maar lang niet zoveel als het geval zou zijn geweest als de bom daadwerkelijk was ontploft."

"Dat is precies waar we ruzie over hadden," zegt Kit. "Je vriendje is het daar niet mee eens. Hij denkt dat de situatie nu erger is. De miljoenen die we hebben bespaard, zijn gewoon meer mensen om de nachtmerries te dromen."

Vriendje? Is dat wat ze allemaal denken?

Oké, ik accepteer het.

Valerians kaak blijft gespannen staan. Hij lijkt Kits voortijdige etikettering van onze relatie niet te hebben opgemerkt — of als hij dat wel heeft gedaan, dan kan het hem niet schelen. "Wat ik bedoel is dat het Icelus is gelukt," zegt hij grimmig.

"Alleen als je gelooft dat nachtmerries echt een godheid van hen voeden," zeg ik. "Maar omdat dat allemaal onzin is, hebben *wij* gewonnen."

Zijn stormachtige uitdrukking wordt zachter. "Je hebt gelijk," zegt hij, hoewel ik denk dat hij het niet meent. "En wat nog belangrijker is, je moet rusten."

Ah, dat. Hij zou gelijk kunnen hebben. De moeite van het praten geeft me het gevoel dat ik net een triatlon heb voltooid. Toch ben ik er nog niet klaar voor om te worden ingestopt — niet totdat ik die zorgen van zijn prachtige gezicht heb gewist.

"Kunnen we privé praten?" fluister ik en ik houd zijn blik vast.

In een oogwenk verandert onze omgeving in een rustgevende weide. Mijn vrienden zijn niet meer zichtbaar. Alleen Valerian is hier, die met die oceaanblauwe, hypnotiserende ogen naar me staart.

"Kunnen ze ons horen?" vraag ik.

Hij nadert het bed. "Nee. Ze kunnen ons ook niet zien, althans niet deze versie van ons."

Ik probeer rechtop te zitten, maar een golf van

duizeligheid ondermijnt mijn inspanningen, dus neem ik genoegen met naar hem te fronsen. "Je was bijna dood. Twee keer."

"Dat waren we allebei." Zijn gezicht vervormt van spijt terwijl hij over me heen leunt. "Het spijt me. Ik had je er nooit bij moeten betrekken."

"Dan zou je dood zijn geweest." Als ik de energie had om wat verstand in hem te slaan, dan zou ik dat doen, maar mijn armen voelen op dit moment te zwaar aan.

"Je begrijpt het niet," zegt hij fronsend. "Ik —"

Ik duw me op mijn ellebogen omhoog en kus hem op de lippen. Zijn zachte, lekkere lippen... Mijn ademhaling versnelt, een golf van hitte jaagt het ergste van de zwakte weg terwijl ik —

Er klinkt een boze pieptoon en Valerian trekt zich abrupt terug. De illusie verdwijnt en onthult de gezichten van mijn bezorgde vrienden en de bron van het lawaai — mijn hartmonitor.

Een uberverpleegster rent de kamer binnen en beweegt bijna te snel voor mijn ogen om te volgen. Met dezelfde snelheid onderzoekt ze me en past ze de monitoren aan voordat ze verklaart dat ik in orde ben, maar in mijn huidige toestand niet te veel prikkels mag hebben.

Ik weet niet zeker of ik het met die beoordeling eens ben. Ik ben geen dokter, maar ik heb het gevoel dat als Valerian me goed zou stimuleren, dat ik zo goed als nieuw zou zijn.

Helaas is dat niet het geval. De verpleegster duwt

iedereen de kamer uit en gaat met mijn infuus bezig en zegt, "Dat zou je moeten helpen ontspannen."

Als ze met 'ontspannen' bedoelt 'onder zeil gaan', dan is dat zeker het geval.

Als mijn oogleden zwaar worden, besef ik iets.

Ik heb Valerian gekust. In de echte wereld. Zonder me zorgen te maken over microben.

Dat is enorm. Ik kan niet wachten tot ik beter ben, zodat ik ervoor kan zorgen dat dat niet zomaar een toevalstreffer was. Er zal veel getest gaan worden. Misschien testen waarbij we allebei een blinddoek dragen, en misschien in zijn geval handboeien.

Met een glimlach op mijn gezicht laat ik me door het medicijn onder zeil trekken.

———

IK WORD WAKKER en voel me beter. Oneindig veel beter. De dokters moeten het met me eens zijn, want ik heb nu slechts een deel van de medische parafernalia aan me vastzitten.

Ik ga met gemak zitten, en kijk om me heen.

De enige andere persoon in de kamer is Valerian. Hij zit in een stoel te slapen.

Aww. Hij is bij me gebleven. Dat levert hem nog een kus op. Misschien meerdere.

Mijn blaas rukt mijn geest van sexy gedachten weg en naar de alledaagse realiteit.

Ik zwaai mijn benen van het bed en kijk of ik op kan staan.

Yep. De knie is zo goed als nieuw. Ik maak de hartmonitor en de rest los en ga naar het toilet om mijn ding te doen.

Als ik naar buitenkom, sta ik oog in oog met dr. Xipil.

"Ah, goed. Je bent wakker," zegt hij.

Ik knik naar de slapende Valerian, leg dan een vinger op mijn lippen en gebaar naar de deur. De kabouterdokter knikt, we lopen op onze tenen naar buiten en sluiten de deur achter ons.

"Ik wilde me verontschuldigen," zegt hij met een lage stem. "Ik had geen idee dat dr. Cipactli betrokken was bij een terroristisch complot. Als ik had geweten —"

"Het geeft niet." Ik straal een geruststellende glimlach naar hem uit. "Hoe gaat het met mijn moeder?"

Hij kijkt naar de nabijgelegen deur. "We hebben haar net teruggehaald uit het andere ziekenhuis. Helaas is er geen verandering in haar toestand."

Ik loop naar de deur in kwestie en doe hem open.

Mam op al die machines aangesloten zien, is weer een klap tegen het hart — het is dubbel zo pijnlijk nu ik weet dat ze door mij hier ligt. Ik probeer echter niet bij dat laatste deel stil te staan. Niet als ik iets veel praktischer kan doen.

"Ik zou graag weer in haar willen droomwandelen," zeg ik tegen dr. Xipil.

"Nu?" Hij kijkt op de klok.

Het is net na middernacht.

Ik knik. "Ik voel me heel sterk. Kun je iemand vragen om je te helpen me te bedwingen voor het geval ik tijdens de subdroomfase sterf?"

Hij gebaart in zijn VR en een minuut later stapt de uberverpleegster van net de kamer binnen.

We vertellen haar wat er aan de hand is, en ik ga naar mam toe.

Geen gedoe meer zonder aanrakingen. Ik steek mijn hand uit en leg mijn hand op haar voorhoofd.

"Het spijt me," fluister ik. "Ik zal dit oplossen."

Ik sluit mijn ogen en tuimel erin.

HOOFDSTUK ZEVENENDERTIG

ER IS EEN zwarte oceaan onder mijn voeten te zien, en een vurige lucht boven mijn hoofd. Er vliegt een reusachtig wezen op me af. Het ziet eruit als een oogbol, maar de wimpers zijn slangen ter grootte van anaconda's — met hoektanden die klaar zijn om te bijten.

Er groeit een harige hooivork uit mijn pols.

De pupil van het gigantische oog verwijdt zich en ik krijg het vreemde gevoel dat een kwaadaardige intelligentie me onderzoekt, scant en elke molecuul wegvijlt.

De slang die het dichtst bij me is, haalt uit naar mijn keel. De hoektanden bijten in mijn vlees en ik voel het gif zich door mijn bloedbaan verspreiden.

Ik duw met mijn hooivork.

Het harige wapen gaat de oogbol binnen als een vork in gelei.

De slangen/wimpers gillen van de pijn voordat ze

als één in elkaar zakken, waardoor de illusie ontstaat dat het oog sluit.

IK BEN IN MIJN DROOMPALEIS, bloed stroomt uit de wond en ik ga door het gif in en uit bewustzijn. Ik ontsnap aan mijn lichaam, genees de wond en dwing het gif eruit, waardoor het als een zwarte wolk boven me hangt. Ik spring er weer in, laat de wolk verdwijnen en slaak een zucht van opluchting.

"Dat scheelde weer niet veel." Poms pluizige gezicht is grimmig, zijn kleur zwart. "Je moet stoppen met dit te doen."

"Dat zal ik doen zodra mama uit haar coma is," zeg ik en ik teleporteer naar haar nis in de toren van slapers.

Ik maak mezelf onzichtbaar en raak mama op dezelfde manier aan als in de wakkere wereld.

IK BEN EEN tiener die ergens op aarde op de vloer van de badkamer ligt, als de primitieve toiletten iets zijn om op af te gaan. Haar/mijn hoofd is ingeslagen, mijn hersenen liggen over de witte tegels verspreid. De ramen zijn hier zwart, dus het enige licht komt van de flikkerende halogeenlampen die een macabere sfeer aan de plaats delict geven.

Mam staat boven me met de zware porseleinen tankdeksel van het toilet dat bedekt is met bloed.

Ugh. Kon ze niet eens de moeite nemen om me op een hygiënische manier te doden? Ik denk dat ik liever heb dat mijn keel wordt doorgesneden met een scalpel, ervan uitgaande dat hij steriel is.

Ik negeer mams nachtmerrie en verzamel al mijn kracht voor een enorme "wakker worden"-schok.

Ze wordt niet wakker.

Ik sluit mijn ogen en span me zo hard in dat mijn nagels mijn handpalmen doorboren.

Deze schok werkt ook niet.

Ik genees mijn wond en probeer de schok opnieuw. En opnieuw. En opnieuw.

Na wat als duizend pogingen aanvoelt, heb ik geen andere keuze dan het op te geven.

De teleurstelling is bitter op mijn tong. Alleen de wetenschap dat het *Heldere dromer*-project nog niet compleet is, weerhoudt me nog van totale wanhoop. Ik zou een veel grotere boost moeten krijgen als het spel live gaat, en dan zal ik het opnieuw proberen.

Het zou moeten werken als ik meer kracht heb. Dat moet ik geloven.

Voorlopig kan ik er net zo goed uit springen en mam laten gaan.

Ik sta op het punt om dat te doen als mijn blik op de zwarte ramen valt.

De geheimen die zich achter hen bevinden, roepen me als sirenes naar eenzame zeelieden.

Had Felix gelijk? Verbergt mam iets

verschrikkelijks? Zou ze zelfmoord hebben proberen te plegen zodat ik niet zou weten wat er achter een van deze ramen zit?

Wat nog belangrijker is, kan ik dat geheim gebruiken om haar wakker te maken?

Net als de spreekwoordelijke kat die het loodje legt vanwege zijn overweldigende nieuwsgierigheid, zweef ik naar het dichtstbijzijnde raam.

Onder mij heeft mam het te druk met het afslachten van haar dochter om het op te merken.

Voordat ik mezelf ervan kan weerhouden om het te doen, vlieg ik door het onyx-achtige glas.

HOOFDSTUK ACHTENDERTIG

NET ALS EERDER duik ik in een ijzig zwart meer.

Voorheen konden mijn krachten me niet helpen om naar de kust te zwemmen, maar hoe zit het nu ik een boost heb gekregen?

Ik dwing mezelf lichter te worden dan water, zodat ik kan drijven.

Maar het helpt niet.

Ik wil dat het water zouter wordt, maar dat werkt ook niet.

Goed dan. Ik zwem wel.

Slag na slag kom ik dichter bij de dichtstbijzijnde oever. Ik concentreer me alleen op het zwemmen. En zwemmen. En zwemmen. Mijn ademhaling wordt moeizaam, maar de oever is nog ver weg.

Na wat aanvoelt als uren, begint elke spier pijn te doen.

De oever is nog steeds een paar kilometer weg.

Ik kan niet zinken. Als ik dat doe, dan word ik uit

de droomwereld geschopt en zijn mijn krachten uitgeput. Tenminste, dat is wat er de laatste keer gebeurde nadat ik onder vergelijkbare omstandigheden was verdronken.

Wanhopig lucht inademend zwaai ik met mijn armen en schop met mijn benen, waardoor de bewegingen mijn enige realiteit worden.

Wanneer er een verdwaalde gedachte in me opkomt — zoals die over de zwarte ramen die ik in Valerians dromen zag — verban ik hem en concentreer ik me opnieuw op het zwemmen. Wanneer ik op het punt sta om het op te geven, mediteer ik op een eenvoudige waarheid: mijn spieren scheuren niet echt in stukken. Ik mis geen zuurstof. Dit is maar een droom.

Dit lijkt een tijdje te helpen en uiteindelijk zie ik de oever in de buurt.

Al mijn wilskracht aanwendend, versnel ik zo erg dat Michael Phelps jaloers zou zijn.

Zodra mijn hand de aarde en de oever raakt, verdwijnen het meer en de spierspasmen in mijn benen spoorloos.

———

MAM IS IN een ruime kamer met drie andere mensen. Er staat in het midden een badkuip gemaakt van kristal, en ze drijft erin.

Oh en ze is zwanger. Meer dan zwanger — ze is bezig de baby eruit te persen.

Wauw. Aangezien dit een herinnering van achter

het zwarte raam is, betekent dat dat mam zich niet herinnert dat ze mij heeft gebaard. Dat moet vreemd zijn.

Gierig naar alle informatie, bekijk ik de man die mams hand vasthoudt. Hij heeft een gebronsde huid, amberkleurige ogen en mijn kin.

Mijn adem stokt.

Kan het waar zijn?

"Persen, schat." Hij kust de rug van mama's hand. "Goed zo. Ik hou van je."

Hij moet het zijn. Mijn vader. De man van wie ik niets weet.

"Pers!" beveelt de tweede persoon in het bad, de vroedvrouw, aandachtig naar het hoofd van de baby starend.

Wacht eens even. De taal die ze spreken — ik herinner me niet dat ik hem eerder heb gehoord, maar ik begrijp ze perfect.

"Je doet het goed," zegt een oudere vrouw die mama's andere hand vasthoudt. "Je bent er bijna."

Ze lijkt precies op mam. Een oma of een oudere zus, misschien — mijn tante?

De baby huilt.

De vroedvrouw geeft de kleverige pasgeborene met een brede grijns aan mijn vader.

"Het is een meisje," zegt hij, zijn ogen stralen van vreugde. "Een meisje."

Tot mijn verbazing zegt de vroedvrouw tegen mama, "Blijf persen."

Persen na de bevalling? Is het om de placenta eruit te krijgen of zo?

Er is een tweede baby te zien.

Wacht, wat? Ik staar er onbegrijpelijk naar terwijl de vroedvrouw alle bewegingen doorloopt.

De tweede baby huilt.

De vroedvrouw geeft de tweede pasgeborene aan mijn moeder.

Wat. Gebeurt. Hier?

"Weet je hoe je ze gaat noemen?" vraagt de tante/oma aan mijn vader, waarbij ze het eerste kind van hem aanneemt.

Hij straalt naar haar. "Asha, naar mijn overleden moeder." Hij kijkt naar de baby in mama's armen. "En Bailey, naar haar oma." Hij knipoogt naar de oudere vrouw — die de grootmoeder in kwestie moet zijn — en tilt de baby genaamd Bailey op alsof hij de apensjamaan is die de nieuwe Leeuwenkoning presenteert.

Mijn grootmoeder grijnst van verrukking en kirt naar de baby's, maar ik registreer niet wat ze zegt.

Mijn hoofd tolt, mijn onzichtbare mond staat wijd open.

Een zus.

Een tweeling.

Waar is ze? Waarom herinner ik me niets van haar? Trouwens, waar is mijn vader? Of deze grootmoeder met dezelfde naam? Waarom weet ik ook niets over hen?

"Laat mij er een vasthouden," zegt mama hees,

terwijl ze naar de baby/ik reikt — wanneer de herinnering in een andere verandert.

————

MAM EN EEN veel oudere ik — ongeveer zeven — lopen door de hub op Gomorrah.

Aangezien de hub op de top van de wolkenkrabber zit, is er beneden een geweldig uitzicht, en zowel mama als kleine ik staren ernaar alsof ze het nog nooit eerder hebben gezien.

Ze zien er zelfs uit alsof ze nog nooit een wolkenkrabber hebben gezien.

"Dit wordt ons nieuwe thuis," zegt mama tegen me, naar het pittoreske uitzicht gebarend.

"Onze verballing?" vraag ik, met ogen op de skyline gekluisterd.

"Het woord is *verbanning*. En we mogen nooit meer praten over wat er is gebeurd voordat we hier kwamen."

Kleine ik geeft mama een sombere blik. "Niet?"

Mam hurkt, zodat onze ogen op dezelfde hoogte zijn. "We hebben altijd hier gewoond. Onze levens vóór vandaag waren slechts een droom die we met behulp van onze krachten hebben gecreëerd.

De kleine ik knikt, haar kin trilt.

Ik staar verbijsterd naar hen.

Kan wat mama zegt waar zijn?

Was de geboorte van twee meisjes een herinnering aan een droom?

Nee. Mijn krachten wisten dat het een echte herinnering was. Net als deze.

"Laten we gaan." Mam grijpt me bij de hand en de droom springt naar een andere herinnering.

WE ZITTEN IN een kamer die van vloer tot plafond bedekt is met aardewerk, van alles van wiel tot oven. Bailey, mijn grootmoeder, maakt een vaas op het wiel. Met een serene uitdrukking kijkt mama toe, die twee kleine meisjes bij de hand houdt.

Beide lijken op mij, en ik realiseer me dat mijn tweelingzus van identieke variëteit is — en dat we op deze leeftijd, die vier of vijf moet zijn geweest, nog steeds samen waren.

Dat is zeker oud genoeg om herinneringen te vormen, maar ik herinner me dit helemaal niet.

Oh, en het is duidelijk dat deze herinneringen niet op volgorde komen: geboorte, zeven, nu vier.

"Kom, lieverds," zegt de grootmoeder.

De twee kleine meisjes lopen erheen.

"Je kunt het aanraken," zegt ze.

Ondeugend grijnzend laat de tweeling handpalmafdrukken achter op de zijkanten van de vaas.

De grootmoeder glimlacht in goedkeuring en zet de vaas in de oven.

Wacht eens even.

Ik ken die vaas.

Ik heb hem jaren later, op Gomorrah, gebroken.

Mama was verdrietig toen het gebeurde, alsof het sentimentele waarde had. Toch kon ze zich dit moment niet herinneren toen de vaas brak, niet als de herinnering in het zwarte raam opgesloten zat.

Misschien zijn deze herinneringen niet zo opgesloten als ik dacht — of de vaas was kostbaar als een aandenken aan het vergeten verleden.

Wanneer de grootmoeder de vaas als cadeau aan mama geeft, eindigt de herinnering.

———

IN DEZE KAMER zijn Asha en ik geboren.

Mijn moeder houdt de hand van mijn vader vast. Om hen heen zijn een paar volwassenen die ik nog niet eerder heb gezien, hoewel één man er vaag bekend uitziet. Aan hun voeten zijn mijn tweelingzus en ik ongeveer zes jaar oud en spelen we met twee jongens van dezelfde leeftijd. Een van de jongens doet me ook aan iemand denken, op dezelfde ondefinieerbare manier als de oudere man.

"Het spijt me, Davu. Ik denk niet dat er een keuze is," zegt mijn vader tegen de vertrouwd uitziende man. "De voorspelling — "

"Was vaag," zegt Davu afwijzend. "Als — "

Een van de jongens trekt aan zijn mouw. "Pap, mogen Bailey en ik naar de tuin?"

Davu knikt en de kleine ik en de jongen rennen de kamer uit.

"Mama, mogen Kojo en ik ook?" vraagt Asha.

Mama lacht. "Natuurlijk."

Maniakaal giechelend, gaat mijn tweeling achter de jongen — Kojo — aan alsof ze een weerwolf is en hij een smakelijke haas.

Zodra ze de kamer uit zijn, stopt de herinnering.

———

"WAAR IS BAILEY?" vraagt Asha aan mam terwijl ze door buitenaards ogende vegetatie lopen. Sommige van de enorme blauwgroene bomen doen me aan de baobabs van de aarde denken, andere aan zeekoraal.

"Ze heeft last van haar buik," zegt mama. "Papa is bij haar."

Daarmee eindigt de herinnering, maar een ander begint meteen, een verjaardagsfeestje waar mijn tweelingzus en ik met de jongens van net spelen, plus een dozijn andere kinderen.

De volgende herinnering is dat mama de tweelingen instopt, haar gezicht zacht terwijl ze tegen ons kirt.

Als ik het allemaal zie, begrijp ik niet waarom mam dit allemaal zou willen vergeten. Tenzij... is dit zwarte raam iets wat iemand haar heeft aangedaan? Zo ja, wie? En waarom?

De gemeenschappelijke noemer in al deze herinneringen lijkt Asha, mijn tweeling, te zijn.

De volgende herinnering is van mama, papa, mijn zus en mij tijdens een wandeling door een bos met diezelfde buitenaardse vegetatie. Deze keer vang ik een glimp op van de lucht en adem ik verwonderd uit. Boven, naast de wolken, zijn bossen en gebouwen. De grond lijkt om zichzelf te buigen, alsof de planeet waarop we ons bevinden geen bol is, maar een vreemde krakeling.

De volgende herinnering begint voordat ik de vreemde geometrie van de omgeving kan uitvogelen. Het is van ons vieren die een spelletje spelen met kaarten gemaakt van een exotisch materiaal dat me aan ivoor doet denken.

Er volgt een andere herinnering, waar mama en de tweeling 's avonds naar dezelfde vreemde hemel kijken. Het is niet verwonderlijk dat de sterrenbeelden totaal onbekend zijn.

Het vredige sterrenkijken verschuift naar nog een andere herinnering — en terwijl ik me realiseer wat ik zie, verandert mijn maag in ijs.

HOOFDSTUK NEGENENDERTIG

MIJN ZUS EN ik lijken ongeveer zeven te zijn. We rennen door een open plek in het bos, bevolkt door planten uit vroegere herinneringen.

Beide meisjes schreeuwen van angst, en om een goede reden.

Onze ouders achtervolgen ze met machetes gemaakt van vreemd, niet-glanzend, keramisch materiaal.

Nee. Dit kan niet zijn wat het lijkt. De machetes zijn zeker alleen voor het verwijderen van vegetatie, en dit is een of ander raar spel. Maar de angst van de meisjes lijkt maar al te reëel, en afgezien van de wapens, is er iets niet goed met onze ouders.

Er is iets met hun gezichten. Er is een magma-achtig vuur in hun ogen en een compleet gebrek aan emotie in hun gelaatstrekken.

Maar zou het toch een spel kunnen zijn? Heeft het iets met een feestdag als Halloween te maken?

Er zit een hele menigte van mensen achter mijn
ouders aan. Vooraan zie ik mijn grootmoeder, Davu
met zijn vrouw en zoon, en Kojo en zijn ouders.

"Stop!" schreeuwt Davu naar mijn ouders.

Ze reageren niet, ze blijven gewoon achter de
meisjes aanzitten.

Een van de tweeling struikelt over een wortel.

De andere blijft een paar ogenblikken rennen en
kijkt dan hijgend achterom. "Asha, nee!" mijn jongere
zelf snakt naar adem en rent naar haar toe.

Asha huilt.

Kleine Bailey probeert haar op te tillen.

De ouders komen dichterbij.

Onze vader staat oog in oog met de menigte terwijl
mam haar machete opheft.

"Mammie, nee!" schreeuwt de kleine ik.

De machete suist langs kleine Bailey's wang en gaat
in Asha's nek.

Er stroomt bloed uit de wond en het spuit over de
kleine ik heen.

Asha's afgehakte hoofd rolt weg.

Kleine Bailey schreeuwt.

Ik wil mijn ogen niet geloven — het is alleen dat
mijn ogen niets te maken hebben met wat ik zojuist
heb gezien, alleen mijn krachten. En hoewel ik het wil
ontkennen, laten mijn krachten geen ruimte voor
twijfel.

Dit is een herinnering.

Een herinnering die verklaart waarom ik mijn zus
niet ken.

Verdwaasd kijk ik toe hoe mama's vreemde ogen naar kleine mij staren, die ongecontroleerd snikt. Dan raakt mama's hele lichaam gespannen, haar gezicht gaat van leegte naar afschuw. Haar ogen flikkeren tussen magma-achtig vuur en normaal bruin, en haar linkerhand grijpt haar rechterhand vast, alsof ze probeert de machete eruit te stelen. Uiteindelijk blijven haar ogen bruin en de afschuw overschaduwt al het andere op haar gezicht.

Ze kijkt naar de bloederige machete in haar handen. Dan naar de onthoofde Asha.

Met een rauwe kreun draait ze zich om — net op het moment dat mijn vader een vuist tegen haar slaap slaat.

De herinnering stopt.

———

DE VOLGENDE HERINNERING is dat mama een verhaaltje voor het slapengaan voorleest aan de driejarige tweeling.

De volgende is een andere wandeling, maar ik let er nauwelijks op.

Ik wankel, niet in staat om het onmogelijke te verwerken.

Ik had een zus, een tweeling, en mam heeft haar vermoord.

Dat moet de reden zijn waarom ze alles wilde vergeten wat met Asha te maken had, en waarom ze zo bang was dat ik in haar zou droomwandelen. Een deel van haar moet weten dat ze iets vreselijks is vergeten — en dit zou zelfs de dromen kunnen verklaren waarin ze mij vermoordde. Ik zie er net zo uit als Asha zou doen als ze nog leefde.

Die nachtmerries weergalmden de verschrikkelijke waarheid.

Mam heeft mijn zus vermoord.

Geen wonder dat ze al zo lang als ik haar ken depressief is. Zelfs zonder zich de details te herinneren, moet ze constant psychische pijn hebben gehad.

En is dit de reden dat ik me Asha ook niet herinner? Omdat ik getuige was van haar moord door de hand van onze moeder? Ik ben geen psychiater, maar van kinderen is bekend dat ze trauma's blokkeren die veel minder belangrijk zijn dan dit.

Waarom heeft mam dit gedaan? En wat was er met haar ogen aan de hand op het moment van de moord? Dat magma dat ik in haar blik zag, was me vreemd bekend. Het is bijna als —

De herinneringen stoppen en ik bevind me in een omgeving die me aan die ogen doet denken.

De zwarte oceaan ligt onder mijn voeten, met een lucht die boven me in brand lijkt te staan.

Het is de plek waar monsters van subdromen aanvallen, alleen zit ik niet in een subdroom.

In feite heb ik deze achtergrond slechts één keer buiten de subdromen gezien — toen ik in die van de dodenbezweerder droomwandelde.

Puck. Dat was ik tot nu toe helemaal vergeten.

Een aanwezigheid komt uit het niets uit de oceaan voor me te staan, een mensachtig wezen van enorme proporties.

Het is een angstaanjagend gezicht, zelfs als het moeilijk is om vast te stellen waarom. Het gezicht dat naar me kijkt is net zo mooi als de vorige keer, met kenmerken die een bovennatuurlijke soort symmetrie hebben.

Het is precies hetzelfde gezicht als in de droom van de dodenbezweerder, hoewel logica stelt dat hij en mijn moeder niet hetzelfde zouden moeten dromen.

Tenzij ze het allebei hebben gezien.

De zwarte gaten op het vreselijk mooie gezicht scannen me deze keer zorgvuldiger, en het enige wat ik kan doen is daar staan en er verlamd naar staren.

"Jij bent jij. En leeft." Net als in de droom van de dodenbezweerder roept zijn dreunende stem al mijn angst op.

Ik slik moeizaam. "Wie ben jij? Wat ben je?"

"Ik ben Phobetor." De trillingen van het antwoord van het wezen laten het bloed in mijn aderen bevriezen, nog voordat ik de betekenis van die naam begrijp. "Je bestaan is een vloek."

Mijn verbijsterde geest houdt zich aan de vreemde zin vast. Een vloek — dat is wat het monsters in de subdroom eerder tegen me hadden gezegd. Dit moet de meester zijn waar ze het over hadden, niet mam.

Phobetors ogen van zwarte gaten vernauwen zich

en zijn arm ter grootte van een vrachtwagen reikt naar me.

Met een onmogelijke wilskracht ontwaak ik uit mijn verlamming en schud ik mezelf wakker.

———

TERUG IN DE echte wereld houd ik mezelf lang genoeg bij elkaar om de uberverpleegster en dr. Xipil gerust te stellen dat ik niet moorddadig krankzinnig ben. Dan haast ik me naar de badkamer en leeg ik mijn maag.

Als ik weer kan ademen, laat ik mezelf het laatste wat ik heb gezien verwerken.

Het vreselijke, mooie wezen noemde zichzelf Phobetor — hetzelfde als de godheid die Icelus aanbidt. Een god van nachtmerries, waarvan gezegd wordt dat hij van al het ongeluk in het Cogniversum profiteert.

Dat is onmogelijk.

Ondenkbaar.

Volkomen belachelijk.

Ik kan niet geloven dat ik dit idee wil overwegen, maar... heeft Icelus gelijk?

Bestaat Phobetor echt?

Zo ja, wat heeft hij met mij en mijn moeder te maken?

Ik staar in de spiegel naar mijn asgrauwe gezicht, de vernietigende herinneringsdroom die ik net voor mijn ogen zag spelen. Asha en ik, onze ouders met machetes... de vreemde kleur van hun ogen...

En Phobetor, daar in mama's dromen.

Er gaan een miljoen vragen door mijn hoofd, maar ik kan er maar aan één vasthouden.

Als Phobetor echt is, is hij dan de reden voor de gruwel die ik heb gezien?

Heeft mam daarom mijn tweelingzus vermoord?

VOORPROEFJES

Ik hoop dat je van Bailey's verhaal hebt genoten! Haar avonturen gaan verder in *Dromenvolger*.

Verlang je naar meer urban fantasy? Bekijk de *Sasha Urban serie*, die de avonturen van een
meisje beschrijft dat de magische underground van New York City ontdekt... en haar eigen paranormale krachten.

Wil je van mijn nieuwe releases op de hoogte worden gehouden? Meld je aan op www.dimazales.com/book-series/nederlands/ voor mijn e-maillijst!

En sla nu de pagina om voor een sneak peek van *Dromenvolger*.

FRAGMENT UIT DROMENVOLGER

Ik strompel uit de badkamer in mams ziekenhuiskamer en kom bijna in botsing met dr. Xipil.

"Gaat het?" vraagt de kabouterarts.

Ik ben verre van oké, maar als ik hem vertel waarom, dan wil hij misschien dat ik met een psychiater ga praten. De verwondingen die ik tijdens het gevecht met Icelus heb opgelopen zijn genezen, maar mentaal en emotioneel gezien ben ik een wrak.

Bijvoorbeeld: ik overweeg serieus het bestaan van Phobetor, de god van de nachtmerries die Icelus aanbidden. Erger nog, ik vraag me af of die godheid mijn moeder mijn zus heeft laten vermoorden.

Het beetje bloed dat in mijn gezicht was teruggekeerd, snelt weer weg.

Ik had een zus. Een tweelingzus.

Het is net zo moeilijk om dat feit te verwerken als het is om te doorgronden dat mijn moeder haar heeft vermoord.

Haar naam was Asha, en ik heb haar zien sterven voordat ik zelfs het feit had geaccepteerd dat ze had bestaan.

Wat ik er niet voor over zou hebben om een kans te hebben gekregen om haar te ontmoeten, of om me haar op zijn minst te herinneren.

"Wil je gaan liggen?" vraagt dr. Xipil, nog bezorgder klinkend. "Je ziet eruit alsof je op het punt staat om flauw te vallen."

Ik glimlach geforceerd naar hem. "Het gaat prima. Ik ben gewoon teleurgesteld dat ik er niet in ben geslaagd om mama wakker te maken."

Dr. Xipil kijkt naar het bed waar mama ligt en zucht. "Je zult het opnieuw proberen. Je zult uiteindelijk wel slagen."

Niet klaar om een kwade godheid te bespreken die misschien in mams dromen op me wacht, knik ik gewoon.

Mam ziet er in haar comateuze toestand sereen uit. Rustig, zelfs. Maar dat moet een leugen zijn. Haar dromen gaan over het doden van een dochter — omdat dat is wat ze in de wakkere wereld had gedaan.

Ik ken mijn eigen moeder niet echt. Ik vraag me af of je iemand echt kunt kennen of vertrouwen.

De dokter schraapt zijn keel. "Je hebt trouwe vrienden."

Puck. Ik moet hier uitkomen, of de goede dokter zal erop staan dat ik terug ga naar mijn ziekenhuisbed.

Ik ga naar de deur en vraag zo nonchalant als ik kan, "Waarom zeg je dat?"

"Ze waren allemaal veel sneller dan jij hersteld, maar ze wilden niet van je zijde wijken totdat je echtgenoot ze wegjoeg." Hij doet de deur voor me open.

"Mijn echtgenoot?" Ik ben te geschokt om verder te lopen.

Dr. Xipil gebaart naar mijn kamer aan de overkant van de gang. "Vriend?"

"Oh, je bedoelt Valerian." Ik stap de gang in. "Hij is niet mijn echtgenoot, en ook niet mijn vriend."

Nog niet, maar op hoop van zegen.

De ooghoeken van dr. Xipil krijgen rimpeltjes. "Weet je zeker dat hij dat weet? Want hij gedroeg zich zeker als je wederhelft toen je bewusteloos was. Het verplegend personeel en ik moesten op onze tenen lopen."

Echt? Aww. "Klinkt alsof ik even bij hem moet gaan kijken."

"Goed idee. Als hij wakker wordt en je er niet bent, dan zal hij in paniek raken."

"Oh, kom op, dat klinkt niet als hem."

"Jij hebt niet gezien wat ik zag," zegt de dokter. "Als je nog iets nodig hebt, laat het me morgenmiddag dan weten. Mijn dienst is nu officieel voorbij."

Ik bedank hem en hij haast zich weg terwijl ik naar mijn kamer ga.

Ik steek mijn hoofd naar binnen en zie Valerian op een stoel zitten, zijn donkere, dikke haar zit rommelig rondom zijn prachtig symmetrische gezicht. Zijn intense oceaanblauwe ogen zijn gesloten, zijn kusbare lippen enigszins gescheiden.

Zachtjes ga ik op mijn tenen naar binnen. Hij is volgens mijn nieuwe REM-detectievermogen en het feit dat zijn ogen achter zijn oogleden bewegen in REM-slaap.

Hmm. Misschien hoef ik hem niet wakker te maken. Het feit dat hij droomt, is een kans. Ik kan bijvoorbeeld in zijn slaap met hem praten... of in die zwarte ramen snuffelen die hij heeft.

Yep. Ja, ik ga ervoor.

Ik weersta de verleiding om naar hem toe te lopen en zijn gebeeldhouwde gezicht aan te raken en begin de droomwandeling op afstand. Ik kan net zo goed de nieuwe kracht uitoefenen.

Net zoals ik met Itzels grootvader had gedaan, stel ik me voor dat ik naast Valerian sta, dicht genoeg bij hem om zijn schone dennengeur in te ademen. Ik stel me voor dat ik zijn gebeeldhouwde kaak aanraak en stel me voor hoe die hint van stoppels onder mijn vingers zou voelen. Ik stel me voor hoe mijn hart sneller zou kloppen en de hitte die zich zou verspreiden —

Tot mijn teleurstelling hoef ik me dit niet verder voor te stellen, want met de vertrouwde geur van ozon en het gevoel van vallen, val ik in zijn droom.

* * *

Zodra ik in de onwerkelijk gekleurde, naar manna-geurende lobby van mijn droompaleis verschijn, verschijnt Pom — en tussen de uitdrukking op het pluizige gezicht van de looft en zijn diepzwarte kleur, kan ik zien dat hij veel weet van wat ik in mams zwarte raam heb ontdekt.

Ik neem de schilderachtige route naar de toren van slapers, vul alle details in die Pom niet weet en stel hem gerust dat ik niet op magische wijze de antwoorden op zijn miljoen vragen heb — en dat ik net zo graag het waarom en hoe van Phobetor en mijn tweelingzus wil weten als hij.

"Ah," zegt Pom wijs als hij Valerian op zijn bed ziet slapen. "Je bent hier op zoek naar afleiding."

Ik streel met mijn vingers over Valerians kuiltje in zijn kin zonder dat ik naar binnenga. "Dat zou je kunnen zeggen."

Poms driehoekige oren krijgen een lichtoranje tint. "En hoe gaat het tussen jullie twee?"

"Wat?"

De pupillen in zijn lavendelkleurige ogen veranderen in rode harten. "Ben je verliefd?"

Ik trek mijn hand van Valerians gezicht. "Ben je gek geworden? Ik weet niet eens hoe dat zou voelen. We kennen elkaar amper. Plus —"

"Misschien denk je er te veel over na." Pom gaat op mijn schouder zitten. "Is het omdat je nog nooit een vriend hebt gehad?"

Ik wuif het weg. "Ik denk precies de juiste hoeveelheid. Dat moet jij op een dag ook eens proberen."

Hij landt op de rand van Valerians bed. "Ga gewoon

niet op zoek naar redenen om niet van hem te houden. We weten allebei dat je dat wilt."

Het is officieel. Ik krijg advies over mijn liefdesleven van een looft, een wezen dat zich aseksueel voortplant.

Ik schud mijn hoofd en duik in Valerians droom.

———

Bezoek <u>www.dimazales.com/book-series/nederlands/</u> voor meer informatie!

OVER DE AUTEUR

Dima Zales is een *New York Times*- en *USA Today*-bestsellerauteur van sciencefiction en fantasie. Voordat hij schrijver werd, werkte hij in de softwareontwikkelingsindustrie in New York, zowel als programmeur als als leidinggevende. Van hoogfrequente handelssoftware voor grote banken tot mobiele apps voor populaire tijdschriften, Dima heeft het allemaal gedaan. In 2013 verliet hij de software-industrie om zich op zijn carrière als schrijver te concentreren en verhuisde hij naar Palm Coast, Florida, waar hij momenteel woont.

Bezoek www.dimazales.com/book-series/nederlands/ voor meer informatie.